KB115758

ODYSSEIA
나를 만난 오뒷세이아

나를 만난 오뒷세이아

발행일 2019년 10월 16일

엮은이 나만나書
펴낸이 손형국
펴낸곳 (주)북랩
편집인 선일영 편집 오경진, 강대건, 최예은, 최승헌, 김경무
디자인 이현수, 김민하, 한수희, 김윤주, 허지혜 제작 박기성, 황동현, 구성우, 장홍석
마케팅 김회란, 박진관, 조하라, 장은별
출판등록 2004. 12. 1(제2012-000051호)

주소 서울시 금천구 가산디지털 1로 168, 우림라이온스밸리 B동 B113, 114호
홈페이지 www.book.co.kr
전화번호 (02)2026-5777 팩스 (02)2026-5747

ISBN 979-11-6299-863-2 04800 (종이책) 979-11-6299-864-9 05800 (전자책)
979-11-6299-865-6 04800 (세트)

이 도서의 국립중앙도서관 출판예정도서목록(CIP)은 서지정보유통지원시스템 홈페이지(http://seoji.nl.go.kr)와 국가자료공동목록시스템(http://www.nl.go.kr/kolisnet)에서 이용하실 수 있습니다.
(CIP제어번호: CIP2019040272)

ODYSSEIA

나를 만난 오뒷세이아

나만나書 엮음

트로이 전쟁 영웅의
10년에 걸친 귀향 모험담

삶의 고난에 당당히 맞서는 자
오뒷세우스와 함께 떠나는 사유의 모험!

북랩book Lab

본 저서에 사용된 인명 및 지역명 등의 표기는
『오뒷세이아』(2015, 천병희 역)에서 사용된 내용을 준거로 하였다.

추천의 글

2016년 부산교육대학교 교육대학원 인문교육 전공과 파이데이아 아카데미아는 '위대한 저서 읽기 프로그램(Great Books Program)'을 대학원 교육과정에 반영하여 시행하기로 협약을 체결하였습니다. 협약의 일환으로 소속 교수인 이미식 교수는 서양의 위대한 저서 〈오뒷세이아〉를 대학원 교과목으로 선정하여 1학기 동안 대학원 학생들과 함께 읽고 토론하였으며, 그 결과를 단행본으로 출판하게 되었습니다.

〈오뒷세이아〉는 10년에 걸친 트로이 전쟁이 끝난 후 오뒷세우스가 고국 이타케에 귀향하기까지 10년 동안 벌져진 파란만장한 모험을 그린 서사시입니다. 이 서사시는 비교적 작은 집단에 초점을 맞추고 있습니다. 국가 간의 전쟁이나 신들의 활동도 부진합니다. 이 작품에는 아름다운 로맨스, 모험, 덕들의 승리 같은 전형적인 민간설화를 다루고 있어 소피스트들이 신교육을 펼칠 때까지 그리스 시민들의 교육과정으로 사용되었습니다.

이 책에 등장하는 인물들은 저마다 가진 덕과 악덕을 보여줍니다. 주인공 오뒷세우스는 전편에 걸쳐 용기, 결단심, 인내심, 극기, 우정, 재간 등과 같은 덕목을 보여줍니다. 그의 아내 페넬로페는 실천적 지혜와 정절을 보여줍니다. 요정 칼륍소는 오뒷세우스의 외모와 덕들에 매료된 나머지 자기와 결혼하면 영생하도록 해주겠다고 말했지만 그는 아내와 아들이 있는 고향에 돌아가려는 꿈을 결코 포기하지 않습니다. 귀향에 대한 열망이 독자들을 열광시킵니다.

본서 『나를 만난 오뒷세이아』는 〈오뒷세이아〉에 등장하는 인물들 예컨대 오뒷세우스, 페넬로페, 텔레마코스, 메넬라오스 부부, 돼지치기, 염소치기, 소치기, 구혼자들과 시녀들이 보여주는 신념과 행동에 대한 진솔한 반응으로 구성되어 있습니다. 필자들은 또한 고전에 대한 흠모와 예찬을 넘어 자신의 인생계획 수립에 적극적으로 활용하고 있음을 보여줍니다.

고전을 탐구하면 할수록 더 많은 독서와 사색을 하게 됩니다. 단행본 출간을 축하하며, 필자들이 예고한 대로 고전에 대한 연구결과가 시리즈로 계속 간행되기를 기원합니다.

신득렬

파이데이아 아카데미아 원장

여는 글

이른 잠으로 인해 새벽녘에 일어났다. 꿈을 꾸었다. 이미지와 목소리가 또렷한 꿈이다. 환한 빛 가운데서 들려온 기운찬 목소리가 '조상은?'이라고 하였다. 나에게 던진 물음인지, 느낌을 불러일으키려는 의도인지 분명하지 않다. 머리말에 둔 꿈 노트에 느낌을 이미지로 그려본다. 환한 빛의 형상은 위에서 아래로 뻗은 굵은 직선 같기도 하고, 바위에 맹렬하게 부딪치는 파도의 형상인 것 같기도 하다. 꿈의 의미를 내면에 물어본다. 목소리의 감정을 느껴보기도 한다. 아쉬움이 여운처럼 남는다. 강의를 끝내고 연구실에 들어서니, 그 순간 꿈의 의미와 관련된 일련의 사건들이 스쳐 간다.

학교 이곳저곳 자연의 변화를 관찰하는 일이 아침 등교 일상이다. 연녹색의 생명이 움트는 봄이면 관찰의 즐거움은 황홀함이다. 나무, 풀 한 포기, 자리를 지키고 있는 돌 등을 본다. 찰나의 순간을 집중한다. 집중은 상쾌함을 몰고 온다. 상쾌함이 한 줄의 노래처럼 들리기도 한다. 그중 향나무는 시선을 끄는 생명이다. 향나무는 은은한 향으로 주위를 돋보이게 하며, 시간을 거스르는 색감이 좋다.

교정에 있는 향나무는 몇 그루가 줄지어 서 있다. 수령은 어림잡아도 60여 년이 넘는다. 세월의 흔적은 거북 등딱지 모양 같은 나무껍질에 남아있다. 나무 둥지는 튼튼하다. 한 방향으로 기울어진 짙은 녹색 잎들은 생명의 의지를 드러낸다. 사방으로 흔들리며 퍼지는 향은 주위에 있는 풀, 벌레, 돌 등의 생기를 북돋운다. 이곳 향나무는 아픔을 겪기도 했다. 10여 전 태풍으로 인해 가지가 부러지기도 했고, 그중 몇 그루는 뿌리가 뽑혀서 생명을 다했다. 향나무 그늘은 느릿느릿 걷는 고양이들의 휴식공간이다. 학생들로부터 받은 사랑만큼 품위 있는 걸음걸이의 고양이들이다. 여린 풀과 벌레들의 쉼터이기도 하다. 그리고 작년 겨울 이 그늘에 차나무 씨앗이 자리를 잡았다. 어린 차나무가 자라날 수 있는 좋은 곳이기 때문이다. 차나무 새싹이 얼마나 자랐는지? 향나무 그늘을 살피는 이유가 더 생긴 것이다.

차나무 씨앗은 대학원(인문교육 전공)을 졸업한 A 분이 심으셨다. 작년 늦가을 단단해진 땅을 삽으로 파고, 씨앗을 심었다. A 선생은 단아한 옷차림, 또록또록한 말씨, 뒤로 쪽진 머리 모양, 학문과 인생에 혜안이 있다. 연세가 70이 넘으셨다고 하면 주위 사람들이 놀라는 눈치이다. 조용한 이분이 차(茶)를 학교 생활 속으로 성큼성큼 들고 오셨다. 차 나눔은 시간과 장소에 어울렸다. 차는 진리로 가는 통로처럼 보였다. 가방에는 보온병과 차가 있었다. 차는 순례길 친구인 것 같았다.

A 선생은 차와 관련해서 논문을 쓰셨다. 요즈음 차는 기호식품 음료이지만, 조상들은 차를 자신의 본성을 만나는 매개로 사용했다. 고대, 하늘이 열리고 인간 세상이 시작된 것을 기억하고자 하는 제천행사는 물론 일상에서 본질과 맞닿으려는 의지의 표현 행위로 차를 즐겼다. 제천의식에는 백산차가 주로 사용되었다고 한다. 하늘에 제사를 드리거나, 몸과 마음을 정화하는 매개이자 그 자체였던 것은 차의 성정 때문일 것이다. 인간의 본성도 그렇듯이 차의 본성은 맛(眞味), 향(眞香), 색깔(眞色)의 일치에 있다. 3가지(삼기, 三奇)를 고루 갖춘 차를 진다(眞茶)라고 하며, 군자, 혹은 깨달음에 이른 자의 모습으로 비유·상징할 수 있다. 명경한 본성에 합치하는 다도삼매(茶道三昧)가 차 생활의 최고 지향인 것이다.

A 선생에게 있어 차는 진리 사랑인 것이다. 차사랑은 나눔으로 이어졌다. 차나무 심기는 나눔의 한 모습이다. 집 주변, 등산로 근처, 이곳 향나무, 석류나무 그늘에도 심은 것이다. 이 봄, 차나무 새순은 더디게 자란다. 어렵사리 난 새순은 선선한 바람과 함께 한다. 그 앞에 앉으면 봄, 여름, 가을, 겨울이 동시간대처럼 지나간다. 봄의 새순, 여름의 짙은 잎, 가을에 필 은은한

차꽃 향뿐만 아니라 호기심 많은 학생들이 '저 흰색의 꽃은 어쩌면 이렇게 소박할 수 있을까?'라는 대화가 한 폭의 그림처럼 스쳐 간다. A 선생이 전통을 통해 현재를 만났다면, H, J, K, L, P 등 동기 선생들은 지금 여기 현재 시점에서 과거와 미래를 만난다. 이분들의 시간·공간적 인연은 입학이 실마리가 되었다.

그런데 이분들이 학교 공간에서 만든 이야기는 고유하지만, 추상적이기도 하다. 2014년 부산교육대학교 교육대학원 인문교육 전공을 신설한 이래, 다양한 분이 입학과 졸업을 했다. 이들은 학교라는 물리적 공간을 삶의 공간으로 만든다. 삶의 경험 역사는 다양하지만, 대학원생 및 졸업생으로서 삶의 씨줄과 날줄은 공동체로 엮어지고 있다. 이분들에게 대학원생으로서 경험은 순례의 여정이다. 대부분은 간이역이지만, 종착역인 분도 있었다. 인문교육 전공을 통한 순례는 단순하고 명쾌하지만, 기분 좋은 혼돈일 수 있다. 각자의 걸음은 다르다. 확실한 것은 일상의 고단한 삶에 지친 서로를 위해 따뜻한 등을 내어 준다는 것이다. 내어준 따뜻한 등은 진리를 향하는 두터움이고, 다름이 만나는 실마리이다.

고대 그리스 신화의 이야기이다. 크레타 미노스 궁전에는 미노타우로스가 살고 있었다. 미노타우로스는 반인반우의 괴물이다. 미노타우로스는 크레타 왕 미노스와 파시파시에가 낳은 아들이다. 미노스 왕은 주위 부족들을 연합하면서 권력을 강화했다. 미노스는 권력 확장을 위해 포세이돈에게 제물에 사용할 흰 소를 달라고 간청했다. 포세이돈은 흰 소를 보내주었다. 하지만 미노스 왕은 흰 소에 대한 욕심이 생겨서 다른 소를 제물로 사용했다. 화가 난 포세이돈은 미노스의 아내인 파시파시에게 저주를 내렸다. 포세이돈이 보내준 흰 소를 사랑하도록 한 저주였다. 그 결과 이 둘 사이에서 반인반우인 미노타우로스가 태어났다. 미노타우로스는 성장함에 따라 난폭함을 제어할 수 없는 지경에 되었다. 왕은 미로 형태의 미노스 궁전에 감금시켰고, 아테나 처녀와 총각 각 7명을 미노타우로스의 제물로 바치라고 했다. 세 번째 재물이 바쳐질 즈음 아테나의 왕 아이게우스의 아들 테세우스가 괴물을 죽이고, 궁전 미로를 탈출하였다. 미노스 궁전을 탈출할 수 있었던 것은 미노스 왕의 딸 아리아드네가 실이 감긴 공을 주며 실을 풀고, 그것을 따라 미로를 나오면 된다고 알려주었기 때문이다. 테세우스의 해결은 실마리를 잡은 것에서부터 시작되었던 것이다.

테세우스가 미노스 미로 궁전을 나올 수 있었던 실마리의 의미는 무엇일까? 실은 실마리이고, 실마리는 시작이다. 시작은 끝이고 끝이 시작인 것이다. 시작은 끝의 다른 측면이다. 부산교육대학교 교육대학원 인문교육 전공은 인간적인 삶에 관한 탐구를 한다. 탐구의 실마리는 시간과 공간과 사람이다. 시간은 조상의 시간이고, 현재의 시간이고, 미래의 시간이다. 조상의 시간과 미래의 시간은 현재에서 만난다. 공간은 삶의 흔적이다. 시간과 공간은 사람으로 연결된다. 시간과 공간, 사람 사이 존재를 자각하는 것이 인문학의 실마리인 것이다. 조상은? 나의 꿈은 실마리가 갖는 가치를 확인하고자 하는 내면의 목소리였던 것이다.

인생의 실마리를 잡고, 나의 얼굴을, 너에 대한 나의 얼굴을 자각하고, 존재다움의 자리를 지향하는 것이 인문학을 전공하는 우리들의 실천이다. 우리의 노력 가운데 하나는 2016년부터 대구 파이데이아 아카데미아(신득렬 원장)와 협약을 하고 '위대한 저서 읽기'(Ⅰ, Ⅱ) 과목을 신설한 것이다. 이는 위대한 저서를 공동탐구하고, 이를 통해 자신을 발견할 수 있다는 믿음에서 비롯되었다.

〈오뒷세이아〉는 '위대한 저서'의 실마리가 되는 책이다. 이 책은 김환구, 류지은, 문익권, 박명철, 박수민, 송철호, 안현미, 이재화, 이준영, 임상금, 전선희 님(나만나書)이 2019년 3월부터 공동탐구에 참여한 기록이자 집필이다. '위대한 저서' 읽기의 특징은 공동탐구로 책 읽기를 진행하는 것이다. 공동탐구는 각자 질문을 하고, 그 질문으로 탐구와 대화를 하는 방식이다. 공동탐구는 질문의 실마리를 통해 삶의 원형을 만나는 책 읽기 방법이라고 할 수 있다.

본서 집필에 참여한 이들은 각자 사회생활을 하며, 대학원 공부를 한다. 지적인 안목이 탁월하고 사회적 인지도가 높지만, 진리 앞에서 겸손하다. 보이지 않는 따뜻함이 서로를 격려하고 위로한다. 지적인 탁월함이 실천이 되고, 시간 앞에 당당히 서 있다. 책 읽기가 시간과 공간, 사람이 함께하는 일임을 알고 실천한다.

처음 〈오뒷세이아〉를 공동탐구의 방식으로 읽기는 쉽지 않았다. 구어체의 어려움, 서사시의 낯섦 등으로 인해 심리적 위압을 고스란히 느꼈다. 하지만 공동탐구가 진행되면 될수록 즐거움, 낯선 애매함, 저자에 대한 자발적인 존중, 삶의 자각으로 이끌렸다. 집필자 모두는 〈오뒷세이아〉를 통해 나와 새로운 타인을 만났다. 낯선 설렘이 이 책을 집필하게 된 동기가 되었다. 책 제목을 『나를 만난 오뒷세이아』로 설정한 배경도 되었다.

이 책의 구성은 〈오뒷세이아〉를 읽고 각자 질문을 하고 공동탐구한 내용이 중심이다. 중심 내용은 '오뒷세우스와 같이 살아가기와 살아내기 사이에서', '오뒷세이아 속의 나'로 구성하였다. 내용 가운데 〈오뒷세이아〉를 공동탐구한 이후 이루어진 글쓰기는 숙고의 시간이 필요했다. 글쓰기의 외로움과 떨림의 순간은 각자 경험했다. 발표를 통해 눈물과 기쁨을 나눴다. 각자의 시간을 글쓰기 내용으로 오롯이 세웠지만, 그 기쁨은 같이 공유했다. '해설이 있는 풍경', '위대한 저서의 길라잡이' 장은 위대한 저서 읽기를 위해 필요한 개괄적인 안내라고 할 수 있다.

내풍에 쓰러신 향나무가 책 읽는 의자로 사용되고 있음을 알고 기뻐했던 순간이 겹쳐진다. 향나무의 생명의 끝이 새로운 시작이었듯이 이 책은 독자들이 '위대한 저서'를 읽는 실마리, 삶의 본질을 통해 자신을 만나기를 희망하는 마음으로 소박하게 내어놓는다. 실마리가 직선일 수도 있고, 곡선일 수도 있지만, 시작은 실천이다. 책 중간중간 어디를 읽어도 좋다. 다만 이 책을 통해 '위대한 저서'를 읽는 실천 의지가 넘실거렸으면 한다.

서문을 마무리하면서 〈오뒷세이아〉는 우리의 실마리이며, 이는 〈일리아스〉 읽기로 연결되고 있다. '위대한 저서'를 탐구한 내용은 지속적으로 발간할 예정이다. 곧 다시 볼 수 있을 것이다.

이미식 쓰다.

차례

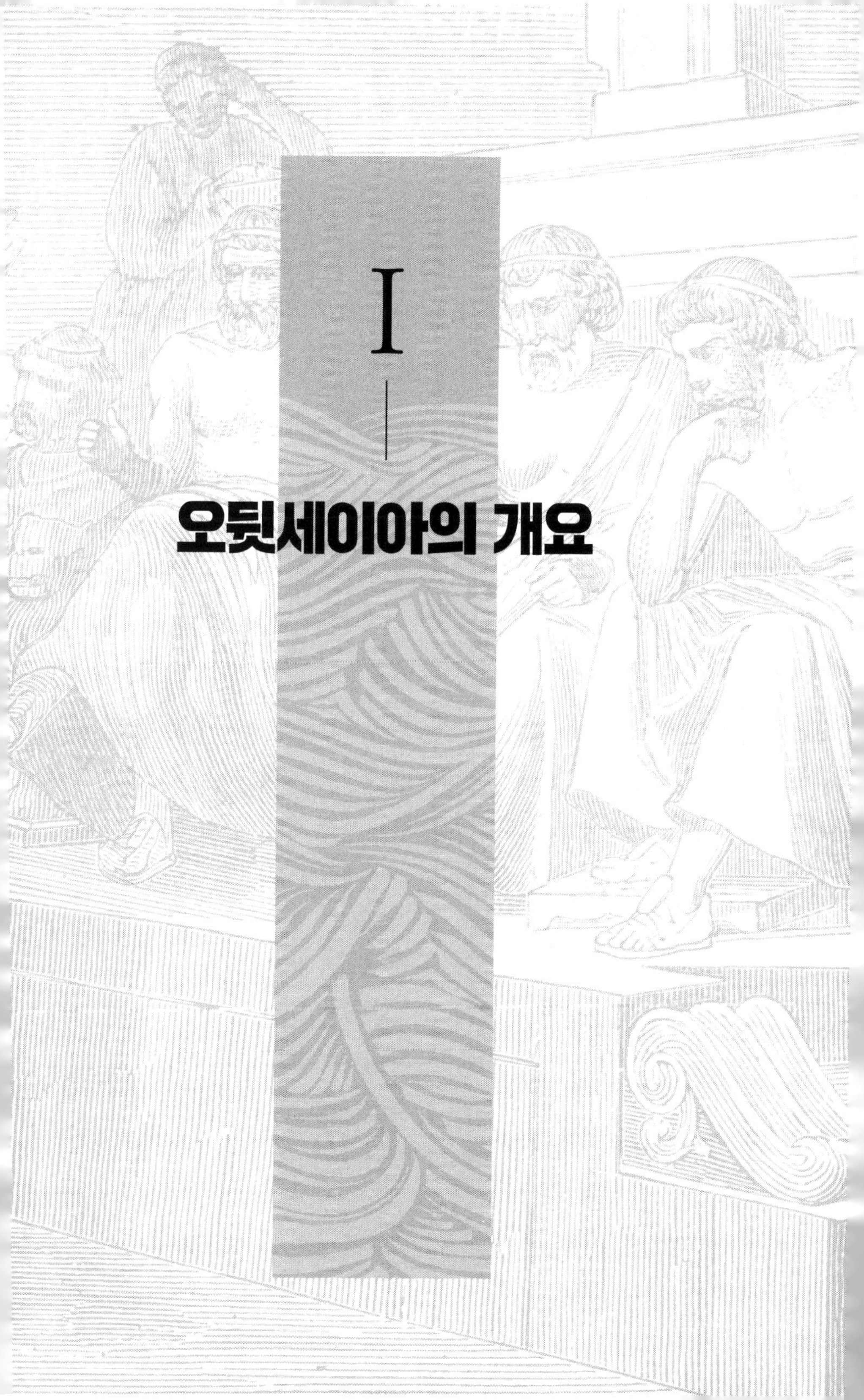

I

오뒷세이아의 개요

호메로스의 〈오뒷세이아〉가 문자로 작성된 시기에 관해 학자들의 의견이 있지만, 대체적으로 기원전 8세기 말에 성립된 작품으로 보인다. 이 작품은 서사시 형식이다. 작품의 역사적 배경은 미케네 문명기에 해당하며, 시기적으로는 청동기 말기 문화에서 철기 문화로 이동하는 시기이다.

작품 내용은 호메로스 생존 시기보다 500년 앞서 발생했던 트로이 전쟁이다. 트로이 전쟁은 신화적으로 트로이 왕자 파리스가 스파르타의 메넬라오스의 왕비인 헬레네를 아내로 선택함으로써 시작된다고 보고 있지만, 강력한 국가인 미케네가 소아시아로 진출하기 위해 길목에 위치한 트로이와 전쟁을 감행했다는 관점도 있다. 그리스 지역은 올리브와 포도를 재배할 수밖에 없는 척박한 지역이었다. 이들이 곡식과 무기를 만드는데 필요한 주석과 철을 얻는 방법은 해상무역과 전쟁뿐이었다. 흑해로 가는 입구에 위치한 트로이가 통행세를 받고 약탈을 하자 전쟁을 할 수밖에 없었다는 것이 그 이유인 것이다.

〈오뒷세이아〉는 총 24권으로 구성되어 있으며, 1만 2,110행으로 구성되어 있다. 오뒷세이아의 모험 공간은 오귀기에 섬, 파이아케스의 나라 스케리아, 고향 이타케 등이다. 호메로스의 전작인 〈일리아스〉보다 다양한 지역이 작품의 공간 무대가 되고 있다. 작품에 언급된 시간은 10년에 걸친 모험과 귀향 이야기가 40일간으로 구조화되어 있다. 〈오뒷세이아〉의 의미는 오뒷세우스의 노래, 즉 이야기이다. 〈오뒷세이아〉는 오뒷세우스가 한 이야기일 수도 있고, 오뒷세우스에 관한 이야기일 수 있다는 의미이다.

〈오뒷세이아〉의 주제는 크게 세 부분으로 구분할 수 있다. 1권에서 4권까지 오뒷세우스 아들인 텔레마코스의 성장과 여행, 5권에서 12권은 오뒷세우스가 고향 이타케에 귀향하기 전 5주 동안의 바다 모험, 여행 이야기로 구성되어 있다. 13권에서 24권까지는 오뒷세우스가 이타케에서 도착한 이후 5일 동안에 있었던 일을 이야기하고 있다. 호메로스의 작품 중 〈일리아스〉는 시간적 구분이 분명하다면, 〈오뒷세이아〉는 공간적 배경이 다양하고 역동적이다. 따라서 〈오뒷세이아〉 이야기 전체 구조는 오뒷세우스와 그를 둘러싼 가족인 아들인 텔레마코스, 아내인 페넬로페 이야기, 페넬로페와 그의 구혼자 108명의 이야기, 오뒷세우스의 이야기 등으로 구분할 수 있다. 〈오뒷세이아〉를 번역한 천병희 선생은 오뒷세이아의 주제를 '여행'과 '바다'라고 한다. 이는 그리스 연합군의 영웅인 오뒷세우스가 전쟁이 끝난 후 바다 위에 떠돌며 모진 고난을 겪은 이후 고향 이타케로 10년 만에 귀향하는 이야기이고, 이타케는 바다 넘어 있기 때문이라고 한다 (천병희 역, 2015. 1. 21.).

우리는 〈오뒷세이아〉의 서술 방식과 내용을 근거로 1~4권, 5~8권, 9~12권, 13~16권, 17~20권, 21~24권 등으로 분류하여, 각각의 내용적 특징을 정리하고자 한다.

1권에서 4권은 텔레마코스의 성장 내용으로 구성되어 있다. 아버지를 잘 모르는 텔레마코스는 아테나의 도움으로 오뒷세우스의 소식을 알기 위해 퓔로스에 살고 있는 네스토르와 스파르타의 메넬라오스를 찾아가는 여행을 하고자 한다. 아테나는 텔레마코스에게 아버지의 소식을 듣기 위해 이타케를 떠나라고 하면서 회의를 소집하여서, 자신의 결심을 말하여 신들을 증언으로 삼고, 퓔로스에서 네스트로를 만나고, 스파르트타의 메넬라오스를 찾아가서 아버지의 소식을 수소문하며, 이타케 궁에 머물고 있는 어머니의 구혼자들을 죽일 수 있을지를 궁리하여 후세 사람들이 칭찬받을 수 있는 행동을 하라고 조언한다.

이에 텔레마코스는 회의를 소집하여 구혼자들에게 이타케 성으로부터 떠나달라고 하지만 소용없다. 결국 텔레마코스는 몰래 필로스로 떠나고, 아테나 여신은 오뒷세우스의 친구인 멘토르로 변장하여 동행한다. 육지 여행을 통해 펠로폰네소스반도에 도착한 그는 네스토르를 만나고, 바다 여행을 통해 메넬라오스를 만난다. 메넬라오스는 아가멤논과 더불어 트로이 전투에 참가했던 그리스 영웅들의 귀향 소식을 바다 노인 프로테우스가 들려준 이야기로 알려준다. 그 내용은 요정인 칼륍소가 오뒷세우스를 포로로 잡아두고 있다는 것이다. 텔레마코스가 궁을 떠난 사이 구혼자들은 이타케로 돌아오는 텔레마코스를 죽이기 위해 매복 계획을 세운다.

5권에서 8권은 전령이 신 헤르메스가 오뒷세우스를 귀향시키라는 제우스의 말을 칼륍소에게 전달한다. 이에 오뒷세우스가 섬을 떠나 스케리아에 도착 이후 이야기로 구성되어 있다. 5권에 등장하는 오뒷세우스는 오귀기에서 바다 요정 칼륍소와 7년 동안 살고 있지만 귀향을 생각하는 슬픈 모습으로 등장한다.

칼륍소가 살고 있는 오귀기에 섬은 포도나무 덩굴이 무성하게 뻗어 있고, 포도송이가 주렁주렁 달려 있으며, 맑은 물이 흐르는 섬 네 개가 나란히 있으며, 제비꽃과 셀러리가 만발한 부드러운 풀밭으로 둘러싸인 아름다운 공산이다. 모든 것이 풍성한 섬의 여신인 칼륍소는 오뒷세우스에게 자신과 살면 신과 같이 영생을 약속할 수 있다고 한다. 오뒷세우스는 페넬로페가 아테나보다 부족하고 필멸하는 인간임을 알지만, 귀향하기를 진심으로 원한다고 말한다. 귀향 과정에 고통이 있을 것이지만, 그 고통과 동행할 것이라고 한다.

오뒷세우스의 마음을 알고도 귀향시키지 않던 칼륍소가 헤르메스의 전령을 듣고, 오뒷세우스를 귀향시킨다. 오뒷세우스는 칼륍소의 동굴을 떠나서 파이아케스족이 사는 스케리아로 향해 한다. 스케리아에 도착한 그는 맨 처음 공주 나오시카아를 만난다. 나오시카아는 그를 환대한다. 오뒷세우스는 나오시카아의 도움으로 알키노오소 왕과 왕비에게 고향 이타케로 호송해 달라고 부탁하고 확답을 받는다. 알키노오스 왕과 왕비는 오뒷세우스를 위한 잔치를 베푼다. 그 자리에서 신과 같은 음유시인 데모도코스가 트로이 전쟁의 무훈을 노래하자, 오뒷세우스는 처음으로 자신이 누구인지를 밝힌다.

9권에서 12권은 스케리아에 도착한 오뒷세우스 자신이 그동안 겪은 일을 들려주는 내용이다. 알키노오스 왕이 베푼 잔치에서 오뒷세우스는 자신이 라에르테스의 아들임을 밝히고, 그동안 있었던 험난한 여정을 빠짐없이 들려준다. 트로이 전쟁이 끝난 후 12척의 배를 타고 어떻게 트로이아를 떠나게 되었는지부터 로토스섬에 사는 로토파고이족의 이야기, 외눈박이 거인 퀴클롭스와 저승 여행 이야기 등을 들려준다.

로토스 섬에는 채식을 하는 로토파고이족이 살고 있다. 이들은 꿀처럼 달콤한 로토스를 먹고사는 종족이다. 전우들이 로토스 섬에 도착한 이후 로토스를 먹자, 귀향을 잊어버리고 로토파이고스족과 함께 머물고 싶어 한다. 이에 오뒷세우스는 전우들을 배 안에 묶고, 섬을 탈출한다.

이후 오만불손한 무법자인 퀴클롭스들의 나라에 도착한다. 퀴클롭스들이 살고 있는 공간은 아무것도 제 손으로 심고 갈지 않지만, 밀, 보리, 거대한 포도송이 등이 열리는 풍성하고 비옥한 땅이다. 하지만 이들은 야만인들이다. 이들은 규범도 없고 회의도 하지 않을 뿐만 아니라 각 개인들이 법규를 정하여 상호 간에 무관심하다.

오뒷세우스는 퀴클롭스들의 나라가 실제 야만인들의 살고 있는 곳인지를 확인하고자 한다. 그 이유는 퀴클롭스에 살고 있는 이들이 어떤 사내인지, 오만하고 야만적이고 올바르지 못한지 아니면 손님에게 친절하고 신을 두려워하는 마음씨를 가졌는지를 시험해 보고 싶었던 것이다. 그리하여 그는 12명의 전우를 데리고 퀴클롭스가 살고 있는 섬으로 간다. 나머지 전우들은 바닷가에서 배를 지키라고 한다.

퀴클롭스가 살고 있는 동굴에 도착해 보니, 주인은 외출 중이고, 그 안에는 광주리마다 치즈가 가득하고, 새끼 양과 염소가 종류별로 분류되어 있고, 그릇에는 유장이 그득하게 있다. 전우들은 이것들을 갖고 달아나자고 하지만, 오뒷세우스는 듣지 않는다. 저녁이 되어 동굴에 돌아온 외눈박이 폴뤼페모스가 오뒷세우스의 일행을 발견한다. 폴뤼페모스는 나그네인 이들을 환대하지 않고, 오뒷세우스 일행이 누구이며, 배를 어디에 두었는지를 야만인처럼 묻자, 오뒷세우스는 자신을 '아무도 아니'라고 말한다. 폴뤼페모스는 전우들을 저녁 식사와 아침 식사로 먹어치운다. 다음 날 저녁 포도주를 먹인 폴뤼페모스의 눈을 오뒷세우스가 공격하자, 괴성을 지른다. 퀴클롭스 동료들이 무슨 일이냐고 물었을 때, 오뒷세우스가 가르쳐준 대로 '아무도 아니'라고 말하자 퀴클롭스 동료들은 떠나간다. 시력을 잃은 폴뤼페모스가 동굴 입구에 버티고 서서 양들과 함께 문밖으로 나가는 오뒷세우스 일행들이 있는지를 확인한다. 오뒷세우스는 숫양 세 마리를 하나로 묶고 그 가운데에 전우들을 한 사람씩 나르도록 한다. 이러한 계략으로 남은 6명의 전우들과 무사히 동굴을 탈출하는 듯했으나, 화가 치민 오뒷세우스가 아타케에 사는 라에르테스의 아들 도시의 파괴자 오뒷세우스라고 자신의 이름을 밝히자, 폴뤼페모스는 그의 귀향에 저주를 퍼 붙는다.

퀴클롭스를 떠난 오뒷세우스 일행은 바람의 신, 아이올로스 섬에 도착한다. 아이올로스는 오뒷세우스 일행을 환대하며, 모든 방향의 울부짖는 바람을 묶은 자루를 선물로 준다. 선물을 싣고 고향 땅에 도착하는 듯했으나, 자루 안에 무엇이 들었는지 확인하려는 전우들의 불신 때문에 다시 라이스트뤼고네스족이라는 거인들이 사는 곳에 도착한다. 그곳에서 많은 전우들과 11척의 배를 잃게 된다.

이후 그들은 마법의 여인 키르케의 땅인 아이아이에 섬에 도착해서 1년을 지내게 된다. 키르케는 머리를 곱게 땋은 여신, 인간의 음성을 지닌 무서운 여인이다. 계속해서 오뒷세우스는 지하 세계를 방문한 이야기를 들려준다. 키르케가 말한 것처럼 오뒷세우스는 지하 세계를 방문하고 그곳에서 예언자 테이레시아스의 이야기를 듣는다. 그 예언은 바다의 신 포세이돈이 그의 아들 폴뤼페모스 사건에 앙심을 품고 귀향을 어렵게 한다는 것이었다. 그래도 고향에 도착할 수 있지만 한 가지 조건이 있는데. 그것은 트리나키아에서 도착했을 때, 태양신의 소들을 건들지 말라는 것이었다. 저승에서는 아킬레우스의 혼령을 만난다. 오뒷세우스는 아킬레우스에게 그의 사후 아르고스인으로부터 신처럼 추앙을 받고 있으며, 그 결과 이승에서 명예스러운 삶을 살았음을 증명한다고 이야기해 준다. 하지만 아킬레우스는 이승에서 머슴으로 삶을 살았을지라도 저승보다 좋았을 것이라고 말한다.

저승을 방문하고 돌아온 오뒷세우스 일행은 키르케의 도움으로 그 섬을 떠난다. 그 이후 고운 노래로 뱃사람을 유혹하여 파멸시킨다는 세이렌으로부터 전우들을 지키기 위해 그들의 귀를 밀랍으로 막고, 자신은 돛대에 몸을 묶어서 탈출한다. 그 이후 오뒷세우스는 괴물 스퀼라에게 동료를 잃었지만 거대한 소용돌이인 카륍디스를 통과한다. 그 이후로 헬리오스의 소들이 있는 곳에 도착한다. 예언자 테이레시아스와 키르케가 예언으로 알려준 대로 섬을 지나치고자 하나, 지친 전우들의 간청으로 섬에 살육한다. 오뒷세우스는 키르케가 준 양식 이외는 어떤 소나 작은 가축을 죽이지 말라고 당부했지만, 배고픔을 참지 못한 전우들이 소들을 잡아먹었고, 그 결과 오뒷세우스만이 유일한 생존자로 칼륍소의 땅에 이르게 된다.

13권에서 16권은 오뒷세우스가 이타케에 도착 이후 이야기이다. 귀향 이야기인 것이다. 텔레마코스는 아버지의 조력자로 성장한다. 오뒷세우스는 파이아케스족이 준 큰 세발솥과 가마솥, 청동, 황금, 손으로 짠 옷 등 선물을 실은 배를 타고 이타케에 도착한다. 알키노오스 왕이 준 선물을 실은 배는 새보다 빠르지만 편안한 속도로 고향에 도착하게 해준다. 청년으로 변장한 아테나가 나타나 오뒷세우스를 늙은 거지의 모습으로 바꾸어준다. 거지로 변장한 오뒷세우스는 자신의 돼지치기인 에우마이오스를 찾아간다. 오뒷세우스는 자신에 관해 꾸며낸 이야기를 들려준다. 고귀한 돼지치기는 그를 환대한다. 침상을 준비하고, 양가죽과 염소가죽을 깔고, 무서운 폭풍이 일면 갈아입으려고 준비한 두툼하고 큼직한 외투를 덮어주는 등 극진한 환대를 한다. 메넬라오스와 헬레네를 떠나 이타케로 돌아온 텔레마코스도 돼지치기, 에우마이오스를 찾아간다. 오뒷세우스는 돼지치기의 오두막에 찾아온 텔레마코스에게 자신이 아버지임을 밝힌다. 오뒷세우스는 구혼자들을 물리치려면, 그들이 얼마나 많고 어떤 자인지 알아야 한다고 말하고, 어떤 도움이 있어야 하는지 그렇지 않은지를 심사숙고하자고 한다. 특히 아무에게도 오뒷세우스가 고향 땅에 도착했다는 사실을 알리지 말라고 한다.

17권에서 20권은 오뒷세우스와 페넬로페가 만나는 내용으로 구성되어 있다. 집으로 돌아온 텔레마코스는 어머니와 이야기를 나눈다. 오뒷세우스와 에우마이오스 역시 집으로 들어오는데, 오뒷세우스가 기르던 개 아르고스는 주인을 알아보지만 곧 죽는다. 집에 도착한 오뒷세우스는 구혼자들에게 음식을 구걸하는데, 그들의 우두머리 안티노오스가 음식 대신 상을 집어던지는 모욕에도 참는다. 다음 날 이타케 성 문전을 지키는 거지인 이로스가 오뒷세우스를 비웃자, 권투 시합을 청하여 때려눕힌다. 오뒷세우스가 하녀인 멜란토를 꾸짖지만, 그녀로부터 도리어 비웃음을 당한다. 그 이후 여전히 홀에 남아 있던 오뒷세우스는 구혼자들을 어떻게 복수할지를 숙고한다. 오뒷세우스는 페넬로페와 만나서 이야기하지만 여전히 자신의 정체를 밝히지 않는다. 다만 늙은 유모 에우뤼클레이아가 오뒷세우스의 발을 씻겨주다가 옛 상처를 보고, 그를 알아보지만, 오뒷세우스는 자신의 신분을 밝히지 말라고 한다. 이타케 궁에서 구혼자들과 오뒷세우스 사이에 긴장이 고조되면서 서로를 죽이기를 준비한다. 이런 상황에서 신과 같은 테오클뤼메노스는 구혼자들 모두에게 죽음의 징표가 드리워져 있다고 말한다.

21권에서 24권은 오뒷세우스의 복수가 담긴 내용이다. 페넬로페는 집안 깊숙한 곳에 위치한 광으로 가서 오뒷세우스가 이피토스에게 받은 활과 도끼를 가지고 나온다. 페넬로페는 구혼자들 중 활을 당겨 열두 개의 도끼를 한 줄로 세워 놓고, 그것을 꿰뚫은 자와 결혼하겠다고 한다. 안티노오스를 제외한 모든 구혼자들이 실패하자, 오뒷세우스는 활을 쏘아 도끼 고리를 꿰뚫고 성공한다. 오뒷세우스는 안티노오스에게 활을 겨누고 자신의 정체를 밝힌다. 이어 그는 텔레마코스, 에우마이오스, 소치기인 필로에티오스의 도움을 받아 구혼자들을 살육한다. 멜란티오스는 고문을 받다가 죽고, 12명의 하녀들은 교수형을 당한다. 오뒷세우스의 복수는 끝나고 페넬로페와 해후하지만, 자신의 앞날이 순탄하지 않음을 이야기한다. 왜냐하면 테이레시아스가 노 하나를 들고 바다를 전혀 모를 뿐만 아니라 소금이 든 음식을 먹지 않는 사람들에게 갈 때까지 수많은 도시를 떠돌아다닐 것이라고 예언했기 때문이다.

오뒷세우스와 페넬로페의 향후 운명은 책 내용에 없다. 책의 마지막은 제우스가 아테나 여신을 지상으로 다시 보내 그들로 하여금 제물을 바쳐서 굳은 맹약을 맺게 한다. 맹약의 내용은 오뒷세우스가 언제까지나 이타케의 왕이 되게 하고, 아들들과 형제들이 살육을 잊고 이전처럼 서로 사랑하며, 부와 평화가 충만하게 해주겠다는 신들의 다짐이다. 마지막 권에는 이타케에서 다시 전쟁이 일어나기도 한다. 페넬로페에게 구혼했던 안티노오스의 아버지 에우페이테스가 아들의 복수에 나섰기 때문이다.

하지만 에우페이테스는 오뒷세우스의 아들 텔레마코스의 창에 쓰러진다. 싸움이 더 진행될 수 있었으나, 전투를 멈추고 더 이상 피를 흘리지 말라는 아테나의 말을 따른다. 이후 〈오뒷세이아〉의 대단원의 막은 내린다.

이미식
부산교육대학교 윤리교육/교육대학원 인문교육 전공 교수이면서 어떻게 살아야 하는지에 관한 숙고를 즐겨한다.

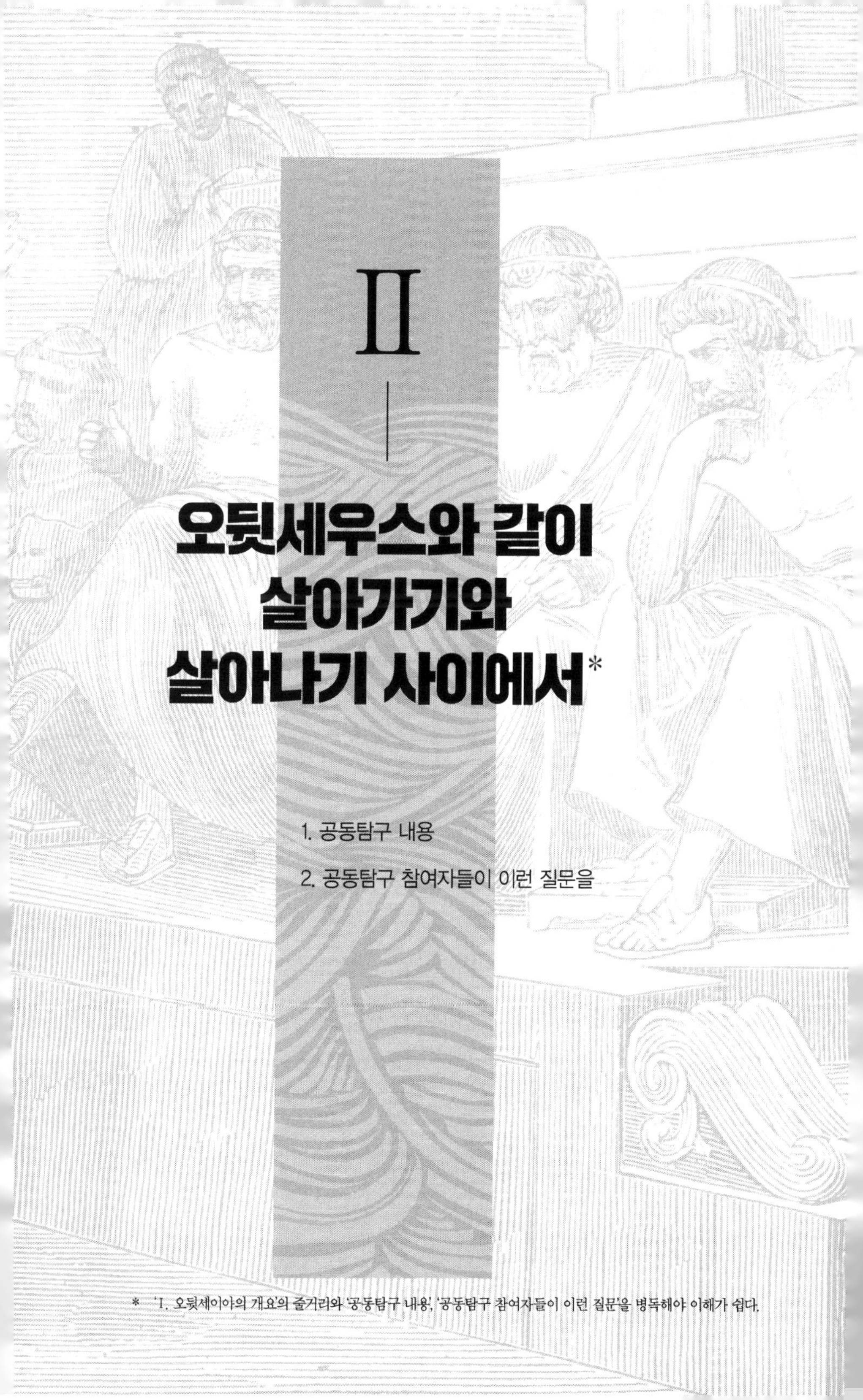

Ⅱ

오뒷세우스와 같이 살아가기와 살아나기 사이에서*

* 'Ⅰ. 오뒷세이아의 개요'의 줄거리와 '공동탐구 내용', '공동탐구 참여자들이 이런 질문'을 병독해야 이해가 쉽다.

공동탐구 내용

'나만나書' 공동탐구는 2019년 3~4월, 2개월 동안 이뤄졌다. 매주 4개 파트를 읽었고, 횟수는 여섯 차례. '위대한 저서' 공동탐구지도사인 이미식 교수의 진행 아래 2시간가량 참여자들이 열띤 토론을 벌였다. 공동참여 방식은 한 참여자가 토론 주제를 제시하고, 다른 참여자들이 자기 생각을 밝히는 방식이다. 다음 내용은 여섯 차례의 공동탐구 사항을 이준영 참가자가 정리한 것이다. 아무래도 토론은 휘발성이 강한 말로 이뤄지다 보니 퇴고가 쉽지 않았다. 글로 정리하면서 튀어나온 건 다듬고, 들어간 곳은 메웠다.

1차, 1~4권 공동탐구

제1권 - 신들의 회의 후 아테나가 텔레마코스를 격려하다

제2권 - 이타케인들의 회의/텔레마코스의 귀향

제3권 - 퓔로스에서 있었던 일들

제4권 - 라케다이몬에서 있었던 일들

공동탐구 첫 시간은 신이 인간에게 어떠한 존재이냐는 질문으로 시작했다. 〈오뒷세이아〉는 신들의 회의로 출발한다. 이런 구성이 의외이다. 귀향하기 위해 오뒷세우스가 분투하는 장면이 첫 장에 나오리라고 예상했기 때문이다. 신들의 회의가 끝나고 아테나가 이타케로 내려오는 국면에서 수동적인 인간의 면모가 드러난다. 아테나의 하강은 신들이 이미 짜놓은 오뒷세우스 귀

향과 텔레마코스 출항 성공을 수행하려는 행위여서다. 인간들이 신들의 장기판 위에서 움직이는 말에 불과하다는 숙명론이나 운명론을 낳게 한다. 그런 면에서 나약한 인간이 절대자에게 의지하는 종교의 씨앗을 〈오뒷세이아〉 첫머리에서 볼 수 있다.

하지만, 인간이 신의 뜻대로만 움직이는 존재가 아니라는 반론이 제기된다. 텔레마코스는 방 안에서 아테나가 일러준 그 여행에 대해 밤새도록 마음속으로 궁리했다는 부분이 인간의 능동적인 모습을 보여 주는 문장 중 하나이다. 신은 그리스인들에게 삶의 여백이었다. '사악한 죽음'이란 표현도 숙명론에 빠지지 않는 당시 그리스인들의 정신을 보여준다. 죽음이 어쩔 수 없는 운명에 따른 것이라며 체념하는 소극적인 그리스인들이 아니라는 의미이다. 니체는 그리스 철학으로 되돌아가 디오니소스를 만난다. 그리스 대문호 카잔차키스의 『그리스인 조르바』가 떠오른다. 카잔차키스는 〈오뒷세이아〉의 후속 편을 펴냈다.

그리스 신화에 나오는 신은 인간 곁에 있는 신이지 사람 위에 군림하는 신이 아니었다. 그리스인들은 자유를 구가했다. 한 인간을 절대자로 삼고 그 앞에서 복종하지 않는 자유정신을 추구했다. 파라오나 대왕을 신처럼 모시는 이집트나 페르시아와는 근본적으로 다른 점이다. 그리스인들이 인류를 '헬레네스(Hellenes, 그리스인들이 스스로를 부르는 이름)'와 '바르바로이(barbaroi, 이방인)'로 분류한 이유를 짐작할 수 있는 대목이다. 현재까지 이어지는 서양 중심의 사고방식이 이때부터 시작한 게 아니냐는 생각을 들게 한다. 물론 그들도 제어할 수 없는 자연의 힘과 사건 앞에서 망연자실할 수밖에 없었다. 이처럼 그들의 사고력과 근력을 능가하는 존재이거나 현상에 대한 해석이 신이란 존재였다. 인간은 나약하지만 강한 존재이다. 이 대목에서 〈성춘향전〉이 떠오른다. 여린 여인이지만, 신념을 지키기 위해 목숨을 걸고 변 사또에게 항거하는 성춘향이 신 앞에서도 당당한 태도를 보이기도 했던 신화 속 그리스인을 연상하게 한다. 〈춘향전〉은 서양인에게 인기가 무척 많았다. 신상옥 감독의 〈춘향전〉이 한때 러시아에서 돌풍을 일으킨 적이 있다. 이 영화를 접한 러시아 젊은이들이 한국학을 연구하기 위해 몰려들었다. 한국으로 귀화한 오슬로 대학의 박노자 교수도 그중 한 사람이다. 〈오뒷세이아〉에서 인간과 신과의 관계는 계속 깊이 살펴볼 과제다.

오뒷세우스의 부인 페넬로페가 왜 재혼을 하지 않고 시간을 끌었을까. 구혼자들이 궁전으로 몰려와 재산을 탕진하고 심지어 아들 텔레마코스의 목숨까지 위협하는데 그녀는 무엇 때문에 시아버지 수의를 낮에는 짜고, 밤에는 푸는 행위를 반복했냐는 의문이다. 당장 남편을 향한 페넬로페의 지고지순한 사랑이 떠오른다. 다른 의견도 있다. 펠레로페는 아테나 환영에게 오뒷세우스보다 텔레마코스를 더 걱정한다는 심정을 털어놓는다. 이 문장에서 구혼자들을 향한 페넬로페 행동의 단서를 찾을 수 있다. 권력 공백 상황에서 왕위를 호시탐탐 노리는 구혼자들에게는 텔레마코스가 성가신 존재일 수밖에 없다. 그런 상황에서 자신이 결혼해버리면 왕이 된 자가 위험한 존재인 텔레마코스를 그냥 둘리가 없다. 페넬로페가 결혼을 계속 미루는 건 그처럼 아들의 안위를 염려한 행동인 것이다.

왕의 부재로 권력이 분산된 이타케를 혼란에 빠트리지 않으려는 페넬로페의 지략이 낳은 행위라는 해석도 가능하다. 구혼자들이 페넬로페의 행위를 비난하는 대목에서 읽을 수 있다. 페넬로페가 빈 권좌를 하루빨리 채우지 않고 애매한 태도를 보인다고 구혼자들이 보았기 때문이다. 오뒷세우스 죽음이 확실히 밝혀지지 않은 불투명한 상황이 페넬로페의 결단을 막았다는 분석도 나온다. 권력자나 재력가의 실종 여부는 힘의 판도나 재산의 향배를 결정한다. 그렇기에 현대 민법에서도 이 사안을 매우 까다롭게 다루고 있다. 하물며 고대 그리스에서 왕이 자리를 20년이나 비워두었으니 얼마나 혼란스러웠을지 짐작하고 남음이 있다. 페넬로페가 아버지 아카리오스에게 돌아가면 아들 텔레마코스가 엄청난 지참금을 되돌려줘야 한다는 점도 그녀의 행위를 해석하는 하나의 단서가 될 수 있다.

네스토르와 메넬라오스가 오뒷세우스의 아들이라는 신분을 알기 전부터 극진한 환대를 먼저 하는 대목이 흥미롭다. 교통과 통신이 발달하지 않았던 당시에 나그네와 손님은 외부 소식을 알려주는 메신저였다. 어릴 적, 세상 소식을 전해주는 방물장수가 오기를 기다렸던 우리의 기억이 새록새록 하다. 메넬라오스도 자신이 트로이를 떠난 후 고초를 겪을 때 여러 곳에서 환대를 받았다는 기억을 떠올린다.

호메로스 서사시는 서양 문화의 시원이다. 왜 그리스인들은 서사시를 통해 세상을 분석하고 자신을 이해하려고 했을까. "들려주소서, 무사 여신이여!(오뒷세이아)", "노래하소서, 여신이여!(일리아스)"처럼 호메로스는 시가(詩歌)의 여신에게 그 지혜를 애원하고 있다. 절대 신을 만들었던 유대인이나 주역 같은 철학에 의존했던 중국인과는 다른 점이다. 시의 정신은 자유와 예술과 깊이 닿아있다. 앞으로 계속 생각해볼 물음이다.

2차, 5~8권 공동탐구

제5권 - 칼립소의 동굴/오뒷세우스의 뗏목

제6권 - 오뒷세우스가 파이아케스족의 나라에 가다

제7권 - 오뒷세우스가 알키노오스에게 가다

제8권 - 오뒷세우스가 파이아케스족의 나라에 머물다

오뒷세우스가 천신만고 끝에 파이아케스족의 나라에 도착해 그곳의 알키노오스 왕을 만난다. 이 자리에서 오뒷세우스는 자기 재산과 하인들과 지붕이 높은 집을 볼 수 있다면 여한이 없겠다는 말을 건넨다. 알키노오스왕 파이아케스족에게 자신의 호송을 부탁했던 것이다.

이 대목에서 오뒷세우스는 고향으로 돌아가고 싶은 이유 중에 부인에 대한 그리움을 표현하지 않는다. 그 이유가 무엇일까. 알키노오스의 딸 나우시카아가 자신에게 보이는 연정과 알키노오스의 호의를 의식했던 것이 아닐까. 알키노오스는 오뒷세우스를 사위로 삼고 싶다는 의향을 비쳤다. 이에 따라 부인 페넬로페에 대한 그리움을 이야기하면, 파이아케스족 여인들의 질투나 왕의 시기를 사서 도움을 받지 못할 수 있다는 우려를 하지 않았을까 하는 추리를 해볼 만하다. 서기전 1500~1300년 전에는 여자들을 재산의 일부분으로 치부했다는 유추도 가능하다. 〈일리아스〉가 아가멤논과 아킬레우스가 전리품인 여자를 두고 서로 싸우는 장면에서 출발하는 것을 고려하면 설득력은 충분하다. 이처럼 남존여비의 시절이니 여자에 대한 사랑 표현을 금기시하였거나 부부애를 입에 올리는 게 남자다움을 떨어뜨리는 요소가 될 수 있지 않았을까.

여기서 오뒷세우스와 페넬로페가 과연 지고지순한 부부애를 유지했는지 의문을 제기해볼 수 있다. 오뒷세우스는 칼륍소와 동거할 때는 눈물까지 흘리며 이타케를 그리워하지만, 부인에 대한 그리움은 별로 나타내지 않는다. 칼륍소와 헤어지기 전에는 빈 동굴의 맨 안쪽에 나란히 누워 서로 사랑을 즐기기도 한다. 심지어 오뒷세우스와 칼륍소의 이별 이야기가 '이룰 수 없는 사랑'을 마음 아파하는 신파조처럼 들릴 정도이다.

오뒷세우스가 오귀기에 섬에서 칼륍소와 7년이나 함께 지냈다. 10년이라는 귀향 기간 중 7할이나 차지하는 긴 기간이다. 칼립소가 억류한 측면도 있지만, 어느 정도 오뒷세우스의 자발성은 없었을까. 또 오뒷세우스가 영생과 안락 모두를 주겠다는 칼립소의 매력적인 제안을 뿌리치고 섬을 떠나는 이유는 무엇이었을까. 필멸의 인간에게 영생을 약속하는 칼립소의 제안은 참으로 거절하기 어려운 게 아닐 수 없다. 인간의 영원한 숙제인 생로병사의 굴레에서 벗어날 수 있으니 말이다. 천하를 제패한 진시황도 끝내 이루지 못한 일이다. 신과 인간이 나뉘는 지점이기도 하다. 오뒷세우스에게 영생보다 더 중요한 게 과연 무엇이었을까.

개인 경험을 통해 오뒷세우스 마음을 상상해보자. 외지에 발령이 나면서 '이제부터 마음대로 할 수 있다'는 기분은 일주일을 넘지 못한다. 가족에 대한 그리움 때문에 일주일 내내 집에 갈 공휴일만 기다린 적이 있다. 또 손주 아이 얼굴을 보면서 오뒷세우스가 칼립소를 뿌리친 이유를 어렴풋이 알만했던 적이 있다. 영생이나 권력, 천금 그 무엇보다도 중요한 게 있다는 느낌이었다.

〈오뒷세이아〉를 읽으면서 초등학교 6학년 한 반 학생들에게 다음과 같은 질문을 해봤다. 익명으로 해 객관성을 높이려 했다. '평생 동안 할 수 있는 것 다 해볼 수는 있지만, 가족은 못 본다'와 '죽을 수도 있고, 매우 힘든 여정을 거쳐야 하지만 가족과 함께 할 수 있다'라는 두 개의 선택지 중에 하나를 선택하라는 물음이었다. 이에 5명만 빼고 모두 후자를 선택했다. 심지어 전자로 답을 유도했는데도 이런 결과가 나왔다. 이를 통해 오뒷세우스가 칼륍소를 떠난 이유를 유추해 보았다.

한편, 권태를 극도로 싫어하는 인간 본성도 영생을 거부한 오뒷세우스의 마음을 읽을 수 있는 코드이다. 빠끔 열린 문틈 사이로 말(馬)이 지나가듯 짧은 시간을 사는 인간에게는 잠시 머무를 시간이 아까울 정도로 세상은 신기롭다. 오뒷세우스는 매우 호기심이 강한 인물이다. 그런 사람이 7년이나 참았다니 대단하다는 생각이 든다. 칼륍소의 매력이 보통이 아니었나 보다.

'오뒷세이아' 당시 그리스인들에게 신이란 과연 무엇이었을까. 어쩌면 꿈속에서 나에게 도움의 손길을 내민 돌아가신 어머니, 그리고 그 어머니가 날 언제나 바라보며 보호해 주신다는 믿음, 그런 마음이 그리스의 신이 아닐까 하는 생각을 갖게 한다. 나의 신념이 잘 되기를 바라는 암시라는 해석도 가능하다.

그리스인들에게는 신은 유일무이한 절대 신이거나 인간의 운명을 마음대로 좌지우지하는 존재가 아니었다. 인간의 능력으로 해결하거나 해석할 수 없는 대상이 나타났을 때 그것을 설명하는 빙편이있다고 할 수 있다. 이처럼 그들에게 신은 넘어설 수 없는 힘을 보여 주는 경외의 대상인 동시에 그들에게 어떠한 행위의 자극이자 구실이며 격려였다.

어떤 때는 말버릇처럼 흘러나왔고, 어떤 때는 매우 아름다운 대상에 대한 묘사법으로 이용되었다. 아테나가 사람을 더 크고 풍만해 보이게 했고, 그의 고수머리를 히아신스꽃처럼 흘러내리게 했다는 구절이 좋은 사례이다. 알키노우스 집을 장식한 황금개도 헤파이스토스가 만들어준 것처럼 묘사했다. 그들은 또 신이 인간과 함께 식탁에서 식사한다고 생각했다.

가인 데모도코스가 등장하면서 오뒷세우스의 승리에 관해 노래를 한다. 이 노래를 듣던 오뒷세우스는 눈물을 흘린다. 오뒷세우스 입장에서는 승리의 노래여서 기쁠 텐데 왜 슬픈 눈물을 흘렸을까. 아마 트로이 전쟁에서 죽은 수많은 전우가 생각났을 것이고, 그동안 자신이 겪은 고난이 주마등처럼 스쳐 갈 것이다. 이 노래를 이타케에 도착해 들었다면 승리의 미소를 지었을지도 모른다.

오뒷세우스의 승리와 고통을 읽으면서 인간은 좋은 것과 나쁜 것을 모두 다 얻을 수 없다는 말이 상기되었다. 신과 소통해 서사시를 읊는 능력을 가진 가인 데모도코스와 호메로스는 장님이다. 예지력을 가진 테바이의 테이레시아스도 앞을 볼 수 없다. 득음하기 위해 눈을 잃은 서편제가 생각난다. 우리 민족의 한(恨)과 서양의 고난을 비교 분석할 수 있겠다.

영웅들도 당장 그날 저녁이 중요하고, 가스러운 배(腹)보다 파렴치한 것은 달리 아무것도 없다고 솔직히 고백하는 대사가 자주 나온다. 매슬로의 욕구 5단계가 떠올랐다. 내적으로 성숙하고 자아 정체성이 올바르게 확립되려면 의식주 문제로부터 해방되어야 한다는 뜻으로 읽혔다. 이는 우리나라의 '금강산도 식후경'이란 속담처럼 아주 현실적인 의식이라고 할 수 있다. 그리스인은 영웅도 이런 말을 할 정도로 매우 현실적인 인식을 가진 사람들이고 볼 수 있다. 아킬레우스도 저승에서 "망자의 왕이 되기보다는 이승에서 찢어지게 가난한 농부의 종살이를 하리라"라고 외치지 않았던가.

"젊은이들이란 언제나 생각이 모자라니깐요"라는 오뒷세우스의 말에서 당시 청년에 대한 어른들의 인식을 읽을 수 있다. 고대 메소포타미아 문서에도 '요즘 애들 버릇없다.'라는 내용이 있다고 한다. 아리스토텔레스도 〈니코마코스 윤리학〉에서 "젊은이는 정치학 강의를 듣기에 적절하지 않다"라고 밝혔다. 그리고 "사람의 아들이 아버지가 말한 것을 따르면 어떠한 계획도 실패를 모르리라", "노인이 한 명 죽으면 도서관 하나가 없어진 것과 같다"라는 격언이 고대로부터 내려오고 있다. 기성세대의 지식과 지혜를 존중하는 내용들이다. 하지만 현대의 정보사회는 다르다. 어른들이 신세대에게 지식을 배우는 최초의 시대가 되었다. 어른들이 지혜에서는 앞서지만 지식에서는 젊은이에게 뒤지는 게 정보사회의 특징이다.

〈오뒷세이아〉를 읽으면서 말의 힘을 새삼 느꼈다. 오뒷세우스가 나우시카아에게 애원하는 장면은 무릎을 치게 한다. 오뒷세우스가 면전에서 시비를 거는 파이아케스족의 에우뤼알로스에게 대응하는 대목도 뛰어나다. 오뒷세우스는 에우뤼알로스가 겉만 번지르르하고 머리는 텅 빈 인물이라는 점을 우회적이지만 엄중하게 전달하고 있다. 그리스 소피스트들의 수사학을 떠올리게 하는 장면이다.

헤파이스토스가 바람을 피우는 부인 아프로디테와 남신 아레스를 천라지망(天羅地網)으로 옴짝달싹 못 하게 하는 대목은 그리스 신화 중에서 유명한 신화이다. 헤라가 홀로 낳은 절름발이 신 헤파이스토스의 성격을 잘 드러내고 있으며, 그리스인들이 신을 바라보는 시각도 짐작하게 한다. 자주색이 자주 나오는 것도 주목할 만하다. 염료 기술이 발달하지 않았던 당시에는 곤충의 피로 염색을 많이 했다. 고대에서는 이 색이 귀족의 색이었다. 지금도 유럽에서 성직자나 법복은 자주색이다. 우리나라에서도 남색이나 쪽빛이 귀한 대접을 받았다.

당시 소국가의 통치 방식을 엿볼 수 있는 대목이 〈오뒷세이아〉에 자주 나온다. 파이아케스족의 알키노오스는 자기 외에 열두 명의 왕이 있다는 말을 한다. 그들이 힘을 모아 오뒷세우스 귀향을 도와주라는 명령도 내린다.

당시 그리스에서 이러한 통치 방식이 일반적이었다면, 이타케도 그러했으리라고 유추할 수 있다. 알키노오스가 오뒷세우스와 같은 처지가 되었다고 가정해보자. 파이아케스족의 다른 유력자들도 알키노오스의 부인 아레테에게 집단 구혼을 하지 않았을까. 페넬로페에게 집단 구혼하는 일이 벌어진 이타케 상황을 이해하는 데 도움을 주는 내용이다.

3차, 9~12권 공동탐구

제9권 - 오뒷세우스의 이야기들/퀴클롭스 이야기

제10권 - 아이올로스/라이스트뤼고네스족/키르케

제11권 - 저승

제12권 - 세이렌자매/스퀼라/카륍디스/헬리오스의 소들

〈오뒷세이아〉의 시간 전개 방식은 독특하다. 현재에서 과거를 회상하고 다시 미래로 나가는 구조이다. 연극이나 연극의 플래시백처럼 과거 회상 장면을 보여 주면서 긴장을 고조하고 감정의 격렬함을 드러낸다. 액자 소설 형식도 보인다. 아득한 옛날 고대 그리스에서 이렇게 세련된 작품을 쓴 호메로스의 탁월함이 놀라울 뿐이다.

오뒷세우스가 저승에 간 장면에서 오이디푸스 얘기가 나온다. 심리학 상의를 들을 때나 공부할 때 '오이디푸스 콤플렉스'라는 용어를 자주 접했다. 그때마다 어디에서 이런 용어가 나왔을까 의아스러워했는데 〈오뒷세이아〉를 통해서 그 뿌리를 확인할 수 있었다. 오이디푸스 신화는 아들이 아버지를 죽이고, 어머니와

결혼하는 비극적인 이야기이다. 비극적이라는 의미는 금지된 근친상간을 어겼다는 의미다. 아버지를 죽이는 것 또한 마찬가지다. 땅의 여신 가이아와 아들인 하늘의 신 우라노스가 혼인했다는 신화가 자연히 떠오른다. 인간 마음에 남아있던 그런 본능과 그것을 떨쳐내려 한 당시 윤리 간의 갈등이 오이디푸스 신화로 나타난 것이 아닐까.

영화 〈나니아 연대기〉와 〈오뒷세이아〉 간에 비슷한 장면이 많다. 〈나니아 연대기〉는 삼 남매가 파도 그림 속으로 들어가 왕과 왕비가 되면서 모험을 하는 스토리이다. 그 속에서 욕망 때문에 용으로 변하고, 욕망을 자각하면서 인간으로 돌아오는 모습은 욕망으로 낭패 보는 오뒷세이아 일행과 다를 바 없다.

삼 남매는 파도 벽 앞에서 현실로 돌아가지 않는다면 부와 명예를 안겨주겠다는 제안을 받는다. 영생을 줄 터이니 오귀기에 섬에 남으라는 칼륍소의 유혹과 비슷하다. 그처럼 엄청난 혜택을 거절하는 것도 유사한 점이다. 집으로 돌아가는 내용을 담은 〈15소년 표류기〉와 〈이상한 나라의 앨리스〉도 〈오뒷세이아〉를 모티브로 했다는 생각이 든다.

오뒷세우스가 하데스 세계에서 만난 어머니와 '혼백(魂魄)'의 존재에 대해 대화를 나누는 장면이 있다. 이 혼백은 동양의 개념과 달라 보인다. 동양에선 혼(魂)은 하늘로 올라가는 천지기운이며, 백(魄)은 흙과 함께 사라지는 살과 뼈, 피로 본다. 이처럼 혼백에 대한 동·서양의 인식이 전혀 다른 것인지, 아니면 단순한 번역의 오류인지 궁금하다.

이와 관련해 동양과 서양의 장례문화를 알아볼 필요성을 느낀다. 혼백을 믿었던 동양은 매장(埋葬) 문화이고, 영혼을 중시한 서양은 화장(火葬)을 선호했다는 생각을 할 수 있다. 그러나 여러 고전을 보면 매장은 고대 그리스에서 보편적인 장례 방식이었다. 엘페노르가 저승에서 만난 오뒷세우스에게 자신의 시신을 꼭 묻어달라고 신신당부하는 장면이 있다. 그는 오뒷세우스가 저승으로 여행 가기 전 지붕에서 떨어지는 어이없는 사고로 사망한 자이다. 일행은 그때 미처 시신을 매장하지 못하고 키르케의 집에 남겨두고 왔던 것이다. 소포클레스의 비극 〈안티고네〉에서도 이런 내용이 나온다. 안티고네는 목숨을 내놓고 왕의 명령을 어기면서까지 죽은 오빠 시신 위에 흙을 얹고야 만다.

오뒷세우스는 어려운 일을 맡길 사람을 뽑을 때 제비뽑기를 이용한다. 그리고 자신도 위험한 일을 함께 한다. 또 키르케에게 갈 선발대를 정할 때도 제비뽑기를 한다. 이 방식은 이후 그리스 폴리스에서도 애용하던 방식이다. 기득권이나 경제력, 인맥 등 부당한 요소들을 배제할 수 있는 가장 민주적인 방식으로 제비뽑기가 꼽힌다. 보통, 평등, 직접, 비밀이라는 4대 원칙을 내세우는 현재 선거제도는 알고 보면 기울어진 운동장이 아닐 수 없다. 경제 불평등에 따른 교육과 정보 획득의 차이는 이 세상을 권력자 편으로 만든다. 실제 우리나라 국회가 대부분 법조인, 언론인, 부자들로 채워져 있다는 사실에서 알 수 있다.

그리스 신화에서 리더의 솔선수범이란 미덕도 만날 수 있다. 아가멤논이 자신의 딸인 이피게네이아를 제물로 바친 게 단적인 사례다. 딸을 신에게 바쳐야 바람이 불어 트로이 원정대 배들이 떠날 수 있다는 신탁에 따른 행위였다. 비록 신화이지만, 왕이 자신의 딸을 희생양으로 삼는 행위는 찬란한 솔선수범으로 평가받아 마땅하다. 서양 노블레스 오블리주(noblesse oblige)의 시원을 보는 듯하다.

퀴클롭스들의 땅에 도착한 오뒷세우스는 외눈박이 거인 폴뤼페모스 동굴에 들어가 낭패를 겪는다. 여기서 오뒷세우스는 자신의 이름을 '아무도 아니'라고 밝힌다. 괴물에게서 벗어나려는 꾀돌이 오뒷세우스다운 면모이다. 호메로스가 얘기의 지루함을 덜기 위해 코믹한 내용을 넣었다고 생각할 만큼 재미있는 대목이다.

이 작명을 통해 '영웅의 시대'가 '인간의 시대'로 변했다는 느낌을 받는다. 〈일리아스〉는 전쟁터에서 목숨을 바쳐 싸우는 인물을 영웅으로 취급한다. 하지만 〈오뒷세이아〉에서는 어려움과 굴욕을 이겨내고 살아서 고향으로 돌아가 가족과 동포들을 만나는 게 지상 과제이다. 트로이 전쟁을 승리로 이끈 영웅 오뒷세우스가 평범한 인간으로 돌아오는 과정이라고 볼 수 있다.

후대에 많은 작품이 '아무도 아니'라는 이름을 차용했다. '아무도 아니'의 그리스어는 우티스(Outis)이고, 영어로는 노바디(Nobody), 라틴어로는 니모(Nemo)이다. 짐 자무시 감독의 '데드맨(Dead Man)'에서 나오는 괴이한 성격의 인디언 노바디(Nobody, 게리 파머 분), 우리나라에 무숙자(無宿者)로 소개된 서부영화 'MY NAME IS NOBODY', 잠수함 노틸러스호의 모험담을 담은 '해저 2만 리'에 나오는 네모(Nemo) 선장, 애니메이션 '니모(Nemo)를 찾아서'에 오뒷세우스의 잔영(殘影)이 어른거린다.

오뒷세우스가 저승에서 돌아와 키르케를 떠나 모험에 나선다. 키르케는 오뒷세우스에게 항해 중 세이렌 자매의 노랫소리에 현혹되지 말라고 경고한다. 오뒷세우스는 밀랍으로 부하들의 귀를 막는다. 그리고는 부하들에게 자신을 나무통에 묶으라고 명령한다. 그리고 혹시 자신이 밧줄을 풀라고 말하면 더욱 옥죄라는 말도 덧붙인다. 그들은 항해 중 세이렌 자매의 노랫소리를 들었으나 서로의 임무를 잘 지켜 무사히 통과할 수 있었다.

서양 철학자들은 이에 대해 나름대로의 의미를 붙인다. 스피노자는 "지도자가 미쳐서 내리는 명령은 들을 필요가 없다"라며 시민 불복종 정신의 근거를 마련한다. 세이렌 소리에 결박을 풀라는 오뒷세우스의 명령을 만약 부하들이 따랐다면, 그 결과는 불을 보듯 명확했을 것이다. 프랑크푸르트학파 학자(아도르노와 호르크하이머)는 이 장면을 합리적 근대로의 이행으로 본다. 대장인 오뒷세우스의 모습은 귀는 열려 있으나 음악에 몸을 맡기지 못하는 형상이다. 오직 합리성과 이성으로 신화적 세계에서 탈출하기 위해 많은 희생을 치르는 현대인의 자화상이 아닐 수 없다. 또 노래라는 감동을 멀리하고, 귀를 막고 노를 저어야 하는 부하들의 처지는 쾌락이나 유희를 멀리하고 노동해야 하는 자본주의 노동자들과 다름없다. 지배하는 자와 복종하는 자의 분열, 노동하는 자와 그렇지 않은 자의 분업, 사유와 경험의 분리이다.

오뒷세이아 일행이 스퀼라와 카륍디스 중 어느 쪽으로 가더라도 희생을 당할 수밖에 없는 상황은 인생의 여정과 비슷하다. 늘 선택의 기로에 서는 것이 삶이기 때문이다. 그래서 영어에는 이런 진퇴양난의 상황을 'between Scylla and Charybdis'란 관용어로 표현한다.

4차, 13~16권 공동탐구

제13권 - 오뒷세우스가 파이아케스족의 나라를 떠나 이타케에 도착하다

제14권 - 오뒷세우스가 에우마이오스를 찾아가다

제15권 - 텔레마코스가 에우마이오스에 가다

제16권 - 텔레마코스가 오뒷세우스를 알아보다

오뒷세우스는 왜 돼지치기 에우마이오스를 찾아갔을까. 귀환

도중 많은 부하가 죽었다지만, 자신의 절친한 친구 멘토르 같은 이들이 있었을 터인데 하필이면 천한 돼지치기에 자신의 몸을 의탁했을까. 왕이라는 절대적인 존재도 기반을 잃게 되면, 결국 일반 백성에게 의존하지 않을 수 없다는 걸 보여주려는 것일까. 독일 철학자 헤겔의 '주인과 노예의 변증법'처럼 모든 걸 노예에게 의탁하다 보니 결국 주인이 노예의 노예가 되는 그런 일이 호메로스에게 닥친 것일까. 귀향 후 오뒷세우스의 첫 행선지는 이처럼 많은 의문을 남긴다.

오뒷세우스가 정치 바람을 가장 적게 탔을 인물로 변방의 돼지치기를 꼽았다는 추측도 가능하다. 돼지를 기르는 곳이 구혼자들과 멀리 떨어져 있어서 안전하다는 점도 간과할 수 없다. 돼지고기라는 영양가 많은 음식이 있어 허기를 해결할 수 있는 장소라는 것도 유심히 봐야 한다. 어쩌면 오뒷세우스가 구혼자들에게 복수하기 위해 먼저 밑바닥 인심을 파악해야 한다고 판단했을지도 모를 일이다.

파이아케스족의 왕 알키노오스가 오뒷세우스에게 줄 선물을 귀족들에게 할당하면서 이런 말을 한다. 오뒷세우스에게 주는 큰 솥만큼 다시 백성들에게서 거둬들일 수 있다는 언사이다. 오뒷세우스가 이타케로 가져간 막대한 금화가 파이아케스족 백성들의 세금에서 나왔다는 사실을 짐작하게 하는 대목이다.

청동기가 도구 역할을 하던 이 시대는 농업 체제가 완성기에 이른 시기이다. 잉여생산물이 늘어나면서 자연히 지배층과 피지배층이 확연하게 분리되었다. 직접 생산에 참여하지 않은 가인이나 하인·하녀들이 많이 등장하는 것도 이 때문이다. 이처럼 노동력이 필요하다 보니 인신매매도 급증했다. 노예무역으로 오뒷세우스 집안으로 팔려온 에우마이오스나 에우뤼클레이아도 그런 경우이다.

〈오뒷세이아〉에서 나오는 지배와 피지배층 관계는 그 형태만 달리해 아직까지도 전해지고 있다. 그래서 오뒷세우스와 구혼자들의 싸움을 자본가 간의 경쟁, 오뒷세우스와 불충한 하인·하녀와의 갈등을 노사분규의 고대 형태로 해석하는 학자들도 있다.

돼지치기 에우마이오스의 출생 비밀 이야기가 펼쳐진다. 변장한 오뒷세우스에게 에우마이오스는 자신이 왕의 아들이었다고 밝힌다. 시녀와 사기꾼 뱃사람들이 자기를 납치해 이타케에 팔았다는 얘기를 늘어놓는다. 에우마이오스의 말을 어느 정도까지 믿을 수 있을까. 사람의 기억은 왜곡되기 마련이다. 어릴 적 기억은 더욱 그렇다. 현실이 어려울수록 과거를 미화할 개연성이 높다. 어려운 집안 아이들일수록 부잣집에서 태어난 자기가 운이 없어 가난한 집으로 잡혀 왔다는 상상을 하면서 위안을 삼는 경향이 있다. 납치나 가문 몰살, 아이 바꾸기라는 사건이 생기는 바람에 할 수 없이 남의 집으로 와서 성장했다는 일종의 보상심리이다. 동서고금 예외가 없다. 에우마이오스의 얘기에서

'가족 로망스'의 뿌리를 보는 기분이다.

〈오뒷세이아〉에서 '잠'은 장면의 전개나 전환을 가져오는 중요한 장치이다. 오뒷세우스가 잠을 자는 동안 부하들이 아이올로스가 바람을 가둔 부대를 푸는 바람에 고향을 눈앞에 둔 채 출발지로 날려가는 장면, 아테나가 안겨주는 잠에 빠져 페넬로페가 고통을 잠시 잊는 장면, 장밋빛 손가락을 가진 여신이 나타나는 아침의 모습은 모두 잠과 연관돼 있다.

그리스 신화에서 잠은 죽음과 형제지간으로 본다. 그렇기에 인간은 잠을 통해 매일 작은 부활을 이룬다. 오늘과 어제가 다른 것은 잠 때문인지도 모른다. 잠은 단순한 휴식이 아니다. 잠에서 깨어난다는 것은 어제를 전생으로 오늘의 인연을 이어나가는 모습이다.

잠은 인간의 활동을 멈추게 해 자연에도 휴식을 안겨 준다. 현대 문명에서 더 그렇다. 밤낮없이 돌아가는 자본주의와 기계문명은 지구에 엄청난 고통을 안겨주고 있다. 인간이 잠을 자지 않고 24시간 일을 하니 자연이 견뎌내지 못한다. 환경파괴이다. 앞으로 인공지능이 인간 역할을 하게 되면 이러한 현상은 심화할 것이다.

인간의 노동시간은 수렵 채취에서 농업, 공업으로 가면서 크게 늘었다. 노동자와 농부가 일하는 시간이 늘어난다는 것은 유희 시간이 준다는 뜻이다. 반면 귀족과 자본가의 유희 시간은 주체할 수 없도록 늘었다. 결국 농노와 노동자만 희생을 하는 것이다. 잠을 자지 않는 세상에서 신화는 없다.

오뒷세우스나 텔레마코스가 각각 부인과 어머니를 완전히 믿지 못하는 대목이 많다. 아테나 신도 오뒷세우스에게 '아내를 몸소 시험해보기 전에는'이란 말을 자주 한다. 아테나 신은 또 텔레마코스에게 어머니가 집 재산을 가지고 나갈 수 있으니 조심하라고 주의까지 준다. 이 여신은 그것으로 끝나지 않고, 여자는 현재 남편을 위해 전 남편의 자식을 신경 쓰지 않는다는 말을 텔레마코스에게 건넨다.

이에 대해 공감하기 어렵다. 남자의 시각에서 본 여자에 대한 편견이다. 〈오뒷세이아〉는 호메로스라는 남자가 쓴 것이다. 남성 위주였던 고대 그리스의 사회풍속을 엿볼 수 있다. 이를 현대의 시각으로 바라보자. 〈오뒷세이아〉에 나오는 '여자'라는 단어를 '남자'로 바꾸어도 문맥이 전혀 이상하지 않다. 상담을 해보면, 이혼 가정의 여성들은 남편에 대해 회상하기를 싫어한다. 시쳇말로 개차반인 남성이 많다는 뜻이다. 반면 그녀들은 아들에 대해 애착을 보이고 하염없이 눈물을 흘린다.

메넬라오스는 라케다이몬(스파르타)을 떠나려는 텔레마코스에게 손님을 대하는 자세의 중용을 강조한다. 머물고 싶어 하는 손님을 서둘러 보내는 것이나, 가려고 하는 손님을 잡는 것이나

다 잘못이며, 오는 손님은 환대하고 떠나고 싶어 하는 손님은 보내주는 게 옳다는 것이다. 우리나라에도 비슷한 의미를 지닌 속담이 있다. '가까우면 불에 타죽고, 멀어지면 얼어 죽는다', '너무 가까우면 가시가 부러지고 서로 다친다' 등등.

메넬라오스의 이 말은 오뒷세우스 귀향이 해결 국면으로 접어든다는 것을 암시한다. 칼륍소나 키르케, 퀴클롭스는 오뒷세우스를 보내지 않거나 가둬두려고만 했다. 오뒷세우스의 고통이 늘어나고 귀환이 늦어지는 이유였다. 텔레마코스의 이타케 행은 예속과 구금이 해체하고 석방과 자유가 성립한다는 의미로 받아들여진다.

고향 이타케에 도착한 오뒷세우스는 거지로 변신을 한다. 그리스 신화에서 변신을 밥 먹듯 하는 신들을 연상케 하는 모습이다. 변장은 남들이 자신을 알아보지 못하도록 하는 행위이다. 변장한 입장에서는 그런 자신을 대하는 남들을 대하는 느낌은 '몰래카메라'를 보는 것과 비슷할 것이다. 상대방의 진심을 시험하려는 시도인 동시에 일종의 관음증이다.

다양한 변신 속에 나의 모습이 있다. 변신이란 매우 중요한 모티브이다. 인간도 신처럼 변신할 수 있다. 우리가 집에서 나올 때 얼마나 많은 무형의 가면을 들고 나오는가. 대상에 따라 우리는 다른 가면을 쓴다. 민낯의 변화가 가면이기에 더욱 교묘한 가면인 것이다. 스스로 자신이 누구인지 모를 정도의 가면도 있다. 카프카의 소설 〈변신〉을 떠올려 보자.

5차, 17~20권 공동탐구

제17권 - 텔레마코스가 시내로 돌아가다

제18권 - 이로스와의 권투시합

제19권 - 오뒷세우스가 페넬로페와 대담하다/세족(洗足)

제20권 - 구혼자들을 죽이기 전에 있었던 일들

〈오뒷세이아〉 후반부에 이르니 가수 조용필의 노래 '돌아와요 부산항'이 떠오른다. 이타케나 부산 모두 해양 도시이다. 두 도시의 사람들 정서가 비슷하지 않을까. 일제강점기와 월남 파병 등으로 부산항을 떠난 후 귀향을 애타게 꿈꾼 수많은 오뒷세우스를 생각해본다. 그들은 우리의 아버지이거나 삼촌이거나 동네 아저씨들이었다.

가수 짐 리브스(Jim Reeves)와 아니타 커 싱어즈(Anita kerr singers)가 부른 'Welcome to my world'도 흥얼거려 본다. 페넬로페가 오뒷세우스를 간절하게 그리는 마음이 녹아있는 듯하다. 트로이로 떠난 후 20년 만에 이타케로 돌아온 오뒷세우스에게 귀향은 또 하나의 모험이었다. 장기간 왕좌를 비웠으니 어떠한 정치적 변화가 있을지 모르는 일이었다. 게다가 고향으로 돌아갔던 아가멤논이 부인 클뤼타임네스트라에게 처참하게 죽임을 당하지 않았던가. 그렇게 오뒷세우스는 살얼음을 걷듯 이타케로 돌아왔지만, 왕비 페넬로페는 인내와 지략으로 왕정 질서를 지켜내고 있었다. 그녀는 호시탐탐 왕좌와 아들 텔레마코스를 노리는 108명의 구혼자들 속에도 자신만의 세상을 구축하고 있었다. 남편 오뒷세우스에게 'Welcome to my world'라는 노래를 전하기 위해서.

나그네로 변장한 오뒷세우스가 페넬로페와 대화하면서 제우스와 화로에게 맹세하는 장면이 나온다. 여기서 화로가 갖는 의미는 과연 무엇일까. 고대 그리스·로마에도 우리의 전통신앙과 같은 가신(家神) 풍습이 있었다. 먼저 그리스·로마의 경우를 살펴보자. 가정에서 식료품을 들여놓는 선반(penatus)을 지키는 신, 화로의 여신 베스타(Vesta, 그리스의 헤스티아 Ἑστία), 가족의 신 라레스(Lares Familiares), 남성의 생식력으로서 가장에서 가장으로 전해지는 수호신(Genius) 등이다.

우리나라에서도 '가신'은 집안 곳곳에 깃들어 있었다. 방, 마루, 부엌, 마당, 우물, 장독대, 곳간, 뒤란, 뒷간 등 어디에나 존재했다. 조왕신(竈王神)은 부엌을 맡는다는 신이다. 조신(神)·조왕각시·조왕대신·부뚜막신이라고도 불렸다. 본질적으로 화신(火神)인 조왕신은 성격상 부엌을 지키는 신이 되었다. 가신(家神) 신앙에서 조왕신은 처음부터 부녀자들의 전유물이었다.

부인들은 아궁이에 불을 때면서 나쁜 말을 하지 않았다. 부뚜막에 걸터앉거나 발을 디디는 것은 금기 사항이었다. 부뚜막 벽에는 제비집 모양의 대(臺)를 흙으로 붙여 만들고 그 위에 조왕중발(조왕보시기)을 올려놓았다. 주부는 매일 아침 일찍 일어나

샘에 가서 깨끗한 물을 길어다 조왕물을 중발에 떠 올리고, 가운(家運)이 일어나도록 기원하며 절을 했다. 우리 조상들은 대나무 작대기 끝에 있는 적린(赤燐)에 불을 붙이고는 기도했다. 그들도 오뒷세우스의 화로처럼 집안 물건 곳곳에 신이 있다고 생각했던 것이다.

〈오뒷세이아〉를 읽다 보면 여성에 대해 강한 불신을 나타내는 대목을 자주 접한다. 하지만 다르게 생각해볼 수도 있다. 남성의 근력이 우대받던 청동기, 농경사회에서 오뒷세우스가 페넬로페보다 우위에 서 있는 건 당연하다고 할 수 있다. 그걸 고려하더라도 페넬로페가 일방적으로 약자의 입장에 처해있다고 보기 어려운 대목이 여럿 나온다. 그녀는 결정적 증거가 나올 때까지 오뒷세우스의 귀향을 의심하는 차가운 판단의 소유자이다. 조선시대 어투로 말하면, 사직과 아들을 지키기 위해 무서운 책략도 서슴지 않는 여장부인 것이다. 구혼자들이 몰살하는 결정적 계기가 되는 활 시합을 제안한 사람도 페넬로페이다.

이처럼 기득권자들이 그들의 이익을 지키기 위해 냉정한 판단과 무자비한 행동을 하는 건 남녀가 따로 없다. 오뒷세우스는 자신의 정체에 대해 계속 거짓말을 한다. 페넬로페는 남편이 돌아왔음을 어렴풋이 짐작하고서, 그에 대한 애정을 '변장한 오뒷세우스'에게 넌지시 밝히고 있는지도 모를 일이다. 이처럼 냉정한 이해관계에서는 거짓말과 속임수가 계책과 외교의 방편이 된다. 권력을 쟁취하기도 어렵지만, 권력을 지키는 건 더 어렵다.

일반인 기준에서 보면, 오뒷세우스와 페넬로페의 이런 행동을 생존본능 차원으로 이해할 수도 있다. 돈을 잘 벌던 남편이 20년간(오뒷세우스의 이타케 부재 기간에 비유) 실직 상태에 있다고 가정해 보자. 이럴 때 아내는 어떻게 할까. 반대의 경우에도 같은 질문을 할 수 있다. 아마 그들은 살아남기 위해 물불을 가리지 않았을 것이다. 오뒷세우스와 페넬로페가 그 전형(典型)을 보여준다.

개 아르고스는 인간들도 알아채지 못하는 오뒷세우스의 정체를 단박에 알아낸다. 그러나 아르고스는 이십 년 만에 주인을 알아보는 바로 그 순간에 죽고 만다. 개의 예민한 감각과 충성을 나타내는 대목이다. 아르고스는 백 개의 눈을 가진 거인의 이름이기도 하다. 그러니 감시에는 그를 따라올 자가 없다. 개 아르고스의 죽음은 오뒷세우스가 돌아오는 순간 적들을 감시하는 의무가 끝났음을 의미한다. 또한 개 아르고스의 충성심이 108명의 구혼자들을 '개만도 못한 놈'으로 규정하려는 장치일 수도 있다.

구혼자들의 행위를 이해할 수도 있다. 오뒷세우스가 어린 아들을 두고 10년간 출정하는 행위는 이타케를 권력의 공백으로 방치하는 처사가 아닐 수 없다. 따라서 연합체 부족장들이 권력을 탐낼 개연성이 높다. 설사 그럴 욕심이 없더라도, 다른 귀족들의 심중을 헤아리기 위해서 오뒷세우스 재산 탕진 행렬에 동참할 수도 있다. 어쩌면 서로의 의중을 파악하기 위해 108명의 구혼자들이 오뒷세우스의 집에 몰려왔을 수도 있다. 새로운 권력 질서가 펼쳐질 수 있는 상황을 파악하려면 자기 영토에만 머무를 수 없기 때문이다.

오뒷세우스가 한 명도 남김없이 구혼자들을 죽인 행위를 이렇게 해석할 수 있다. 자신의 부재 기간 생겼던 권력 누수를 한꺼번에 만회하려는 의도로 보는 시각이다. 이러한 권력 생리는 우리나라 역사에서도 쉽게 만난다. 인·친척도 봐주지 않고 처단한 이방원, 당파와 아들을 위해 남편 사도세자의 죽음을 용인하는 혜경궁 홍씨 등 사례가 한둘이 아니다.

오뒷세우스, 페넬로페 부부와 구혼자, 하녀 간 대립을 이성과 감성의 구도로 생각해볼 수도 있다. 철저한 계산과 책략으로 권력을 회복하는 과정은 차가운 이성을 연상하게 한다. 반면 술과 고기, 동침으로 나타나는 구혼자와 하녀들은 이성으로 다듬어지지 않는 감성적 소유자로 다가온다. 아폴론과 디오니소스적 구도로 해석된다.

여기서 주목해야 할 점은 이성의 무자비성이다. 질서와 규정을 내세우는 이성은 예외에 인색하다. 흑과 백, 정의와 불의, 유와 무라는 이분법적인 태도를 가지기 쉽다. 그래서 자기와 다른 것은 척결의 대상이 되고 만다. 그래서 구혼자와 하녀들이 가차

없이 제거된다. 그 구혼자들과 하녀들이 아우슈비츠에서 대량 학살된 유대인이나 미국에서 인종차별을 당한 흑인, 일제강점기에 고통당한 우리 민족일 수도 있다.

6차, 21~24권 공동탐구

제21권 - 활

제22권 - 오뒷세우스가 구혼자들을 죽이다

제23권 - 페넬로페가 오뒷세우스를 알아보다

제24권 - 저승 속편/맹약

〈오뒷세이아〉를 읽으며 드라마 '미스터 선샤인'이 떠올랐다. 오뒷세우스가 활약하던 당시 그리스의 기본 경제 시스템은 약탈경제였다. 오뒷세우스가 인근 나라를 약탈해 재산을 충당하겠다고 말하는 대목이 곳곳에 나온다.

크레타 문명을 멸망시킨 미케네 문명(BC 1500~1100)은 주위의 이집트나 오리엔트 문명에 비해 후발 주자였다. 그렇다 보니 선진 문명에 침입해 재물과 노예를 조달하는 약탈 행위가 성행했음을 알 수 있다. 〈오뒷세이아〉에 그런 흔적이 많다. 인신매매 역시 공공연히 이뤄졌다는 사실도 확인할 수 있다. 헬라스(그리스)의 일리온(트로이) 침공도 이러한 맥락에서 이해할 수 있다.

'미스터 선샤인' 드라마가 연상된 것은 고대 그리스의 이런 행태가 19세기 유럽 제국주의의 원류가 아닌가 하는 생각에 미쳤기 때문이다. 영국은 엘리자베스 1세 여왕 때 프랜시스 드레이크라는 해적에게 기사 작위를 준 나라이다. 드레이크는 영국 함대의 지휘권을 가지고 스페인 함대를 쳐부수기도 했다. 고대 그리스와 영국은 2500년의 간격을 두고 있다. 그런데도 해적이 정규 해군이 되는 현상이 여전하다. 신미양요 역시 헬라스 같은 미국이 트로이 같은 우리나라를 침입한 사건이나 다를 바 없다고 여긴다면 억측일까.

오뒷세우스가 구혼자 108명과 불충한 하녀들을 몰살한 행위는 올바른 위정자의 태도가 아닌 것 같다. 20년 만에 귀국했으면 신상필벌이나 협상, 조정을 통해 나라를 조화롭게 하는 것이 올바른 자세이다. 그런데 오뒷세우스는 오로지 복수하기 위해 절치부심한다. 죽이지 않으면 자신의 죽는다는 비정한 권력 생리 외에 다른 마음이 없어 보인다. 조금이라도 후환을 남기지 않겠다는 완벽함이 공포감마저 안긴다.

물론 자기 나라나 집을 침범한 침략자를 그냥 두는 것을 이르러 '바보 온정주의'라고 할 수 있다. 또 오뒷세우스는 천신만고 끝에 이타케로 돌아왔지만, 트로이 전쟁과 귀향 과정에서 수하를 모두 잃었기 때문에 모반을 우려할 수밖에 없는 처지였다.

하지만 〈오뒷세이아〉에서 구혼자들을 마냥 침략자라고 보기 힘들다. 그들은 연합체 내 다른 부족의 수장들이나 그 후계자들이었다. 또 왕이 권력이 약할수록 친위 쿠데타보다 정치적 해결이 더 현명한 방법이다. 특히 무리한 행동에는 반드시 후환이 따르기 마련이다.

〈오뒷세이아〉는 해피엔딩으로 끝났지만, 기괴스러운 '외전(外傳)'이 전해져 내려온다. 오뒷세우스는 마녀 키르케와 사이에서 낳은 자기 아들 텔레고노스에게 죽임을 당한다. 어른이 된 텔레고노스는 아버지를 찾아 나선다. 하지만 그의 여정도 순탄치 않아서 폭풍을 만나고 굶주림에 허덕였다. 이타케섬에 도착한 텔레고노스는 그곳의 가축이며 곡식을 약탈했다. 늙은 오뒷세우스와 아들 텔레마코스는 재산을 지키려 침략자에 맞서 싸웠다. 서로의 존재를 몰라봤던 것이다. 텔레고노스는 아버지인 줄 모르고 오뒷세우스를 창으로 찔러 죽이고 만다. 텔레고노스는 페넬로페와 텔레마코스를 데리고 키르케섬으로 돌아간다. 그곳에서 텔레고노스는 페넬로페와 텔레마코스는 키르케와 결혼을 한다는 이야기이다.

이 이야기는 오뒷세우스에 대한 평가가 호의적이지만은 않았다는 뜻으로 들린다. 귀한 아들과 딸을 오뒷세우스에게 잃어버린 구혼자들과 하녀의 유족들 가슴에 사무친 원한은 하늘을 찌를 정도였을 것이다. 그들의 부정적 여론이 외전으로 전해져 내려오고 있는지도 모르겠다.

어느 날 운전을 하고 있는데 앞서 오토바이를 몰고 가는 우체부 아저씨의 등이 보였다. 그 순간 문득 오뒷세우스가 떠올랐다. 가족을 위해 위험을 마다하지 않고 자동차들이 쌩쌩 달리는 도로 위로 다니는 그가 귀향을 위해 생사를 넘나드는 오뒷세우스 같다는 생각이 들었던 것이다. 이렇듯 〈오뒷세이아〉는 우리가 접하는 이야기나 인생사의 원형질이다. 드라마나 영화, 소설책에서 〈오뒷세이아〉를 연상케 하는 대목을 자주 만난다. 요즘의 각종 정치·사회 뉴스에서도 마찬가지다. 주변 사람들의 사연을 들어보아도 그렇다. 부모와 자식, 시댁이나 처가댁에 얽힌 이야기 어느 한 부분에 늘 〈오뒷세이아〉는 얼쩡거리고 있다.

그래서 〈오뒷세이아〉는 수많은 서양 문학이나 영화의 모티브가 되었고, 철학의 원천으로 작용했다. 제임스 조이스의 〈율리시스〉, 카잔차키스의 〈오딧세이아〉, 괴테의 〈파우스트〉 등 일일이 사례를 들자면 끝이 없을 정도다. 고대 그리스인들이 무언가 해결이 되지 않으면 신을 찾았듯이, 근·현대 서양인들도 해답이 보이지 않을 때 그리스 신화, 그 가운데 〈오뒷세이아〉를 찾지 않았을까 하는 생각이 든다. 그만큼 그들은 수시로 호메로스의 작품을 소환했다.

독일 철학자 헤겔도 그의 저서 『정신현상학』에서 오뒷세우스를 거론했다. 다음은 이광모 한국 헤겔회장이 쓴 헤겔 소개서를 소개한 신문 기사이다.

> 1806년 10월 프랑스의 나폴레옹 군대는 포성을 울리며 프로이센의 예나에 진입한다. 이때 그곳에는 철학사에 이정표를 세울 만큼 위대한

작품을 집필 중인 철학자가 있었다. 그의 이름은 게오르크 빌헬름 프리드리히 헤겔(1770~1831).

『정신현상학』 원고의 마지막 부분을 마무리하기 위해 온 힘을 쏟던 헤겔은 백마 위의 적국 황제를 보고는 '세계정신'을 직감한다. 당시 그의 나이는 서른여섯. 『정신현상학』은 제목부터 낯설다.

한국 헤겔학회 회장을 맡은 저자는 이렇게 설명한다. '정신이 자기를 인식하는 과정에 대한 서술'이라고. 정신이 완전히 그 본래의 모습으로 드러난 것이 아니라, 드러나는 중이라는 의미이다. 부언하면, 여러 과정을 두루 거치면서 비로소 정신으로 드러나며 자신이 정신임을 인식해 나가는 과정을 적어나간 책이라고 할 수 있다.

오뒷세우스가 곳곳에서 고난과 고초를 당하지만, 좌절하지 않고 마침내 고향 이타케로 되돌아가는 여정과 비슷하다.

헤겔은 이를 통해 사물을 파악하는 의식이 곧 자기를 파악하는 의식과 다르지 않다는 놀라운 철학적 발견을 한다. 이는 서양 사상이 지닌 이원론적 한계를 극복하면서 후대 사상가들에게 지대한 영향을 미쳤다는 평가를 받고 있다.

사물의 진리를 찾아 출발한 헤겔의 발걸음은 이성에 근거한 '자유'란 목적지에 도달한다. 그곳에서는 개인 삶과 인륜적 삶이 조화를 이루고 있다. 개인의 주체성과 권리가 보호받으면서도 공동체적 이념과 조화를 이루는 이성적 공동체였다. 각자가 욕망을 승화해 서로를 인정함으로써 진정한 자유를 얻은 결과이다. 헤겔은 나폴레옹에게서 그러한 가능성을 발견했다.

헤겔 철학이 철학 그 자체를 의미하던 시대가 있었다. 철학과 헤겔 철학이 동의어나 다름없던 시절이었다. 헤겔 철학을 비판하는 건 철학 그 자체를 부정하는 일이었다. 하지만 마르크스와 포스트모더니즘은 헤겔 철학에 망치를 내리친다. 실천과 물적 토대, 이성의 억압성을 보지 못했다는 이유다.

그렇게 몰락한 헤겔 철학을 다시 읽자고 나선 저자의 의도는 무엇일까. 주인과 노예가 모두 자유인이 되는 방법을 고뇌한 헤겔의 정신이 무겁게 다가온다.

출처: 부산일보 2019년 4월 11일 자

〈오뒷세이아〉는 귀향을 위해 온갖 고난을 이겨내는 사나이의 이야기이다. 아울러 우리가 거쳐 가는 순간순간 자체가 목적이라는 교훈을 주는 이야기라는 생각도 든다. 짧게는 하루, 길게는 인생 여정에서 어떤 선택을 했든 그 자체가 중요하다는 의미이다. 오뒷세우스처럼 넘어지고 깨어지고 감금당해도 굴복하거나 나태해지지 않는다면, 그 고난들이 소중한 자산이 될 수 있다는 뜻이다. 인생의 참뜻은 그렇게 오는 게 아닐까.

운명은 신도 극복할 수 없는 난관이다. 심지어 최고의 신이라는 제우스마저 예외가 아니었다. 제우스가 운명을 두려워해 테티스를 인간과 결혼시키는 바람에 아킬레우스가 탄생하지 않았는가. 제우스의 아버지 크로노스가 아들들이 태어나자마자 마구 삼킨 것도 마찬가지 이유이다. 그러니 허약한 인간이 어찌 운명에서 벗어날 수 있을까. 하지만 영웅은 그에 절대 굴복하지 않는다. 죽음을 두려워하지 않고 능동적으로 운명에 맞서는 숭고함을 보인다.

물론 우리의 삶이 고대 그리스의 영웅처럼 웅장하지는 않다. 하지만, 결코 만만치 않은 일상을 묵묵히 견뎌 나가는 우리가 바로 작은 영웅이다. 〈오뒷세이아〉는 우리에게 그 얘기를 해주고 싶은 게 아닐까. '내린 항구에서 또 다른 생이 시작된다면, 반드시 신들이 있을 것'이라는 마르쿠스 아우렐리우스의 〈명상록〉 한 구절을 음미해본다.

공동탐구지도사: 이미식
정리: 이준영

공동탐구 참여자들이 이런 질문을

매회 공동탐구 때마다 참여자들은 1인당 5개 질문을 제시했다. 이 질문은 단순히 객관적 사실을 몰라서 내놓는 형식이 아니다. 〈오뒷세이아〉를 읽고 느꼈던 자기 생각을 밝히는 것이고, 그 마음을 다른 참여자들은 어떻게 받아들였는지 묻는 것이다. 그것이 해석적 질문이다. 이 질문들은 공동탐구의 화두가 되었다. 어떤 질문은 참여자들의 입에 올랐고, 어떤 질문은 제기에 그쳤다. 그렇다고 질문들 사이에 질적 차이가 있는 건 아니다. 단지 공동탐구 그 당시의 분위기가 질문의 운명을 결정했을 뿐이다. 여섯 차례 나온 모든 질문을 아래와 같이 소개하는 이유다.

1) 1~4권

△ 포세이돈의 삼지창(힘과 권위의 상징)과 사찰의 사천왕문에서 서방정토를 수호하고 있는 광목천왕(오른손-삼지창, 왼손-보탑)과는 어떤 문화적 교류와 연관성이 있는지 이야기해 봅시다.

△ 넬레우스 아들 네스토르의 막내딸 아름다운 폴뤼카스테가 텔레마코스를 목욕시키고, 목욕 후에는 올리브를 발라주며 옷을 입히는 장면을 보고 고대 그리스의 성 윤리가 문란했다고 말할 수 있는지 의논해 봅시다.

△ 제우스는 '나무랄 데 없는 아이기스토스(귀향한 아가멤논을

살해한 클뤼타임네스트라의 정부)'라고 했다가 나중에는 '교활한 아이기스토스'라고 다르게 표현합니다. 이를 두고 신과 인간의 생각 차이를 얘기해 봅시다. 또 아이기스토스는 파멸이라는 신의 예언에도 불구하고 그의 뜻대로 행동하는 바람에 오레스테스에게 죽임을 당합니다. 그의 행위가 신의 각본이 아니라 인간의 의지를 나타내는 것인지 탐구해 봅시다.

△ 전쟁이 벌어지고 있는 동안 트로이성에서 헬레네가 보인 행동은 지극히 모순적이고 이중적입니다. 헬레네는 전쟁이 장기화되자 파리스와 도망친 일을 후회하는 모습을 보입니다. 헬레네는 트로이성을 염탐하기 위해 변장하고 나타난 오뒷세우스를 알아보고도 밀고하지 않습니다. 심지어 그녀는 팔라디온 상을 훔치는 오뒷세우스를 돕는 이적행위도 합니다. 하지만 그리스군이 남기고 간 목마에 군사들이 숨어있는 걸 간파한 그녀는 그들의 아내 목소리를 흉내 내며 잠복을 실패로 돌아가게 만들려고 합니다.

그 때문에 오뒷세우스는 목마 안의 그리스 용사들이 헬레네의 목소리에 속아 밖으로 뛰쳐나가지 못하도록 하느라 애를 먹습니다. 그러나 그녀는 트로이성이 함락된 후 전 남편 메넬라오스를 도와줍니다. 파리스에 이어 새 남편이 된 데이포보스를 죽게 만들기도 합니다. 그리고 그녀는 라케다이몬(스파르타)에서 왕비로 행복한 생활을 합니다. 트로이 전쟁의 원인이 된 헬레네의 이런 행동을 어떻게 이해해야 할지 얘기해 봅시다.

2) 5~8권

△ 알키노오스 왕의 궁전이 엄청나게 화려한 장소로 표현됩니다. 궁전을 장식한 화려한 금과 은 장식품은 어디서 온 것일까요. 이 나라는 가상의 섬이고, 항해술이 뛰어난 곳입니다. 그래서 궁전 장식품들이 다른 왕국에서 뺏어온 전리품이라는 생각이 듭니다. 열매나 환경이 비옥하다는 내용은 있어도 청동이나 황금이 많이 난다는 구절은 없기 때문입니다. 이를 두고 당시 약탈 경제에 대해 얘기해 봅시다.

△ 요정 칼륍소는 오귀기에 섬에 살며 그곳에 표류해온 오뒷세우스와 7년간 동거합니다. 오뒷세우스를 사랑한 그녀는 그에게 영원히 죽지도 늙지도 않게 해주겠다며 함께 살자고 말합니다. 하지만 오뒷세우스는 바닷가에서 눈물을 흘리며 귀향만을 생각합니다. 그가 왜 영생이란 엄청난 제안을 거부했는지 함께 생각해 봅시다.

△ 인간에게 신은 도저히 넘을 수 없는 힘을 가진 경외의 대상입니다. 더불어 신은 그들에게 어떠한 행위의 자극이자 구실이며 격려이기도 합니다. 어떤 때는 늘 말하는 말버릇의 대상으

로 변합니다. 이런 인식은 고대 그리스나 지금이나 다를 바 없습니다. 각자 생각나는 신의 존재에 대해 말해봅시다.

△ 가인 데모도코스는 '트로이의 목마'를 노래하고, 무사 여신의 총애를 받습니다. 가인들의 신분이 호메로스와 같은 서사 시인과 비슷해 보이기도 합니다. 호메로스도 〈일리아스〉와 〈오뒷세이아〉를 쓰면서 무사 여신의 도움을 청했기 때문입니다. 영매이자 사제처럼 보이는 가인에 대해 얘기해 봅시다.

△ 파이아케스족이 부족 연합체임을 보여주는 내용들이 자주 나옵니다. 오뒷세우스의 고향인 이타케의 권력 체제도 비슷했을 것입니다. 그렇다면 파이아케스족의 알키노오스 왕이 오뒷세우스와 같은 처지가 되었다고 상정을 해봅시다. 과연 파이아케스의 다른 유력자들이 왕비 아레테에게 집단으로 구혼을 했을까요. 이 토론을 통해 고대 그리스의 권력 시스템을 탐구해 봅시다.

△ '빛나는 눈의 여신 아테나가 그의 마음에 한 가지 생각을 불어넣었다'라는 구설이 있습니다. 신의 이름을 빌렸지만, 결국 본인의 다짐을 말하는 것입니다. 마음먹기에 따라 엄청난 힘이 발휘될 때가 있음을 의미합니다. 자신이 스스로 불어넣은 생각으로 자신을 역경에서 벗어나게 해준 사례를 이야기해 봅시다.

△ 마음을 표현한 단어로 '용기', '시기심(질투)', '절제', '지혜', '분별력', '동정심' 등이 등장합니다. 현재 자신에게 가장 영향을 미치는 또는 가장 필요한 마음은 무엇인지 이야기해 봅시다.

△ 〈오뒷세이아〉에 자주색이 자주 나옵니다. 자줏빛 실, 자줏빛 담요, 자줏빛 겉옷(190쪽), 자줏빛 공 등이 그것입니다. 이 색깔이 고대 그리스에서 어떤 의미를 지녔는지 논의해 봅시다.

△ 호메로스는 파이아케스가 세상의 끝에 있어 다른 사람과는 친교가 없다고 밝힙니다. 그렇지만 파이아케스족의 가인 데모도코스는 트로이 상황을 정확히 노래합니다. 호메로스의 착오가 아닐까요. 육지가 아닌 섬에서 먼 타국의 소식을 잘 아는 게 신기합니다. 아무리 해상무역이 발달하였다 해도 바다를 두려움의 대상으로 여기는 시절이니 아무나 항해를 할 수 없었을 것입니다. 고대 그리스의 통신이나 교통 등에 얘기해봅시다.

△ 아테나는 나우시카아에게 칼륍소에게 잡혀 7년이나 고생한 오뒷세우스를 왜 도와주라고 하는지 의문입니다. 나우시카아는 오뒷세우스에게 반하여 남편으로 삼고 싶어 합니다. 아테나는 무엇 때문에 오뒷세이아에게 경이로운 우아함을 자꾸 쏟아부어 여성들의 환심을 사게 했는지도 얘기해 봅시다.

△ 신은 가인 데모도코스에게 좋은 것과 나쁜 것 두 가지를 다 주었습니다. 시력을 빼앗고, 달콤한 노래의 재능을 주었습니다. 오뒷세우스에게 전쟁의 승리와 귀환의 고된 여정 두 가지를 준 것과 비슷합니다. 이처럼 신은 인간에게 모두를 주지 않습니다. 인생은 행복과 불행의 이중주입니다. 아킬레우스도 불멸의 명성을 누렸지만, 단명의 운명을 면하지 못합니다. 이와 같은 인생의 변주곡에 대해 서로의 생각을 나눠봅시다.

△ 오뒷세이아는 왜 귀향을 원했겠습니까. 인간의 기본 욕구인 의식주와 성욕 그리고 가장 두려워하는 죽음을 해결할 수가 있는데 왜 꼭 귀향하려고 했을까요. 아무리 페넬로페가 그리웠다고 하더라도 의문은 남습니다. 그는 부부가 한마음 한뜻이 되어 금실 좋게 살림을 살 때만큼 강력하고 고귀한 것은 없기 때문이라고 이유를 밝힙니다. 이것에 대해 각자의 생각을 말해봅시다.

3) 9~12권

△ 오뒷세우스의 모험 중에 많은 전우가 괴물들에게 잡아먹히거나 부상으로 죽음을 당합니다. 그럼에도 불구하고 오뒷세우스의 명령을 거역해서 다른 방법을 강구하거나, 오뒷세우스를 지도자에서 끌어내리는 일은 발생하지 않습니다. 그 이유가 무

엇인지 논의해 봅시다.

△ 오뒷세우스는 퀴클롭스에게서 벗어나기 위해 자신을 '아무것도 아닌 자(우티스)'라고 소개합니다. 퀴클롭스의 동료들이 합세하는 것을 막기 위한 오뒷세우스의 지략입니다. 자신을 규정한다는 것은 자신의 신분을 정하는 일이고, 상대방과 구분되는 '나'를 만드는 것입니다. 자기 자신을 '무엇도 아닌' 것으로 규정한 오뒷세우스의 이야기는 영웅마저도 결국 '아무것도 아닌' 인간일 뿐이라는 사실을 말하려는 것이 아닐까요. 이에 대해 각자의 의견을 밝혀봅시다.

△ 오뒷세우스의 모험은 사람의 힘으로써 이기기 힘든 상대를 지혜롭게 물리치거나 어떠한 유혹을 이겨내는 형식으로 구성되어 있습니다. 그중에서도 오뒷세우스 거쳐야 했던 '저승'이라는 단계는 죽음마저 극복해야 하는 난관입니다. 죽음 같은 고난에 대해 얘기해 봅시다.

△ 본문 중에 '치즈'가 나옵니다. 치즈는 기원전 800년 이전에 중동에서 유럽으로 전해진 것으로 알려져 있습니다. 그 대략적인 시기에 대해서 각자 생각해보고 '치즈 로드'에 대해서도 생각해 봅시다.

△ 칼립소와 키르케는 오뒷세우스를 남편으로 삼기를 열망하며 궁전에 붙들어두려 합니다. 그러나 오뒷세우스는 낯선 나라의 풍요한 집에 머문다 해도 고향 땅과 부모보다 달콤한 것은 없다며 귀향을 고집합니다. 그런 그가 키코네스족의 나라인 이스마로스에서 도시를 약탈하고 사람들을 죽입니다. 이중적인 태도입니다. 그의 행동을 비판할 것인지, 아니면 옹호할 것인지 의견을 나눠봅시다.

△ 오뒷세우스는 스퀼라와 카륍디스 중 어느 쪽을 선택해야 하는 기로에 놓입니다. 결국 그는 6명의 전우를 잃는 편이 한꺼번에 모든 전우를 잃는 쪽보다 낫다는 판단을 내립니다. 이때 리더로서 오뒷세우스의 고뇌를 상상해 봅시다.

△ 키르케가 오뒷세우스를 저승으로 보냅니다. 서양에서는 이렇게 영웅이 저승으로 가는 경우가 많습니다. 헤라클레스와 테세우스도 그랬습니다. 단테의 〈신곡〉도 마찬가지입니다. 영웅들이 살아서 저승으로 내려가는 서양 신화의 의미를 얘기해 봅시다.

△ 오뒷세우스 일행이 일리오스에서 나와 키코네스족의 나라를 약탈합니다. 오뒷세우스는 되도록 빨리 도망쳐야 한다고 재촉하지만, 일행은 욕심을 더 채우려다 결국 키코네스족의 반격으로 커다란 피해를 봅니다. 오뒷세우스 일행은 또 아이올로스

왕이 울부짖는 바람을 자루에 가두고 서풍을 풀게 해 고향의 목전까지 갈 수 있었습니다. 하지만 동료들이 보물이 들어 있는 줄 알고 자루를 푸는 바람에 다시 아이올로스 섬까지 밀려오고 맙니다. 인간의 탐욕이 낳는 이러한 불행에 관해 얘기해 봅시다.

△ 오뒷세우스 일행은 무엇인가 결정할 때 제비뽑기를 합니다. 오뒷세우스는 제비뽑기 결과에 관계없이 자진해 선봉에 서는 역할을 맡습니다. 리더의 이런 솔선수범이 부하를 통솔하는 위엄의 원천이 될 것입니다. 제비뽑기는 그리스 폴리스에서도 중요한 결정을 할 때 자주 쓰이는 방식입니다. 평등을 내세우는 선거가 경제적 불평등을 전제하고 있기에 사실상 비민주적이라는 지적이 나오는 현대에서 고대 그리스 시대에 있었던 제비뽑기 정신에 대해 얘기해 봅시다.

△ 오뒷세우스가 저승으로 가는 장면은 이후 단테의 〈신곡〉에 큰 영향을 미칩니다. 하지만 단테는 저승 길잡이로 호메로스를 택하지 않고 베르길리우스는 선택합니다. 〈오뒷세이아〉와 〈신곡〉의 공통점과 차이점을 얘기해 봅시다.

△ 저승에서 아킬레우스는 오뒷세우스에게 가난뱅이라도 이승이 훨씬 낫다는 말을 합니다. 아킬레우스의 이 태도를 통해 당시 그리스인들의 의식을 얘기해 봅시다.

△ 하르모니아 목걸이에 얽힌 신화가 나옵니다. 여기서 오이디푸스 사후 왕권을 다투는 과정에서 일곱 장수는 테바이를 공격합니다. 이때 암피아라오스는 중요한 일은 부인 에리퓔레의 결정에 따른다는 혼전 약속을 어기지 못해 전쟁에 참여하게 됩니다. 이처럼 여자의 판단에 남성이 따르는 대목이 자주 나옵니다. 〈오뒷세이아〉에서 이런 내용을 찾아봅시다. 그리고 이를 통해 고대 그리스의 여성의 지위와 역할에 대해 얘기해 봅시다.

△ "그것은 누구의 잘못이 아니라 제우스의 잘못이오."라며 오뒷세우스는 자신과 아킬레우스의 무구를 서로 차지하려고 경쟁하다가 자살한 아이아스를 저승에서 만나 위로합니다. 이를 통해 그리스인은 자신의 책임을 돌리는 대상으로 신을 이용한다는 것을 알 수 있습니다. 이에 대해 생각해 봅시다.

△ 오뒷세우스의 동료들은 예언자 테이레시아스와 키르케의 예언을 무시하고 헬리오스의 소들을 잡아먹어 불행을 자초합니다. 굶어 죽으니 차라리 먹고 죽는 게 낫다는 생각의 발로입니다. 만약 공동탐구 참여자 여러분이 이 상황에 부닥쳤을 때 어찌할 것인지 얘기해 봅시다.

△ 오뒷세우스가 폴리페모스에게서 달아나면서 약을 올리는 이유는 무엇일까요. 계략으로 탈출에 성공한 오뒷세우스가 거인

이 큰 산봉우리를 배 앞까지 던지는 괴력을 본 뒤에도 다시 조롱하는 행위는 참으로 무모해 보입니다. 분을 참지 못해 본인의 이름을 밝히는 바람에 오뒷세우스는 고난을 자초합니다. 폴리페모스가 그 이름으로 포세이돈에게 저주를 내려달라고 기도를 했기 때문입니다. 더없이 신중한 오뒷세우스의 다른 면모입니다. 오뒷세우스 역시 인간일 수밖에 없다는 의미일까요. 아니면 위험을 감수하고서라도 괴물에 응전하는 인간의 용기일까요. 이에 대해 생각을 나눠봅시다.

△ 〈오뒷세이아〉에서 기도는 소원을 이루기 위한 절대적 방법입니다. 여기서 신이 정해준 운명이 먼저인지 기도가 먼저였는지 모를 정도로 기도의 힘은 강력합니다. 우리를 사랑하는 어머니의 기도도 그러합니다. '나만나書' 여러분은 기도하고 소원을 이룬 적이 있는지요. 그리고 교육적으로 기도의 영역이 필요하다고 생각하는지요. 각자의 경험과 의견을 말해봅시다.

4) 13~16권

△ 오뒷세우스나 텔레마코스가 각각 부인과 어머니를 완전히 믿지 못하는 대목이 많이 나옵니다. 신도 여자에 대해 불신을 나타냅니다. 이는 페넬로페에 대한 개인적 불신일까요, 아니면 상황이 주는 불안 때문일까요. 두 가지 요소가 모두 합쳐진 결

과일까요. 트로이 전쟁으로 남편을 보냈던 다른 부인들의 행위를 참조하면서 오뒷세우스와 텔레마코스의 심리를 유추해 봅시다.

△ 신들은 오뒷세우스가 고향으로 돌아올 운명인 줄 알면서도 아들 텔레마코스에게 아버지를 찾으라고 부추깁니다. 그렇다고 텔레마코스가 아버지 귀향에 도움을 크게 주는 것도 없습니다. 텔레마코스는 별로 실익이 없어 보이는데도 목숨까지 잃을지 모를 여행을 감행합니다. 이러한 모습에 대해 각자 얘기해 봅시다.

△ 돼지치기 에우마이오스는 주인 오뒷세우스의 사망을 거의 확신합니다. 비록 '살아서 돌아온다면 얼마나 좋을까 하는' 바람을 갖지만, 실낱같은 희망일 뿐입니다. 그런데도 오뒷세우스의 재산을 지키기 위해 최선을 다합니다. 그의 충성심에 대해 얘기해 봅시다.

△ 오뒷세우스는 자신이 크레타 출신이라고 돼지치기를 속이면서, 그의 고단한 여정을 설명합니다. 그중에 다른 나라나 도시에 침입해 엄청난 부를 쌓았다는 내용이 나옵니다. 또 돼지치기 에우마이오스는 자신이 어릴 적 납치돼 이타케로 팔려 온 사연을 오뒷세우스에게 들려줍니다. 이를 통해 당시 사회와 경제

형태를 유추해 봅시다.

△ 네스트로의 아들 '페이시스트라토스'가 나옵니다. 실제 기원전 500년, 그리스에서 이와 같은 이름의 정치가가 쿠데타로 정권을 획득한 후 구전으로 내려오던 호메르스의 작품들을 책으로 편찬했다는 기록이 있습니다. 왜 이처럼 동명이인을 등장시켜 신화적 이야기를 현실과 관련성이 있게 만들었는지 얘기해 봅시다.

△ 파이아케스족의 왕 알키노오스는 떠나는 오뒷세우스에게 세발솥 등을 선물하자고 주변을 부추깁니다. 자기네들은 다시 백성들에게서 거둬 보상받을 수 있을 것이라고 말합니다. 선물을 나눠줘도 백성들에게서 충당 받을 수 있으니 자기들은 손해 볼 게 없다는 태도입니다. 백성들의 재물을 가벼이 여기는 권력자(가진 자)들의 인식으로 여겨집니다. 왜 오뒷세우스는 이를 거절하지 않았을까요. 그는 오히려 재물에 집착하는 모습을 보입니다. 이미 3천~4천 년 전에 지배층의 착취가 시작되었음을 알 수 있는 대목입니다. 고대 그리스의 사회적 관계를 논의해 봅시다.

△ 아테나는 귀향한 오뒷세우스에게 맨 먼저 돼지치기에게 가라고 말합니다. 아들인 텔레마코스나 절친한 친구인 멘토르에

게 먼저 가라고 하는 게 합당하지 않았을까요. 오뒷세우스는 왜 돼지치기를 맨 먼저 만나러 갔는지 서로 얘기해 봅시다.

△ 돼지치기와 오뒷세우스는 진실로 많은 고생을 하며 많이 떠돌아다닌 사람에게는 고통조차도 나중에는 즐거운 법이라는 내용의 대화를 나눕니다. 얼마나 많은 고통을 당하면 그런 경지에 이를까요. 그러한 경험이 있는지 얘기해 봅시다.

△ 사람과의 거리를 어떻게 유지해야 할까요. '머물고 싶어 하는 손님을 서둘러 보내는 것이나 서둘러 가려는 사람을 붙드는 것이나 똑같이 잘못'이고, 오는 손님을 환대하고 떠나고 싶어 하는 손님은 보내줘야' 한다는 대목이 나옵니다. '오는 사람 막지 않고 가는 사람 잡지 않는다'라는 우리네 이야기와 상통하는 것 같다. 인간관계에 대한 동서양의 유사점을 얘기해 봅시다.

△ 항해 중 더없이 달콤한, 죽음에 가까운 잠이 오뒷세우스의 눈꺼풀 위에 내렸다고 했는데, 잠에 대한 개인의 경험담을 얘기해봅시다.

5) 17~20권

△ 오뒷세우스가 복수를 궁리하는 장면을 묘사한 내용이 나

옵니다. 익히기 위해 비계와 피가 가득 든 위를 활활 타오르는 불 위에서 이리저리 굴리는 것과 같은 심정으로 복수 방법을 생각한다는 구절입니다. 마치 구혼자들을 순대처럼 만들겠다는 마음으로도 읽힙니다. 참으로 무자비하고 끔찍한 복수심이 아닐 수 없습니다. 오뒷세우스는 어찌 되었든 이타케 최고의 권력자입니다. 이타케 구성원 입장이 되어 오뒷세우스의 이런 불타는 복수심을 평가해 봅시다. 그리고 이 사안을 권선징악 차원으로 볼 수 있을지도 얘기해 봅시다.

△ 오뒷세우스는 변장을 하면서까지 이타케 사람들의 마음을 떠봅니다. 하인과 하녀, 그리고 아들까지 예외가 없습니다. 심지어 그의 아버지까지 포함이 됩니다. 페넬로페 역시 마찬가지입니다. 낮에는 옷을 짜고, 밤에는 옷을 푸는 기만책을 수년간 이어갑니다. 구혼자들의 마음을 들었다 놨다 하는 심리 전술도 대단합니다. 남편의 정체도 쉽게 믿지 않고 확신이 들 때까지 믿지 않는 신중함을 보입니다. 부부의 이런 책략과 조심성에 대해 얘기해 봅시다.

△ 이타케의 약자(동물 포함) 가운데 오뒷세우스에게 충성하는 에우마이오스, 에우뤼클레이아, 필로이티오스, 아르고스와 그 반대 진영인 아르나이오스(이로스), 멜란티오스, 멜란토를 비교해 봅시다. 개인 인성 차이와 함께 정치 환경이나 이해관계 차원도

함께 얘기해 봅시다.

△ 변장한 거지 오뒷세우스와 진짜 거지 아르나이오스(아르스) 간에 권투시합이 벌어집니다. 진짜 거지는 오뒷세우스에게 상대가 안 됩니다. 별 볼 일 없는 자가 쥐꼬리만 한 권력을 위임받아 힘없는 자들 사이에서 완장을 차고 권세를 부리다가 곤욕을 치르는 형상입니다. 이런 유사한 일이 우리 주위나 역사에도 많습니다. 그런 사례들을 열거해 봅시다.

△ 오뒷세우스는 자신을 조롱하는 사람들에 대해 '죽여버리고 싶은 정도의 분노'를 터뜨립니다. 그만큼 그의 분노 수치가 극한에 달했음을 알 수 있습니다. '나만나書' 여러분의 삶에서 사람을 죽이고 싶다는 표현이 나올 만큼 분노했던 경험이 있었는지 이야기해 봅시다.

△ '화로'가 자주 나옵니다. 귀가의 따뜻함이나 증인의 신뢰를 상징하는 대상입니다. 우리 조상들도 집과 관련된 신(성주단지, 조왕신, 터주신, 업신, 측신 등)을 믿어왔습니다. 이를 우리의 '가신(家神) 신앙'과 연관해 이야기해 봅시다.

6) 21~24권

△ 페넬로페는 구혼자들의 반대에도 불구하고 나그네로 분장한 오뒷세우스가 활을 쏠 수 있도록 합니다. 애초에 활을 준비한 사람도 페넬로페입니다. 여신 아테나가 개입해 이런 상황이 발생했지만, 결국 활과 관련한 일의 최종 기획자는 페넬로페라고 할 수 있습니다. 그녀는 어쩌면 20년 동안 구혼자들을 물리칠 방법을 꼼꼼하게 마련했을지도 모릅니다. 그 결과가 오뒷세우스만이 사용할 수 있는 활쏘기가 아니었을까요. 따라서 오뒷세우스는 페넬로페가 세운 계획에 따라 움직였던 꼭두각시일 수도 있습니다. 이에 관해 얘기해 봅시다.

△ 구혼자 중 에우뤼마코스는 우두머리 격인 안티노오스가 오뒷세우스의 활에 맞아 죽자 항복을 제안합니다. 왕좌를 노린 안티노오스가 죽었으니 주동자는 사라졌다는 말에 덧붙여 그간 탕진한 재산을 모두 보상하는 것은 물론 더 붙여서 주겠다는 입장을 보입니다. 하지만 오뒷세우스는 그러한 제안을 일거에 거절하고 살육을 멈추지 않습니다. 이 대화를 통해 권력의 잔인한 속성을 논해 봅시다.

△ 오뒷세우스는 구혼자들에게 무기를 날라주는 염소치기 멜란티오스를 서까래에 달아매라고 돼지치기에게 명령합니다. 등

위에 널빤지를 대고 그자를 묶어 서까래 가까이에 달아 올려 오랫동안 심한 고통을 당하게 하라고 지시합니다. 염소치기 멜란티오스를 처리하는 이 방식은 고문 중 가장 심한 고문으로 알려져 있습니다. 날갯죽지와 허리가 서서히 무너져가는 무서운 고문입니다. 일제강점기 때 우리 독립투사들도 이런 고문을 당했습니다. 고문 역사에 관해 얘기해 봅시다.

△ 가인 페미오스는 오뒷세우스의 무릎을 잡고 애원해 목숨을 구합니다. 신들과 인간들을 위해 노래하는 가인을 죽인다면 나중에 크게 후회할 것이라는 호소합니다. 여기서 당시 가인이나 시인을 경외하는 풍습이 있었던 사실을 짐작할 수 있습니다. 이에 대해 얘기를 나눠봅시다.

△ 〈오뒷세이아〉는 오뒷세우스의 해피엔딩으로 끝났지만, 외전으로 볼만한 다른 신화에는 막장 드라마로 끝납니다. 그러한 내용을 찾아봅시다.

△ 저승에서 아킬레우스와 아가멤논이 영광스러운 죽음에 대해 대화를 나눕니다. 이를 통해 당시의 영웅관에 대해 얘기해 봅시다.

△ 구혼자들과의 싸움에서 결정적으로 멘토르(아테나)가 나타

나서 창을 맞지 않도록 도와주고, 아버지 집에서 구혼자들의 가족들이 복수를 하러 왔을 때에도 멘토르(아테나)가 싸움을 이기도록 도와주며 결국에는 화해하도록 중재합니다. 그럼 진짜 멘토르는 어디에 있는지 궁금해집니다. 왜 멘토르가 다른 존재의 변신으로만 나타나는지 의문이 듭니다. 멘토르 정체에 대해 탐구해 봅시다.

△ 오뒷세우스는 파렴치한 짓을 한 하녀들에게 구혼자들 시체를 치우도록 시키고, 그 하녀들을 무참히 죽여 버립니다. 곧 처형당할 사람들에게 시신을 치우라고 한 처사는 아무래도 심했다는 생각이 듭니다. 멜란티오스를 잔인하게 처벌하는 오뒷세우스의 모습도 놀랍습니다. 왜 이렇게 오뒷세우스는 무자비할까요. 그렇게 감정 조절을 잘하던 오뒷세우스가 아니던가요. 이에 대해 서로 얘기해 봅시다.

△ 구혼자들의 유족들이 오뒷세우스에게 복수를 하려고 하나, 제우스는 살육을 잊고 서로 사랑하면서 부와 평화의 충만을 이루라고 권합니다. 아테나도 만인에게 공통된 전쟁의 다툼을 멈추라고 명령합니다. 대서사시 역시 평화를 말하고 마무리합니다. 이를 심도 있게 논의해 봅시다.

△ 오뒷세우스 일행은 아버지 라에르테스를 시험하기 위해 거

짓말까지 합니다. 도대체 아버지로부터 어떤 진실을 알고 싶었을까요. 자식이 아버지를 믿지 못하는 행위를 어떻게 이해해야 할까요. 이에 대해 숙의해 봅시다.

△ 오뒷세우스가 구혼자들을 처리한 후의 내용은 상대적으로 빈약합니다. 또 아버지를 만나거나 페넬로페와의 재회 이후의 전개 내용은 감동이 다소 떨어집니다. 오늘날의 드라마나 영화의 극적 구조와 연결해 이야기해 봅시다.

△ 호메로스의 〈오뒷세이아〉는 우리나라의 18세기 조선시대 작품인 〈춘향전〉과 닮은 점이 많습니다. 두 작품에 흐르는 공통의 정서에 대해 얘기를 나눠봅시다.

정리: 이준영

III

오뒷세이아 속의 나

〈오뒷세이아〉를 만나면서 공동탐구자들은 누군가를 자연스레 떠올렸다. 어느 참가자는 공동탐구 내내 착하게 살다 가신 아버지와 동행했다. 다른 참가자는 페넬로페에서 어머니를 보았다. 직장을 잠시 떠나있던 한 참가자는 그곳으로 다시 돌아갈 자신을 내려다보는 경험을 가졌다. 모두 자기와 관련되어 있다.
〈오뒷세이아〉 독서는 그렇게 우리에게 다가왔다. '위대한 저서'의 현재성이요, 보편성이다. 공동탐구 모임의 명칭인 '나만나書'도 이렇게 만들어졌다. 다음 글들은 그러한 사연들을 담고 있다. 밤을 꼬박 새우며 '오뒷세이아 속의 나'를 찾았던 여정의 기록이다.

밀양 오뒷세이아

1950년, 상수가 경남 밀양에서 서울로 유학 온 지 일 년이 되던 그해 한국 전쟁이 터진다. 여름방학이 끝나면 2학년으로 올라갈 즈음이다.[2] 상수는 그때 큰집에서 머물며 학교에 다녔다. 국민학교(초등학교) 졸업 후 고향 농촌에 진학할 마땅한 상급 학교가 없어서 사촌 형들이 있는 서울로 올라왔던 것이다.

큰집은 서울 명동 한복판에 있다. 중화민국 대사관 옆에 있는 3층짜리 집으로, 그야말로 저택이다. 큰아버지 도현은 일본에서 성공한 사업가이다. 중·일 전쟁 때 엄청나게 큰돈을 벌었다. 러시아에서 군복을 수입해 일본의 적국이었던 중국에 많은 이문을 남기고 넘겼다. 일본 정보망에 걸렸으면 목이 열 개라도 살아

2) 1950년 당시에는 여름방학이 끝나고 학년이 올라갔다.

남기 힘든 이적 행위이다. 시쳇말로 상수의 큰아버지는 '간이 배 밖에 나왔다.'라는 말이 저절로 나올 정도로 배포가 큰 사나이였다.

도현은 여러 명의 부인을 뒀다. 상수에게 큰어머니가 여러 명 있는 셈이다. 백부는 본부인을 비롯해 여러 명의 첩을 두었고, 일본에도 동거하는 여인이 살고 있다. 서울에 있던 상수의 큰어머니도 그중 한 명이다. 대구에 살던 그녀는 아이들이 중학교 다닐 때가 되자 서울로 이사를 한다. 자기 배 속으로 낳은 아이들이 아니었지만, 자식 교육에 상당히 열중했던 여인이다. 아이들 생모인 본부인은 밀양에 산다. 세상 물정에 밝지 못해 농촌에 머물렀다.

서울 백모는 남편이 사준 집에 일 년도 못 살고 이사를 하게 된다. 집이 너무 커서 관리가 안 돼 고민하던 차에 딸 집 옆에 매물이 나오자 그리로 옮겨간 것이다. 상수가 얹혀살던 큰집에는 두 명의 사촌 형이 살고 있다. 한 살 위인 작은 사촌 형 강면과 네 살 위인 큰 사촌형 강인이다. 다른 사촌 형도 여럿 있었지만, 일본에 있거나 다른 지역에서 살고 있어 만나기 어려웠다.

전쟁이 일어나자 북한군이 순식간에 서울을 점령하고 만다. 백모는 아이들을 일단 고향 밀양으로 보내기로 마음을 먹는다. 서울에 머무르다가는 소년병으로 끌려간다는 흉흉한 소문이 나돌았기 때문이다.

짐을 다 싸놓은 상황에서 맏이가 근처에 있는 친구와 함께 피란해야 한다며 잠시 자리를 비우는 일이 생긴다. 그 친구는 북한 정권이 들어설 때 38선을 넘어온 집안의 아들이다. 지주 학대나 종교 박해를 피해 남쪽을 선택한 모양이다. 그렇기에 강인은 친구가 북한군에 잡히면 목숨을 부지하기 어려울 것으로 판단했다.

서울 중앙중학교 5학년(현재 고교 2학년)인 강인은 성질이 순하고 머리가 좋아 공부를 곧 잘했다. 중앙중학교는 경기중학교와 함께 명문으로 알려진 학교이다. 머리만 좋다고 들어갈 수 있는 곳이 아니다. 기와집 몇 채에 해당하는 학비를 댈 수 있어야 들어가는 귀족 학교였다.

하지만 금방 돌아온다는 강인은 함흥차사다. 지척에 있는 집으로 간 아이가 사흘이 지나도 돌아오지 않자 큰집은 초상집 분위기로 변했다. 아무리 수소문을 해도 큰아이는 종무소식이다. 그러던 차에 인근 중학교 담 너머로 인민군에 잡혀있는 강인을 보았다는 사람이 나타난다.

이 소식을 들은 큰어머니는 대성통곡을 했지만, 금방 냉정한 모습을 찾는다. 지금 남아있는 아이들 피신이 중요해서이다. 잡혀간 아이가 장남이어서 더 애가 쓰였지만, 자신의 힘으로 어찌할 수 없는 일이라고 판단한 것이다.

백모는 이제 겨우 중1, 중2인 아이들에게 은으로 만든 수저를 한 벌씩 안겨준다. 돈이 통용되지 않던 전쟁 통이니 피란 중에 은이라도 팔아 음식을 사 먹게 하려는 요량이었다. 상수는 마침내 작은 사촌 형과 함께 귀향길에 나선다.

고향 밀양으로 가는 길은 피란민으로 그야말로 인산인해이다. 소년들은 그 물결을 따라 남으로 남으로 흘러갔다. 이미 많은 지역이 북한군의 점령지가 된 상태이다. 북한군에 동조하는 지역민들은 인민위원회를 만들어 활동했다. 피란민들의 고충을 어찌 말로 표현할 수 있을까. 두 소년의 여정의 어려움도 만만치 않았다. 가는 곳마다 따로 불러가 조사를 거듭 받았다. 어떤 경우에는 폭행도 당했다. 북한군보다 동네 주민들이 결성한 지역 인민위원회가 더 했다. '어디서 왔느냐', '아버지가 누구냐', '고향이 어디냐' 하며 끝도 없이 취조해댄다. 거기서 벗어나 다른 지역으로 가도 마찬가지이다.

소년들은 자신들이 왜 그런 취급을 당하는지 의아했다. 강면은 상수에게 이런 말을 건넨다. "곰곰이 생각해보니 아마 이 은수저 때문에 이리 고생하는 것 같아. 다음에는 무겁다고 엄살부리며 다 줘 버리자." 한 살이라도 많은 아이가 그래도 생각이 더 깊은 모양이다.

둘은 어느 마을에서 또 잡힌다. 다른 곳과 비슷한 고초를 겪을 것 같아 얼른 실행에 옮긴다. 작은형은 상수 것을 합쳐서 은수저 뭉치를 인민위원회에 건넸다. 그러자 상황이 급변한다. 그들에 대한 대우가 구박에서 환대로 바뀐다. 전쟁 통이었는데도 어디서 구해왔는지 소고기국밥에 쌀밥이 끼니마다 나온다. 이런 대접이 어디에 또 있겠냐 싶다. 고향으로 향할 때는 잘 가라고 배웅을 해주고, 통행증까지 손수 아이들 손에 쥐여 준다. 아이들 입에서 쓴웃음이 배어 나온다. 전쟁은 이처럼 아이들 눈치를 키운다.

문경새재에 이르니 수많은 시신이 앞길을 막는다. 한국군, 북한군, 미군 가릴 것 없다. 전사자들이 산등성이를 가득 덮고 있다. 다른 길을 잡으려 했으나 도저히 그럴 수가 없다. 먼 길로 돌아가기에는 너무 지쳤기 때문이다. 소년들은 할 수 없이 코를 움켜 싸고 고개를 돌린 채로 그곳을 통과했다.

은수저를 몽땅 건네주고 받은 통행증 위력은 대단했다. 어느 검문소에서나 무사통과이고, 가끔 차량이나 나룻배를 얻어 탈 수도 있다. 하지만 귀향길은 멀고 험하다. 상수는 늘 온화하고 다정했던 어머니가 그립다. 촌에 마땅한 중학교가 있었으면 부모와 생이별하지 않았으리라는 아쉬움이 밀려온다.

배도 고프고 다리도 아프니 신세가 한없이 처량하다. 포와 총소리에 제대로 잠을 이루지 못할 때가 한두 번이 아니다. 둘은 피란민 줄을 잡기 위해 안간힘을 쓴다. 길을 잃어버리지 않으려면 그렇게 하는 수밖에 없다. 그러나 어느 한날 갑자기 전황이 급박해지면서 그만 그들을 놓치고 만다.

소년들이 고갯길로 올라선다. 한참을 정신없이 가다 보니 길이 희미해진다. 이리저리 길을 찾다가 둘은 그만 동서남북 방향마저 놓쳐버린다. 아무리 발버둥 쳐봐도 도무지 산을 벗어날 수 없다. 마침내 어둠이 꽝 떨어지고, 사방은 암흑천지이다. 여름

철이어서 다행히 춥지는 않아 떨지는 않았다. 그러나 총이나 포소리보다 더 무서운 야수들의 울음이 그들을 추위보다 더 떨게 했다.

공포와 두려움 속에 밤을 보낸 둘은 어찌해야 길을 찾을 수 있을지 난감했다. 비록 촌에서 살았지만, 유복한 집에서 자란 그들은 산 지형에 익숙하지 못하다. 짐승처럼 산과 들로 뛰어다니던 다른 농촌 아이들 같았다면 쉽게 산을 벗어날 수 있었을 텐데.

그때 작은형은 상수에게 일단 산 정상으로 올라가자고 꾀를 낸다. 마을을 찾으려면 조망이 탁 트이는 곳에 가야 한다고 판단했던 모양이다. 은수저를 인민군에 넘겨 통행증을 받아냈던 사촌 형이다. 상수는 작은형 말을 신뢰했다. 확신을 가지니 힘이 났다. 상수가 앞장섰다. 하지만 잡목과 풀이 우거져 있는 여름 산이 호락호락하지 않다. 얇고 짧은 여름옷을 입었으니 팔과 목이 나뭇가지와 풀 가시에 긁혀서 상처투성이로 변한다.

그렇게 정신없이 올라가다가 상수는 그의 뒷덜미를 잡아채는 강력한 힘을 느낀다. 누군가가 갑자기 뒤에서 입을 막고는 그들을 끌고 올라간다. 반항을 불허하는 완력이다. 도착해보니 굴이라고 이름 붙이기도 어색한 바위 구멍에 남자 3명이 숨어있다. 나이는 30~40대로 보인다. 세련된 입성으로 보아 농부는 아닌 것 같다. 굴은 아이들이 계속 산을 탔으면 만났을 자리에 위치해 있다.

소년들은 이제 인민군이나 인민위원회에서 당하지 않게 되었던 문초를 여기에서 다시 받는다. '어디서 오는 길이냐', '무엇 하려 산중에 들어왔느냐', '집이 어디냐', '아버지 이름은 뭐냐' 물음이 끝이 없다. 위압적이지는 않다. 무척이나 다급하고 초조해 보인다. 가차 없이 없앨 수도 있다는 살벌함마저 전해진다.

작은형은 숨김없이 그간의 일들을 자초지종 밝힌다. 그들은 의외로 쉽게 믿어준다. 아이들이어서 그런 모양이다. 더 말은 건네지 않는다. 도망가지 않도록 감시만 한다. 둘을 비교적 자유롭게 지낼 수 있었다.

몇 시간이 지났다. 산나물 캐려 산에 들어온 차림새인 한 여인이 거친 숨을 고르며 덤불을 헤치고 굴 쪽으로 접근해왔다. 헝겊 배낭에서 주먹밥이 여러 뭉치 나온다. 사나이들은 말없이 주먹손으로 음식을 입에 쑤셔 넣는다.

여인이 '쟤들은 누구냐'는 의미를 담은 눈짓을 사나이에게 보낸다. "길 잃은 아이들이야. 돌아갈 때 데리고 가. 길에서 그냥 놔주면 돼." 입에 밥을 넣은 채 무뚝뚝하게 말투를 던진 남자가 둘에게 다가간다. 주먹밥을 나눠주며 다짐을 받는다. 험한 인상도 잊지 않는다. "우리를 봤다는 얘기 절대로 하면 안 돼. 만약에 그랬다간 큰일 나니깐. 너희들 믿을 수 있어서 보내주는 거야." 상수와 강면은 연신 고개를 끄덕거렸다. 왜 숨어있는지 물을 엄두조차 내지 못했다. 혹시나 그 사람들 마음이 변할까 봐 조마조마해 말을 건넬 수가 없다. 북한군에게 잡히면 호되게 경칠 처지에 놓인 사람들이란 짐작만 할 뿐이다.

그들은 여인을 따라 산에서 내려간다. 산과 밭 경계 지점에서 여인이 다시 다짐을 받는다. “아무한테도 우리 일을 말하면 안 돼. 그러면 우리와 너희들 모두 큰일 나니깐, 알았지. 좀 더 데리고 가고 싶지만, 남들 눈이 있어서. 저기 보이는 길로 내려가.” 그들은 위아래로 더 크고 빠르게 고개를 끄덕인다.

상수는 밥 배달 여인이 일러준 방향으로 길을 잡았다. 좁은 산길을 내려가 농로를 지나가니 신작로가 나온다. 한참을 걸어가 길이 합쳐지는 곳에서 다른 피란민 일행을 만난다. 어른들에게 고향 밀양으로 간다고 하니 어른들이 고개를 절레절레 흔든다. 낙동강에서 치열한 전투를 하고 있어 내려가기 어렵다는 것이다.

그런 걱정을 안고 며칠을 내려오다 북상 중인 한국군을 만난다. 인천상륙작전으로 북한군이 북쪽으로 밀리고 있다는 소식도 들린다. 전선이 위로 올라갔으니 고향을 쉽게 갈 수 있게 됐다. 인민군 통행증도 이제 필요 없다.

상수는 마침내 고향에 돌아온다. 어머니가 눈물로 그를 맞는다. 아버지는 멀찍이 서서 하늘을 바라보고 있다. 고향에는 또 반가운 소식이 기다리고 있었다. 인민군에 끌려갔던 큰 사촌 형이 먼저 돌아와 있었던 것이다. 기적 같은 일이다.

사연은 이랬다. 서울에서 큰형을 붙잡아갔던 부대는 남쪽 전선으로 내려가지 않고 다행히 동해 북쪽인 함흥 인근에 배치됐다. 도망갈 궁리를 하던 큰형은 부대를 이탈해 어느 부유한 농가로 몰래 들어갔다. 그곳에서 주인에게 사정을 말한다. 서울서 공부하던 학생인데 인민군에 끌려왔다며 숨을 곳을 부탁한다. 혹시 한국군이 들어오면 얘기를 잘해달라는 부탁도 잊지 않았다. 사병보다 장교로 보이는 사람에게 그 말을 전해달라는 말도 덧붙였다. 아무래도 고학력일 가능성이 높은 장교와 얘기가 통할 것 같아서였다. 집주인도 주저하지 않고 큰형을 숨겨줬다. 소죽을 끓이는 아궁이 안으로 강인은 숨어들었다.

그때 전선이 낙동강까지 내려가 있었기에 함흥에서 한국군을 기다린다는 것은 불가능에 가까웠다. 그래도 강인은 실낱같은 희망의 끈을 놓지 않았다. 일주일이 지날 무렵 행운의 여신이 그를 버리지 않았다. 북한군 지역에서 특수정보 활동을 벌이던 한국군이 그 부농 집에 들르게 된 것이다.

주인은 잊지 않고 장교에게 강인의 말을 전한다. 인민군복 차림으로 나온 큰형은 금방 체포됐다. 그의 말에 귀 기울이더니 장교가 고개를 끄덕인다. "포로 신세가 되면 고생을 많이 할 터이니 우리 부대 일원으로 내려가자"라며 배려까지 베푼다. 특수활동을 무사히 마치고 본부로 귀환한 한국군 부대는 강인을 집으로 돌려보내 주게 된다.

상수가 돌아온 마을에는 북진하던 미군이 주둔 중이었다. 미군은 마을 초등학교를 본부로, 큰집 사랑채를 사령관 관사로 삼았다. 할아버지는 사령관 관사를 내달라는 미군의 제안에 선

뜻 응했다. 당시 큰집은 고래 등 같은 기와집이 여러 채 있는 대갓집이었다. 부지 크기도 담 너머 초등학교와 어금버금할 정도였다.

큰집에는 미군들이 자주 들락거렸고, 아이들도 그들과 자연스레 관계를 맺게 된다. 큰형은 영어를 곧 잘했기에 미군과 자주 어울렸다. 이를 유심히 보던 미군 사령관이 형에게 통역관을 제안한다. 전쟁 통에 언제 어떻게 군에 끌려갈지 모르는 상황에서 귀를 솔깃하게 하는 말이었다. 하지만 큰형은 냉정한 표정을 지으며 되레 조건을 내건다. 동생들도 같이 데려갈 수 있게 해달라는 일종의 간청이었다. 미군 사령관은 부대 내에서 잔심부름을 시킬 수 있다며 응낙한다. 할아버지 할머니도 이에 찬성이었다. 미군을 따라가는 게 더 안전할 수 있다는 판단이 선 것이다.

졸지에 미군 하우스보이가 된 상수는 작은형과 함께 미군을 따라 다시 북쪽으로 향한다. '예스', '탱큐' 밖에 못 하는 둘은 더듬거리며 미군과 겨우겨우 대화를 나눴다. 시레이션(전투식량)이나 초콜릿같이 처음 먹는 음식에 환성을 지르기도 한다. 총소리만 가끔 들릴 뿐이어서 자신들이 전쟁터 한가운데 있는지 모를 정도로 평안한 생활이 이어졌다. 큰형은 상급 부대에서 통역관을 했기에 보기 어려웠다. 상수는 인민군에서 한국군으로, 다시 미군으로 변신하는 재주를 가진 형이 신기하면서도 부러웠다.

하지만 쉬운 일만 있는 게 아니다. 장교들은 대체로 점잖았는데 사병들은 그렇지 않았다. 험상궂게 생긴 미군 백인이나 흑인

병사가 무서워서 제대로 부대 내를 다니지 못할 정도였다. 말도 욕설이 반이다. 영어가 짧은 상수였지만, 상소리는 금방 구분할 수 있었다.

상수는 그들을 서서히 알아가면서 놀라운 사실을 발견한다. 외모로 보아선 30~40대 아저씨 같은 그들이 기실 자기와 나이 차이가 얼마 나지 않는다는 점이다. 이제 겨우 소년티를 벗은 미군 병사들이 의외로 많았던 것이다. 상수는 정든 고향을 떠나 언제 생사가 갈릴지 모를 이역만리 낯선 나라에 온 그들이 안쓰러워졌다. 그들의 포악함은 어쩌면 숨어있는 공포와 두려움의 다른 모습일지도 모른다는 생각도 들었다. 고향으로 결국 돌아가지 못하고 먼 나라 전쟁터에서 숨진 어린 병사들과 그들의 부모를 떠올리니 가슴이 저린다. 자식을 군에 보낸 후 밤을 꼬빡 지새우며 아들의 무사 귀향을 기도할 어머니의 마음을 알 것만 같다. 상수는 갑자기 성장한 자신의 모습에 놀란다.

파죽지세로 두만강까지 올라갔던 미군도 중국군의 개입으로 제동이 걸리고 만다. 급기야 후퇴해야 할 지경에 이른다. 이때 선수문(船首門)이 열리면서 병력과 탱크, 물자를 양륙(揚陸)할 수 있는 엘에스티(LST) 선이 동원된다. 배는 청진항에서 미군, 한국군, 포로병, 피란민을 마구 태우고 거제도로 향한다. 3층으로 급히 개조했지만, 워낙 승선 인원이 많다 보니 몸을 움직이기 어렵다. 급식 빵도 사람의 손과 손을 거쳐서 배급해야 할 정도였다.

배식은 그럭저럭 이뤄졌지만, 진작 문제는 용변이다. 미동도

할 수 없으니 어쩌겠는가. 선 자리에서 그대로 볼일을 볼 수밖에. 그러니 1, 2층 사람들은 위에서 떨어지는 배설물을 피할 도리가 없다. 위에다 대고 욕을 하거나 고함을 쳐도 어쩔 수 없다.

잠을 잘 때는 차라리 낫다. 제대로 누울 공간이 부족했지만, 추운 겨울에 서로 전하는 체온은 참으로 따뜻하다. 난리 중에 사람이 사람을 소중하게 생각할 수 있는 유일한 시간이 아닐까 싶다. 사람만이 고해(苦海)를 건너는 징검다리가 될 수 있다는 진리를 몸소 경험하는 순간이다.

엘에스티 선이 거제도에 정박하자 미군은 배 안에 있던 사람들을 짐짝처럼 취급한다. 온수로 채운 널따란 논 네 곳에 사람들을 마구 밀어 넣는다. 그리고는 목소리 크기나 몸짓으로 보아 욕지거리임을 알 수 있는 신호를 보내며 쇠꼬챙이로 사람들 옷을 마구 벗긴다. 남녀노소 가릴 것 없이 모두 나체가 된다. 미군은 손으로 자기 몸을 비벼댄다. 음란한 몸짓이 아니다. 비누로 몸에 묻은 오물을 씻으라는 보디랭귀지이다.

미군은 목욕한 사람들을 다시 샤워기처럼 생긴 소독기 밑으로 밀어낸다. 그다음으로 전염병 예방 주사를 맞히고, 의복을 지급한다. 새 옷을 입었는데도 사람 꼴이 말이 아니다. 큰 체격의 사람은 옷이 몸에 끼어 움직일 수 없을 지경이다. 몸집이 작은 사람은 부대를 뒤집어쓴 광대나 다름없다. 옷 치수가 똑같아서 생긴 일이다. 겉옷은 물론이고 속옷마저 그랬다.

미군은 분류 작업에 들어간다. 책상에 앉아 질문을 통해 북한군 포로, 중국군 포로, 한국군 등으로 나눴다. 미군 군속이었던 상수와 사촌 형은 신분이 애매했다. 군인도 아니고 민간인도 아니니 말이다.

미군은 둘에게 통행증을 줬다. 배를 탈 수 있고, 육지에 도착하면 모든 군용차량에 탈 수 있는 일종의 증명서이다. 상수는 작은형과 배를 타고 부산항에 도착한다. 그러나 도저히 차를 얻어 탈 수 없다. 차가 워낙 귀한 시절인 데다 아이들 태워줄 여유가 있는 군용차량이 있을 리 만무하다.

서울에서 밀양까지 걸어온 그들이니 부산에서 밀양까지가 그리 멀지 않게 느껴졌다. 상수와 강면은 물금에서 산을 타고 고개를 지나 원동을 넘어 삼랑진으로 가는 길을 선택했다. 그 아래로 경부선이 지나가고 낙동강이 시원스레 흐른다.

한국 전쟁 때 실제 있었던 소년의 귀향기이다. 〈오뒷세우스〉을 읽는 내내 뇌리를 떠나지 않았다. 등장인물 이름은 가명이고, 지명도 임의로 정했다. 초등학교(초등학교)를 졸업한 지 얼마 되지 않은 소년들은 짧은 시기 안에 두 번이나 귀향해야 하는 고난을 겪는다. 오직 고향으로 가겠다는 일념이 좌절할 틈조차 주지 않았다. 인생이 아무리 어려워도 돌아갈 곳이 있는 사람은 외롭지 않다. 나약한 사람이라도 나를 반겨줄 사람들이 있는 곳을 향해 초인적인 힘을 발휘한다. 세계 전쟁사에서 전례를 찾기 어렵다는 말이 나올 만큼 치열했던 한국 전쟁이었다. 하지만 괴물보다 더 무서운 전쟁도 두 소년이 감행한 두 번의 귀향은 도저히 막을 수 없었다.

한국에 소년 병사로 와서 살아있는 몸으로 고향으로 돌아가지 못한 외국 군인들이 가슴을 아프게 한다. 전사자 중 상당수는 아직도 이 땅 어딘가에 묻혀있다. 오뒷세우스를 따라 먼 트로이로 갔다가 불귀객이 된 이타케 병사들이 떠오른다. 프리아모스는 시신으로 누워있는 아들 헥토르를, 아킬레우스는 고향에 있는 백발의 아버지를 생각하며 함께 통곡하던 〈일리아스〉의 한 대목이 생각난다. 아들 오뒷세우스의 귀향을 손꼽아 기다리던 라에르테스의 늙은 모습도 오버랩한다.

이준영
부산일보 선임기자. 미술과 건축, 연극 담당. 서양 현대철학책을 읽다가 결국 고대 그리스까지 거슬러 오게 됐다.

안녕, 오뒷세우스!

내가 6살쯤 때였을까….

부모님께서 일 나가시고, 텅 빈 집을 지킬 때면 꼭 하는 일이 있었다.

세계 명작동화 전집 중에서 마음에 드는 동화책을 꺼내 온다.

그리고 책 제목과 동일한 카세트테이프를 꺼내와, 카세트 플레이어에 넣고 재생 버튼을 누른다. 6살 어린아이에게 고요함과 외로움이 침범하지 않도록 카세트 속 성우는 온종일 재미난 이야기를 반복해서 들려준다.

그 이야기를 듣고 있노라면 정말 시간 가는 줄을 몰랐다.

어느 부분이 가장 재밌고, 슬프고, 무서운지 다 알면서도 귀를 쫑긋 세우고 스피커 앞에 몸을 바짝 붙였다.

비록 기계음이지만 누군가가 들려주는 이야기를 듣는 기쁨은

실로 대단했다.

그 영향인지 지금의 나는 사람들에게 그림책을 맛깔나게 들려주는 일을 하고 있다.

햇살 좋은 어느 날, 바다가 훤히 보이는 공간에서 연령대가 다양한 성인들이 모여 앉았다. 내가 들려주는 그림책을 듣고자 일부러 모였으니 그저 감사할 따름이다.

이날은 책상도 의자도 없다. 그냥 나를 둘러싸고 여기저기 앉아있다.

나 혼자 그림책을 들고 우뚝 서 있다. 사람들은 내가 무슨 이야기를 들려줄지 궁금한가 보다. 나만 뚫어지게 쳐다보고 앉아 있다.

그 옛날 호메로스가 사람들 앞에서 맨 처음으로 입을 뗄 때 어떤 기분이었을까?

호메로스를 현재로 데려와 함께 서 있다고 상상해 본다.

그림책을 보고 읽으면 되니, 나는 호메로스보다 훨씬 수월하다.

적막을 깨고 첫 문장을 떼는 순간, 사람들 표정이 이리저리 어지럽게 흩어지다가 이내 한군데로 모인다.

수년간 홀로 글을 읽는 것에 익숙한 어른들은 누군가가 들려주는 이야기에 혼란스러워하다가 갑자기 뭐에 홀린 듯 이야기 듣기에 집중한다.

알 수 없는 감정에 휩싸여 함께 울기도 하고, 웃기도 한다.

마치 커다란 배에 다 함께 올라타, 이야기 순풍에 배를 맡기고 출렁이는 바다 위에 떠 있는 기분이 든다.

마치 내가 호메로스가 된 듯 무리한 상상을 해 본다. 참 기분 좋은 상상이다.

청중과 호흡하며 함께 항해하듯 무궁무진한 이야기를 풀어내는 호메로스는 솔직하고 재치 있는 시인이자, 상상의 바다에 몸을 맡긴 모험가였을 것이다.

호메로스의 〈일리아스〉에서는 전쟁을 배경으로 인간의 폭력성과 잔인함을 생생하게 묘사하였으며, 주로 분노의 감정을 다루고 있다.

그러나 〈오뒷세이아〉에서는 감정에 자유롭고, 솔직하며 인간미 넘치는 한 사람 '오뒷세우스'를 만나게 된다.

오뒷세우스를 통해 인간의 자유의지와 그에 따른 선택과 책임을 엿볼 수 있다.

칼륍소의 동굴에서 영원한 젊음과 영생을 누리는 삶을 선택할 수도 있으나, 그것은 자신이 원하는 삶이 아니다.

그는 귀향을 꿈꾸며 차라리 위험을 무릅쓰고 고난이 추가되는 쪽을 선택한다.

오뒷세우스를 태운 튼튼하게 만든 뗏목은 곧 포세이돈의 눈에 띄어 무서운 파도와 폭풍으로 시련을 겪는다.

오뒷세우스는 무릎과 심장이 풀리고 온몸에서 짠물을 토해내는 순간조차도 신의 말에 그대로 복종하지 않는다. 오뒷세우스가 뗏목을 떠나라는 신의 명령에 따르지 않는 구절이 나온다.

피난처가 될 뭍이 아직도 멀리 떨어져 있다고 판단한 것이다. 그러면서 파도가 뗏목을 산산이 박살 내면 그때는 곧바로 헤엄칠 거라고 말한다.

나는 이 대목에서 한참을 생각했다. 위기의 순간에 나는 내 의지대로 생각하고 선택한 적이 있었던가. 나는 위기의 순간일수록 더욱더 내 의지대로 행동하지 않는다.

위기의 순간에 선택한 행동에 대한 책임은 평소보다 훨씬 위중하다는 걸 알기에 그 책임을 덜고자 얄팍하게 남의 의견에 의지하고 책임 또한 남에게 돌린다.

이후에는 '그냥 내 생각대로 할 걸…' 하고는 내가 남보다 낫다는 식의 꼼수를 부리기도 한다.

내가 가진 지혜를 총동원하여 자유롭게 결정하고, 그 선택에 책임을 가지는 것은 무모한 행동이 아닌 용기 있는 행동임을 오뒷세우스를 통해 배우게 된다.

오뒷세우스가 퀴클롭스의 섬을 달아날 때 조롱하는 말로 퀴클롭스를 자극하는 장면이 있다.

전우들의 제지에도 불구하고 퀴클롭스를 향한 분노 표출 끝에 '아무도 아니'는 자신이 '오뒷세우스'임을 스스로 밝히고 만다.

결국 포세이돈의 미움을 사고, 고난의 귀향길이 암시된다.

전우들 앞에서 영웅적 체면이고 뭐고 없다. 마음속에 화가 나니 그대로 드러낼 뿐이다.

이때 오뒷세우스는 무모해 보이기도 하지만, 자신의 감정에 충실한 사람임에 틀림없다.

파이아케스족의 나라에 머물 때 가인이 들려주는 노랫소리에 자신의 지난날을 회상하며 한없이 눈물을 흘리기도 한다. 이때의 오뒷세우스는 한없이 부드럽고 감성적이다.

귀향 후 구혼자들을 무자비하게 죽이고, 사자처럼 피투성이가 된 오뒷세우스의 모습과는 상반된 모습이다.

인간이 지닌 극과 극의 모습과 다양한 감정이 여실히 드러난다.

파이아케스족의 도움으로 이타케에 도착하지만 고향 땅을 바로 알아보지 못하고 자신을 도와준 은인을 원망하며 재물들을 먼저 살펴보는 오뒷세우스의 모습에서도 영웅다운 모습은 찾아볼 수가 없다.

'영웅'으로서의 면모보다 한 인간으로서 느낄 수 있는 욕정, 욕망, 두려움 등을 낱낱이 보여 준다.

호메로스는 오뒷세우스에게 실오라기 하나 걸치지 않은 채 우리 앞에 세워 두었다.

어쩜 이렇게 그럴싸한 포장도 없이 한 인간의 실체를 있는 그대로 드러낼 수 있단 말인가!

우리 앞에 벌거숭이로 세워 두었지만 오뒷세우스가 어떤 사람인지 한마디로 요약하기는 정말 힘들다. 굳이 정리하자면 '오뒷세우스는 오뒷세우스다운 사람이다'라는 것이다.

이렇듯 어느 한 사람을 한마디로 단정 지을 수 없다. 그게 사람이다.

극과 극의 양면성과 선과 악의 감정들, 무수한 내적 갈등을 품고 있는 게 사람이다.

우리는 그 한 사람 한 사람이 가지고 있는 다양한 모습들을 수용하고 인정해야 한다.

수시로 일어나는 감정의 물결들 속에서 이리저리 휘둘리는 자신의 모습을 깊이 들여다보고 품어 줄 수 있는 용기가 매 순간 필요하다.

이렇게 복잡하고 다층적인 게 인간이기에 더욱 아름답고 빛나지 않은가….

현대의 우리는 이 복잡하고 아름다운, 뭐라고 단정 지을 수 없는 어느 한 사람의 존재를 계속 단정 지으려고 한다. 어느 기준을 벗어나면 어리석거나 무모한 사람으로 단정 짓는다.

심지어 교실에서 과잉 행동을 하는 아이에게 약을 처방하기도 한다.

용감한 사람과 용감하지 않은 사람, 유능한 사람과 유능하지 않은 사람, 착한 사람과 착하지 않은 사람…. 도대체 어떤 기준으로 사람을 정의 내릴 수 있겠는가.

우리는 오뒷세우스를 만날수록 편견의 눈꺼풀이 벗겨지는 걸 알 수 있다.

처음에는 '영웅이 왜 저래?' 하며 실망스럽기도, 화가 나기도 한다.

그러나 한 발짝 더 오뒷세우스에게 다가갈수록 '그래, 저럴 수 있어. 저럴만한 이유가 있지. 나라도 그랬을 거야' 하며 그 존재 자체로서 이해가 되는 것이다.

오뒷세우스가 겪는 외적·내적 갈등과 시시각각 변하는 감정선은 현대의 우리의 모습과 놀랍게 닮아있다.

기원전 8세기경의 호메로스와 오뒷세우스가 현대의 우리와 함께 살아도 전혀 구분이 안 될 것이다. 시대와 상관없이 사람 사는 건 다 똑같구나 하는 생각이 든다.

그 옛날 고전 속 인물들이 현대의 우리 삶 속에 그대로 녹아 있다는 게 고전을 읽는 이유 중 하나일 것이다.

호메로스는 〈오뒷세이아〉를 통해 한 인간이 어떻게 하루하루를 살아내는지 적나라하게 보여준다. 우리는 지독하게 고생만 하는 이 남자를 보며 안타깝기도 하지만 결국 사랑과 희망이 함께 하는 걸 알 수 있다. 그래서 오뒷세우스의 삶은 고난이 아닌 모험이다.

우리의 삶도 모험이 될 수 있을까?

'모험(冒險)'의 사전적 의미는 어떤 일을 위험을 무릅쓰고 하는 것을 뜻한다.

모험이라고 거창하고 설레는 일만 가득한 건 아니다. 우리의 평범한 일상이 모험이 될 수도 있다.

모험에는 고난과 역경, 희망과 사랑이 복잡한 물결을 그리듯 출렁인다.

우리는 그 물결 위에서 하루하루를 모험하듯이 살아가는 것이다.

무릎과 심장이 수도 없이 풀리고, 눈물이 비 오듯 흘러도 오뚝이처럼 일어나는 오뒷세우스처럼 일어나고 또 일어나면 되는 것이다.

지치고 힘들 때 잠의 축복을 받고 한숨 푹 자고 일어나면 된다.

몸과 마음이 허기질 때 따뜻한 집 밥 한 상 차려 먹고 일어나면 된다.

어릴 때부터 나는 위험하고 도전적인 일은 딱 질색이고 편하고 쉬운 일만 선택했다. 내성적인 성격도 한몫했고 '용기'를 내야 할 순간엔 오히려 '포기'를 하는 경우가 많았다.

매 순간 남들의 시선도 의식해야 하고, 실패에 대한 두려움이 컸다.

내가 오뒷세우스였다면 아마 칼립소의 동굴에서 평생을 칼립소의 소유물로 살았을지도 모르겠다.

나를 낮추고 숨기고 지내다 보니 편하기도 했지만 나 스스로가 답답하고 그런 모습에서 벗어나고 싶었다.

내 인생 최초로 모험을 시도한 것은 중학교를 입학하고 나서이다.

중학교 등교 첫날 마음속으로 '나를 바꾸어 보자! 새롭게 태어나는 거야!'를 수백 번 외치고 교실에 들어섰다.

용기를 내어 낯선 친구들에게 먼저 말을 걸고, 수업 시간마다 발표하겠다며 손을 번쩍번쩍 들었다.

초등학교 6년 동안 입도 뻥끗 안 하던 내가 발표를 하고 있다니 믿을 수가 없었다.

틀려도 괜찮으니 부끄러움을 무릅쓰고 큰 용기를 내어 스스로 모험을 시도한 거였다.

이때부터 나를 조금씩 드러낸 결과, 지금은 남들 앞에서 말하는 게 그다지 어렵지 않다.

나 자신을 사랑하고 위한다면 스스로 용기를 내어 볼 만하다.

어린 시절 내가 처한 상황을 이해하기 힘들었던 나는 매일매일 그냥 숨 쉬고 버티며 살았던 것 같다.

끝이 어딘지 모르는 어둡고 무서운 터널을 혼자서 터벅터벅 걷는 기분이었다.

터널 끝에 희미하게 빛나는 희망을 향해 한 걸음 한 걸음 걸어 나갔다.

지금은 어두운 긴 터널을 통과해서 출구가 보이는 것 같다.

물론 출구로 나가도 또 새로운 터널이 나타날 것이다. 하지만 이제 그 터널은 그리 길지 않고 내가 가진 손전등으로 불을 밝히며 한 걸음 한 걸음 나갈 수 있을 것이다.

가짜 '나', 누군가의 '나'가 아닌, 진짜 '나', 나다운 '나'로 살려고 '나'를 가만히 들여다본다.

얼마 전 서점에서 우연히 꺼내든 책 속에 내가 다닌 초등학교 사진이 실려 있었다.

졸업식 이후 지금까지 가보지 못했던 나의 초등학교가 가슴을 뚫고 들어왔다.

갑자기 어린 시절 추억들이 필름처럼 머릿속을 휘감았고, 알 수 없는 감정들이 솟구쳐 올라왔다.

며칠 후 나는 용기 내어 나의 초등학교를 방문했다.

교정에 들어서니 한 아이가 반가운 얼굴로 나를 보며 손을 흔들었다.

텅 빈 넓은 운동장에 그 아이와 단둘이 마주하고 서 있었다.

엄마가 손수 짜주신 삼색 스웨터를 단정하게 입은 8살 어린 '나'가 그렇게 나를 보며 반갑게 웃어주었다.

그리고는 또렷한 목소리로 나에게 말했다.

"지은아, 많이 힘들었지? 잘 버티고 잘 견뎌줘서 고마워. 잘 자라줘서 대견해. 너 지금은 정말 행복해 보여."

그때 따뜻한 순풍이 나와 그 아이를 따뜻하게 감싸주었다.

오뒷세우스가 고난을 겪고 가족들과 만났을 때도 이 따뜻한 순풍이 불었을 것이다.

류지은
사람들과 함께 그림책을 볼 때 가장 행복합니다. '나'답게 살려고 애쓰는 중입니다.

3 또 다른 여행을 준비하며 놀멍 쉬멍

나는 요즘 쉰다. 작심하고 쉰다. 근로하지 않는다. 쉬고 싶으니 쉰다는 것을 더 이상 진술하거나, 거창하게 얘기하질 못하겠다. 쉬는 데 이유가 있다면, 흔히, 부정적인 것을 먼저 생각할 수 있을 것이다.

특히 건강상의 이유가 그 원인이 될 것이라 추측하는 것이 흔한 일이 되었다. 어찌 본다면 내 쉼의 경우도 흔한 추측에 부합될 수 있다. 쉬게 된 주된 원인은 마음의 소리를 들었기 때문이다. 감정이 무뎌지고 감성이 말라 거칠어져 간다는 경고를 들었기 때문이다. 내 직업은 물리치료사다. 하는 일이 환자를 치유하는 것이니 항상 약하거나 아픈 사람을 상대해야 한다. 치유와 치료는 정성으로 예쁘게 포장한 희망을 원하는 사람에게 전하는 것이다. 광부가 금맥을 찾듯 나도 정성의 맥을 찾아 캐고 정련하고 포장한다.

정성의 광맥도 오랜 시간 파내면 고갈되고 그 질이 떨어진다. 새로운 광맥을 찾아야 한다. 아픈 사람을 늘 대하면 감정이 무뎌지고 정성이 소진된다.

성정을 다하기 위해서는 휴식이 필요하다.

쉬기 위해서는 준비를 해야 한다.

한 오 년 정도 준비를 하고 있었다. 준비된 것들을 파먹으며, 계획된 휴식을 가져보기로 했다. 그러니 맘 편히 쉴 수 있다. 반 년 정도 쉬어도 괜찮다. 나와 내 가족의 삶에 불편함이 없도록 준비되어 있다. 그래서 장시간 휴식할 수 있다.

주체적 삶을 위한 계획과 실천, 평가 및 수정이 인생의 바다를 항해하는 내 배의 밑창에 깔린 평형수로 작용해야 한다. 이것이 온전한 무게 중심을 잡지 못하면 나는 침몰할 것이다.

오 년 전 사월의 노란 배처럼.

그리고 세이렌의 유혹을 이겨내야 하고 '스킬라의 암초와 카립디스의 소용돌이' 사이를 통과해야만 한다. 물리적·심리적 중심을 잡는 것이 인생을 경영하는 것이다. 곧 시간 경영이다. 쉬기 위해서는 시간을 노련하게 운용해야 한다. 그렇지 않으면 아니 쉰 것만 못하나.

지금 'T'라는 섬에서 쉬고 있다.

바다는 ● WATER ●이며 그 한가운데 있는, 섬은 'T'이다.

T섬의 다른 이름은 'TIME'이다.

오뒷세우스의 거칠고 험한 여정의 목적지가 이타케였다면 내 인생의 최종 목적지는 나의 '시간'이 멈추는 곳이다. 어딘지 모른다. 알 수 없다.

한 가지 확실한 것은 '지금, 여기에' 살아 존재한다는 것이다.

숨을 쉬며, 심장이 따뜻한 피를 뿜어 온몸의 세포 하나하나에 영양과 산소를 공급하고 때가 되면 먹고 마시고 내보낸다. 생각하고 의도된 몸짓과 행동을 만들며 둔한 손가락을 놀려 훈민정음을 아래위로 맞추어 생각을 좌에서 우로, 위에서 아래로 몰아넣기도 한다.

이 살아 있음이 얼마나 아름답고 경이로운 일인가!! 말을 하고 글을 읽고 쓰고 느끼고 나누며 기뻐한다. 살아서 숨 쉬는 날들이 아무리 초라하고 보잘것없어도 가장 소중하고 빛나는 날들이라고 아킬레우스는 한탄하며 얘기했다.

그래, 오늘을 살자.

잘 살기 위해서는 반드시 잘 쉬어야 한다.

우선 내 주변을 둘러보기 시작했다.

이곳에서 8년을 살았다. 아침에 줄 맞춰 나가는 개미들처럼 밥벌이를 위해 까만 도로 위를 줄지어 나갔다가 밤이면 지친 꿀벌같이 거대한 콘크리트 벌통으로 모여든다.

밀물과 썰물처럼 차와 사람들로 들고나는 도로 위를 빨간불과 초록불로 생각과 행동으로, 검은 바닥 위에서 매스게임을 연출한다.

하루하루가 출애굽기요, 오뒷세우스의 귀환이다.

하루 벌어 하루를 살고, 한 달 벌어 한 달을 살았다.

꽃이 피는지 지는지, 노란색이 많았다. 사그라지는지,

흰색이 많았다가 소멸하는지, 노을이 얼마나 아름다운지 볼 여유도 없이,

먹고사는 일에 매달려 월급 챙기기에 바빴다.

세금을 열심히 냈다.

나의 세금으로 월급을 받으셨던 분 중에

노란색 잠바를 즐겨 입으셨던 분은,

자신처럼 불행해지지 말라고, 신분 상승의 사다리를 확실히 부숴버렸다.

대신에 누구에게나 열려 있다는 법학전문대학원을 만들었다.

공직에서 물러난 뒤, 고향으로 돌아가 오리들과 벼농사를 지으시다, 어느 날 아침 아이아스가 선택한 길을 따라가셨다.

다른 분은 나의 세금으로 단군 할아버지 이후, 가장 큰 공사를 벌였다. 네 개의 큰 강을 다독거려 곧게 흐르게 했다. 강 옆으로 자전거가 다닐 수 있도록 전용도로를 만들었다. 덕분에 삼천리 강산에 자전거를 공급하던 회사의 주가는 열 배 넘게 뛰기도 했다. 나도 덩달아 행복했다. 그는 우리나라를 연 7%대 경제성장, 1인당 국민 소득 4만 달러, 세계 7대 경제 대국으로 만들겠다고 했다. 국민들은 단꿈을 꾸었다.

그가 이룬 성과 중엔 청계천 복원이 있다.

그는 청계천을 복원해 맑은 물이 흘러가는 서울의 명소로 만들었다.

사람들은 그를 '계천에서 난 용'이라고 했다. 그 후, 청계광장은 촛불혁명의 시발점이 되었다.

나는 그를 볼 때마다 미키마우스가 생각났다.

나의 또 다른 세금들은 '창조 경제'와 '문화 융성 코리아'를 외치시던 분의 노력에 보태졌다. 매달 마지막의 수요일은 전국에 문화가 있는 날이 되었다. 덕분에 질 좋은 공연을 저렴한 가격에 볼 수 있었다. 그녀는 태극기와 성조기를 아끼고 사랑하시는 분들의 생명과 같은 지지를 받았고 태극기와 성조기를 든 사람에게 여신이며 여왕이었다. 지금도 그렇다.

그러나 불행히도 두 분 모두 수인(囚人)이 되셨다.

한 분은 말주변이 부족하여 입이 터지질 않았다.

人 + 口 = 囚

口 → 匚 = 釋放

아니면 혹, 뭔가 중요한 말을 해야 함에도 일부러 안 하고 계신 건가?

네 개의 변이 튼튼한 벽이 되어 오늘도 나라의 보호를 받으신다.

연민이 느껴진다.

747 공약을 하셨던 분도 영어(囹圄)의 몸이 되었다가 거액의 보석금을 내고 집으로 갔으나, 집 밖으로 나오지 못하고 안에만 계셔야 한단다. 위리안치(圍籬安置)이다.

1) 달리기

오랜 세월, 매일 집을 나갔다가 돌아오길 반복했다.

습관이라는 것이 무척이나 무섭다. 일어나는 시간도 거의 정해져 있다.

근육이 기억하고 뼈가 기억한다. 사무치게 설정되어 있다.

일부러 아침에 한 번, 저녁에 한 번 달리기한다. 책을 보며 앉아있는 시간이 많으니 당연히 허리에 무리가 갈 수 있다. 달리기는 왕복 300미터. 체온을 조금 올린 뒤, 본격적으로 달린다. 2분에 삼백 미터를 달린다. 그리고 그 절반을 1분 35초 동안 걷는다. 그렇게 30분을 행한다. 반복한다. 심장의 뜀을 온몸으로 느낀다. 특히, 손끝 발끝에 심장의 노고가 느껴지며, 따뜻함이 전해진다. 달린다는 것은 발바닥으로부터의 진동이 온몸으로 전해짐과 다리와 팔의 리드미컬한 교차, 얼굴 주변 공기의 흐름이 빨라지는 것이다.

달리면서 거칠었던 호흡은 점점 편해지고, 몸의 온도를 식혀줄 땀이 배어나기 시작한다. 파트로클로스를 위한 장례 경기 중, 달리기에 나섰던 오뒷세우스와 아이아스처럼 달린다. 하지만 1

등과 2등이 없는 혼자만의 달리기에 은(銀)으로 만든 희석용 동이도 크고 살진 황소도 황금 반 탈란톤의 상(賞)은 없지만 그 모든 것을 능가하는 달리기의 자유, 만족감, 성취감으로 몸과 마음은 들뜬다. 한마디로 기분 좋다. 운동을 마친 후의 찬물 샤워는 또 다른 기쁨이다.

뜨겁게 달궜던 온몸을 식혀주는 물세례(洗禮)는 축복이다. 우리 몸은 어지간한 내적 외적 자극에도 항상 일정한 온도를 유지한다. 그 유지함에서 명(命) 지키며 이어간다. 운동 중 몸은 땀을 흘려 체온을 유지한다. 샤워는 의도적 식힘을 행하는 것이다. 땀을 흘리는 '항온 동물'이기에 누릴 수 있는 호사(好事)이다.

세포들은 항상 에너지를 원한다. 유전자에는 먹고 마시기를 탐하는 오랜 기억이 각인되어 있다. 때론 필요에 의해, 때론 본능적으로 진화해 온 것이다. 그러다 최근엔 절제할 수 없는 식욕으로 자신의 건강을 해치는 이들도 많다. '미필적 고의(未必的故意)'라 하겠다.

수십 년을 살아온 내 유전자에는 사피엔스의 오랜 기억이 굳어 있다. 그 속에 배고픔의 기억이 녹아 있다. 틈만 나면 먹도록 만들어진 것이다. 뼈에 사무친 기억으로 현재의 내가 존재한다. 안 먹고는 살지 못하는 것이 인간이라 정해진 시간에 먹으려 노력한다. 특히 혼자 지내는 경우 더욱 잘 지켜야 한다. 챙겨주는 이가 없기 때문이다. 지극히 주체적이고 독립적인 일이다. 정해진 시간에 정해진 양을 먹으려 노력한다. 기왕 먹을 것이면 건강하고 즐겁게 먹어야 한다. 재료를 준비해 '조리(調理)'한다. 골고루 먹기 위해 주로, 비빔밥이나 볶음밥을 한다. 주재료는 밥, 채소, 계란이다. 특히 다양한 채소를 잘게 썰어 준비한다. 색과 질감 모양이 다양한 재료가 쓰인다. 이들은 근처 농산물 시장에서 구입한다. 칼로 재료를 다듬고 정리하다 보면, 도마에 재료의 씨가 묻어 있는 경우가 있다. 특히 파프리카와 고추, 토마토가 그렇다. 제법 큰 화분을 준비하여 재료에서 이탈한 씨들을 심었다. 파는 뿌리에서 한 뼘 정도를 남겨 심었다. 물을 주니 싹이 올라온다. 또 다른 우주가 내 화분에서 태어났다. 빅뱅이다. 이 모든 과정을 지켜보니 기쁘고 신비롭다. 생명의 힘은 대단하다. 나는 저들을 먹으려 했으나 다른 생각과 행동이 그들에게 살아야 할 권리를 준 것이다. 또한 나는 일정 기간 그들을 돌봐야 할 책임을 지게 된 것이다. 용감하고 끈기 있는 생명들은 나의 텔레마코스가 되었다.

먹는 것에 대해 讚米歌

오뒷세우스는 배(腹)를 염치없는 물건으로 칭했다.

불고체면(不顧體面), 배고프면 먹어야 한다.

누구라도, 때가 되면 먹어야 하는 것이다.

밥을 먹어야 산다.

벼는 물과 햇빛을 시간과 바람으로 조리고,

별과 달로 숙성하여 생명을 짓는다.

기억을 뭉친다.

곳에 따라 밥맛이 다른 것은,

길러진 곳의 풍요와 결핍을 기억하는 유전의 힘.

기억의 힘이다.

밥을 먹으며

모내기의 참신함.

논물 냄새,

바람의 결을 씹는다.

침으로 비벼진 시간의 조각들은

미끈한 목구멍으로 넘어간다.

위장의 펴짐과 처짐으로 넉넉함을 느낀다.

밥을 오래 씹으면

달달한 맛이 난다.

달무리의 훤한 추억이

맛으로 바뀌는 것이다.

벼는 그렇게 자신의 기억으로 나를 살린다.

나도 이렇게 벼의 일생을 기억한다.

밥은 후손과 조상을 이어준다.

우장춘의 후예들은

쌀의 족보를 마름질하여

품성을 바꾼다.

인간은

신이 되려 한다.

2) 여행

보통, 여행한다면 대단히 풍족한 상태에서 하는 것이라 생각한다. 나도 얼마 전까지 그렇게 생각했다. 아니다. 절대 아니다. 그저 결단이 필요할 뿐이다. 불안감에서 비롯된 것이다. 그 불안감의 원인은 밥에 있다. 곧 먹이다. 세상 어느 먹이도 공짜는 없다. 삼키는 순간 날카로운 미늘이 몸을 꿴다. 그 바늘의 크기, 재질, 종류를 모두 열거할 수 없다. 금과 은으로 만든 크고 번들거리고 좋은 바늘에 낚인 사람들도 있다. 그보다 좀 다른 바늘에 꿰인 사람들도 많다. 모두 그 바늘을 놓지 않겠다고, 줄을 끊지 않겠다고 애쓴다. 더욱 튼튼하게 하려 노력한다. 그렇게 여행은 삶에서 멀어진다. 금강산이 되고, 장산곶이 되어버렸다.

지금 시간이 있다. 어디로든 떠나려 한다. 이동할 수 있는 수단과 쉴 곳이 필요하다. 두 가지를 합치면 '캠핑카'가 된다. 기억의 힘은 대단타. 어디선가 본 듯하여, 자료를 찾았다. 어떤 여행 전문 프로그램에서 봤던 車. '배기량 796CC/수동 5단 변속/편의사양 전혀 없음/후륜구동/LPG/평균속도 50㎞/평균 연비 12.5

㎞/41마력/Power steering wheel 없음/anti-lock brake system 없음/취득세 등록세 없음/공영주차장 50% 할인' 가장 최소한의 기능으로 비와 바람을 뚫고, 굴러갈 수 있는 車, 우리나라 영세 소상공인들을 먹여 살리는 車.

트로이 왕자 헥토르에게 조언자 폴뤼다마스가 있었다면, 내게는 그냥 다마스가 있다. 비장의 카드, 뒷자리를 펼쳐 길이 1.8m × 폭 1.2m의 공간을 만들 수 있다. 혼자서 눕거나, 앉을 수 있다. 작은 밥상을 펼치면 이동 독서실이 된다. 한국의 경차 기준을 충족하였기에, 폭과 길이는 짧은데 키는 크다. 앞 발통이 운전석 아래에 위치하여, 회전 반경이 좁고 야무지다. 전반적 이미지가 봉준호 감독의 '옥자'를 닮았다. 허세가 없고 순하게 생겼다. 코흘리개 어릴 때, 봤던 '그레이하운드' 버스와 느낌이 비슷하다. 경부 고속도로가 멀리 보이는 밭이랑에서 본, '다리 길고 허리 잘록한 개가 그려진 버스.' 구글링으로 찾아보니 그 느낌이 약간 있다.

수동기어 차량의 매력은 페달 조작의 정교함으로, 기계와 한 몸이 된다는 것이다. 지구의 모든 물체는 뉴턴의 운동 법칙으로부터 자유로울 수 없다. 관성과 추진력, 질량과 힘에 의한 가속도, 작용과 반작용, 이 모두를 세 개의 페달로 조절한다. 그렇게 차는 움직이고 멈추는 것이다. 자율 주행의 시대에 초원시적인 수단이다. 속도와 토크의 값에 의해 자동으로 변하는 최신식 차량에 비하면 아주 인간적이다. 불만이 있으면 떨림으로 제 맘을

전한다. 즉시 해결되지 않으면 몸 전체를 흔들어 시위도 한다. 밥을 주지 않으면 멈춘다. 달리면 뜨거워진다.

여행은 도시철도 초량역 근처, 소녀상 앞에서 시작했다. 부산에 살면서 처음 가서 보았다. 조선 옷을 입고 있었다. 맨발이었다. 그녀 옆에서 환청을 경험했다. 대취타(大吹打)가 들리는 듯했다. 군대가 있었으나 제 백성을 지키지 못했다. 백성을 지키지 못한 군대는 없어져야 마땅하고, 제 백성을 건지지 못한 왕도 내려옴이 마땅하다. 대취타는 슬픔이다.

인생의 바다를 24년 떠돌던 나는 또 다른 여행을 준비한다. 그 준비는 놀멍쉬멍이다. 창조적 삶은 정해진 것이 아니다. 비워야 채울 수 있는 것이다.

天地玄黃 宇宙洪荒(천지현황 우주홍황)

하늘은 알 길 없이 가물가물하며 누런 빛깔이고,

우주는 한도 끝도 없이 거칠고 무성하다.

현묘하며 아름답고, 넓고 거친 세상을 살아가는 것이

나의 여행이다.

송절호

인문의 숲에 발을 들인 물리치료사, 책과 사람을 좋아함. 인문지리와 생태 인문에 관심이 많음. 결코 과묵하지 않음.

왜 우리는 고난의 여정 속에서도 살아가야 하는가

책을 덮고 순간 우쭐함에 정말 뜬금없이 문득 '오디세우스'로 나는 오행시를 지어 보았다. 정말 순간이었다. 나에게 서사시가 편히 자리 잡기 시작한 것일까. 우습기도 정말 억지스럽기도 하지만 내가 용기를 내어본다. 내 인생에 처음 지어본 서사시를 읊어보겠다.

오- 오늘도

뒷- 뒷(뒤)처질세라

세- 세월을 가르며

우- 우리는 〈오뒷세이아〉를 읽고 말았다네.

스- 스스로가 대견하다.

순간 우습다고 생각하며 지었던 서사시를 가만히 들여다본다. 그냥 운명의 시간 앞에 속절없이 달려왔던 나에게 '오늘도 역시나 남들의 시선을 의식하며 뒤처질까 봐 두려워하는 나를 바라보며 교양인이라면 읽어야 한다는 고전 <오뒷세이아>를 읽고 스스로 우쭐대는 나'를 이야기하고 있다. 그런데 어쩌면 이리도 혈을 찌르듯 정확한지, 내가 읽어내고 있었던 내 마음가짐을 들켜버린 것 같아 부끄럽기만 하다. 하지만 이러한 내 민낯을 이야기할 수 있는 것은 아마도 오디세우스를 읽고 난 뒤 내 몸에 그냥 배어버린 그 무엇이 아닌가 싶다. 곰곰이 나를 다시 바라본다. 그것은 바로 '용기 내고 있는 나'였다. '용기'가 나니 그동안 내가 외면하고자 했던 것에 맞붙으려는 내가 보인다. 맞붙으니 될 것만 같은 '희망'이 용솟음친다.

나는 여기서 희망을 이야기하고 싶다. 그래서 희망을 내 삶의 빛으로 여기고 살아온 고난의 그 시간에 마주해야만 했다. 고난이 나를 아프게 할 때 나 스스로에게 때로는 절대적일 것만 같은 운명의 신에게 물었다. 삶이란 무엇일까? 처음으로 물었다! 고등학교 3학년 나에게. 아픔으로 눈물이 범벅이 되어 가슴 아리다 못해 도려내는 질문이었다. 순간 내 삶을 원망하며 많이도 미워했다. 아마도 인생을 사는 우리 모두가 알고 겪었으리라 믿는다. 어쩌면 반드시 겪어야 될 모두의 아픔을 우리는 알고 이야기로 남기려 또 아픔을 겪는지도 모르겠다. '오디세우스의 고난'에 대한 이야기처럼 말이다. 그래서 인간의 삶이란 무엇일까? 살아냄이란 무엇일까? 왜 인간은 존재하여 그리고 살아내야 될까? 결국 어떠한 의미를 애써 두지 않아도 될 것만 같은 허무한 우리 존재와 마주하게 된다. 하지만 우리는 '시시포스의 고난의 바위'처럼 운명의 바위를 지금, 이 순간에도 밀어 올린다. 오디세우스가 고난을 이겨내며 도달한 운명의 삶, 그래서 그 삶 자체의 또 하나의 산물이 되어버린 위대한 '귀향'처럼 말이다. 그 위대함을 이끈 것은 희망이다. 아테나의 도움을 받아 홀린 듯이 시간을 보냈던지, 당장의 숨 막히는 죽음에 발악했든지 간에 희망의 끈을 놓지 않았다는 것이다. 지금 내 눈과 마음에 희망이 자리 잡음은 잠시의 감정에 사로잡힌 것이 아니라 그 희망에 신뢰가 가고 궁금해졌다는 것이다.

나는 고전을 읽어 본 적이 없다. 내 나이 마흔 중반을 넘어 타인에 대한 이해를 위해, 그리고 지식을 얻기 위해 나의 이기심에 시작한 공부는 자꾸만 나를 보라고 했다. 참으로 답답할 노릇이었다. 그리고 채우려 달려들면 결국 버리라고 하더라. 그래도 따라가야 하니 무작정 믿고 버려 보려 노력했다. 신기한 것은 조금은 내 삶의 무게가 가벼워졌다는 것은 확실하다. 지금도 버리며 이 글을 적어 내려간다. 나는 〈돈키호테〉와 〈일리아스〉 다음으로 세 번째에 〈오뒷세이아〉를 만났다. 일과 가정과 대학원 공부를 병행하는 나에게 '주경야독'이라는 사자성어는 강력한 주문이 되어 지금의 바쁜 내 시절에 정당성을 불어 넣어 주었다. 하지만 고전을 읽어내는 시간은 '사치'라고 말하는 나와 늘 갈등하기

일쑤였다. 이랬던 나는 갈등과 타협하며 정성 들여 읽지 못하였기에 독서 탐구에 동참하여주신 여러분들과 교수님께 양해를 구하고자 한다.

깊게 읽지 못하는 시간의 조급함 때문에 그래서일까? 고전이란 무엇인가? 왜 읽어야 한다고 세상이 말하는지? 좀처럼 스스로 답하기 어려웠다. 이러한 이유는 고사하고, 이야기도 내 눈에 편히 들어오지 않고 둥둥 떠다니는 구름 같았다. 그런데도 읽어냈던 건 교양도서인 고전을 읽어내는 것으로 과시적 삶을 얻고자 그랬을지도 모르겠다. 하지만 이러한 마음은 접어 두고자 한다. 이제는 삶이 팍팍하여 그래서 더 괴로운 사람들에게 오디세우스를 이야기하고 싶다. 교양도서를 접하기 어려운 사람들에게 무조건 "지르라고" 읽어내라고! 나만의 방식으로 읽어내라고, 지금 이 순간 나만의 관점으로 바라보라고, 이 책을 읽는 이 순간 일과 가정에 혼신의 힘을 다해 살아야 하기에 때로는 나처럼 책은 '사치'라고 비명을 지르며 무조건 읽어 내보라고, 그러면 결국 마지막 장을 덮는 순간 우쭐함이 밀려온다고! 나는 솔직히 그랬다. 그렇게 불편해하며 허락된 시간이 얼마 없다고 다그치는 내 감정과 싸우면서 읽어낸 <오뒷세이아>는 그랬다. 그것도 잠시, 중요한 것은 펜을 들어야만 했다. 과연 내가 만난 오디세우스를 이야기할 수 있을까? 다시 쪼그라드는 심장 앞에 고민이 앞선다. 여전히 나는 오디세우스가 무엇이었는가? 답하기 너무나도 어려웠다! 분명 나의 질문과 함께 애써 답을 구하며 <오뒷세이아>를 읽어 내려갔지만, 질문을 위한 질문과 교양다운 이해를 나 스스로 구하고 있었기 때문일까? "그리스 신화를 아시나요? 호메로스를 아시나요? <일리아스>를 아시나요? <오뒷세이아>의 시대적 배경을 아시나요? <오뒷세이아>에 대한 여러 철학적 견해가 있는데, 당신의 철학적 견해는 무엇인가요?" 등등 이러한 질문에 답할 수 없는 부족함에 나 스스로 의기소침해하며 불편하게 이야기를 읽어 내려갔던 것 같다. 그러나 나는 잘 몰랐고 그것을 탐구할 여지가 편히 주어지지 않았다. 한편으로는 노력 부족이라 인정하며 그렇기 때문에 감사하게도 지금 이 글을 적어야만 되는 나만의 편안한 이유가 생겨버린다.

나처럼 아내로, 며느리로, 엄마로, 자식으로, 사회인으로서의 삶을 살아내면서 진정한 내 삶의 의미를 묻고 그래서 행복한 삶을 꿈꾸는 이들을 위해서 나만의 희망찬 이야기를 만들어 가라고 소리 지르고 외치고 응원하고 싶기 때문이다. 역시나 여러모로 앎이 부족하다는 것에 겸손해야 함은 마땅하지만, 이 와중에 용기로 나를 무장하며 희망의 나래를 펼쳐본다.

지금부터 고난의 여정을 딛고 돌아온 오디세우스를 만나보자. 그것도 신과 함께 말이다.

내 오디세우스 이야기의 키워드는 꿈꾸게 하는 '희망'이다. 그래서 희망을 바라보며 용기 낼 수 있도록 오디세우스는 나 자신에게 성찰의 시간을 주었다. 그리고 이 숨 막히는 시대에 가장으로 살아가는 남편에게 어깨의 무거운 짐을 내려놓고 당신의 진정한 삶을 당당히 살아가라고! 모두가 정해놓은 최상의 방향으로 달려가며 경쟁 속에 살아가는 아이들에게 '다름'이 나만의 '특별한 것'이라는 걸 잘 알고 당당하게 원하는 길을 만들어가라고! 오디세우스는 나에게 그리고 우리 가족에게 이렇게 용기를 주었다. 그 용기와 간절함으로 각자의 자리에 아테나가 함께할 것이라고 이제는 진심으로 믿고 싶어진다.

이제야 편안하게 질문하며 이야기하려 한다. 나는 듣는 것이 너무 좋다. 그런데 말을 해야 될 것 같다. 나를 성찰하게 한 질문에 대한 답을 찾아보려 한다.

막연히 위대한 고전을 교양도서로 필독해야 한다는 아주 단순한 사명감으로 처음에는 읽어 내려갔다. 한편으로는 어린아이기처음 보는 이야기를 읽어내듯 일부러 다른 관점의 개입이 없도록 하였다. 고전을 처음 읽는 다른 사람들에게 솔직히 이야기하고 싶어서이다. 또한 최소한의 고전 읽기 수업에 대한 나만의 의도된 목표는 있어야 했기 때문이다. 한편으로 이것은 무작정 읽어 내는 것에 대한 자기합리화가 되어 더 정성스럽게 읽지 못하는 결과를 만들기도 하였다. 그래도 괜찮다. 나처럼 시작하는 사람도 분명 있을 것이기 때문이다.

마지막 장을 덮고 우쭐함도 잠시였다. 반드시 나는 내가 읽은 <오뒷세이아>가 무엇인지 질문해야만 했다고 했다. 나는 나를 다시 설득하며, 읽었으니 천천히 한번 돌아보자고, 내 가슴에 그 무언가가 남아 달라붙어 있으니 느껴보자고, 갑자기 고요해진다.

오디세우스는 끝없는 고난의 여정에서도 희망을 품고 결국 귀향을 하였고, 괴롭혔던 구혼자들을 완전히 척결했다. 신들은 전쟁을 멈추라고 하며 이야기는 평화롭게 해피엔딩으로 끝난다. 가인에 의해 구전으로 불렸던 서사시 형식의 이야기는 지금에 와서도 너무나도 아름답고 깊다. 그냥 편히 말하면, 더 이상 벗겨낼 것이 없는 날것의 원초적 표현에 더 아름다움의 깊이가 느껴진다. 결코 처음부터 느껴지지 않았으며 서서히 내게로 다가와서 스며들었다. 또한 이야기가 기상천외하기 이루 말할 수 없으며 오디세우스와 퀴클롭스의 대결에서 '아무도 아닌 자'라는 이름은 지혜의 결정판을 보여준다. 이제야 조금씩 호기심으로 가득 찬 그 무엇이 밀려온다. 먼저 <오뒷세이아>와 같은 고전을 읽어 내려갔던 사람들의 이야기가 단순히 교양만을 위한 것이거나 허상이 아니겠구나 싶다. 나는 맨 처음 오디세우스 이야기 속에 신을 만났을 때 내 앞에 놓인 운명이란 것을 고민하였고, 나 스스로가 그것은 거스를 수 없는 운명의 신으로 단정하게 되었다. 그리고 신에 대해 알아보고 싶은 호기심은 내 마음을 설레게 하였다. 지금 이제야 솔직히 인정하고 싶은 것이 있다. "신화를 읽어보세요. 인간 오디세우스가 보입니다. 이것은 사치가 아닙니다!"라고 이야기하고 싶다. 굴하지 말고 당당하게 하나씩 시작하여 보자. 지금까지 살아오면서 그리스의 무슨 신을 논하고, 오디세우스를 논하면서 대화를 나누던 그들을 부러워만 하거나 혹은 열등감에 시기했다면 이제는 이 아름다운 이야기를 당신도 만나보기를 간절히 바라는 바이다. 신화나 고전을 먼저 이해하고 만나는 것이 우리를 더 깊은 성찰로 이끌 수도 있겠지만, 무슨 이유라도 좋다. 지금 당신이 당장 만나고 싶다면 앞서 말했듯이 지금 무작정 책을 펼쳐 보았으면 한다. 읽다 보면 궁금하고 궁금하면 답을 구하게 되고 그러면 오디세우스와 함께 내 삶의 이야기는 점점 깊어지게 될 것이다.

내 마음속에 통째로 어떠한 불편함도 없이 확 들어오는 것을 막을 수가 없을 지경이다. 내 두 손을 맞잡고 고개를 숙인다! 아주 깊고 진한 감정이 올라온다!

혼돈의 카오스에서 가이아가 탄생하며 밤과 낮이 만들어지고 드디어 빛이 만들어진 것이라고 한다. 우리에게 빛은 나아감을 뜻하기도 한단다. 그래서 나는 나아간다는 '진화'라는 말을 유독 좋아한다. 내 호기심의 근원에서 "진화하고 있는 것이 아닐까?"라고 심도 있게 질문하기도 하고 때로는 정당성을 구하기 위해 질문하기도 한다. '고난'도 진화하기 위한 단련이라고 생각한다. 그래서 고난에 메이기보다 그것을 이겨내며 희망을 바라보고 나아가서 진화하라고 나는 말하고 싶다. 그러면 여기서 오디세우스를 등장시켜 보자. 어둠의 고난 속에서 희망의 빛을 보며 나아간다. 신이 만들어 놓은 운명의 시간 속에서 희망을 보며 나아간다. 때로는 '잠'이란 것이 손쓸 수 없는 어떠한 틈을 만들어 새로운 고난과 그로 인한 희망을 품게 만들기도 한다. 그 희망은 가족이 있기 때문에 꿈꾸게 되는 것이다. 우리가 이것을 인정한다면 <오

뒷세이아〉는 그냥 고전의 명품 이야깃거리가 아니라, 세상과 함께 진화하는 우리의 삶 그 자체를 이야기하는 아주 오래된 변치 않는 이야기인 것이다.

이 와중에 나는 〈오뒷세이아〉에서 왜 여성의 존재가 남성에 의한 존재로 귀결되어야 하는지 궁금증이 밀려왔다. 지금도 '남성우월주의'는 사회에 많은 불균형을 초래하기 때문이다. '페미니즘'을 이야기하고자 함이 아니라 원론적으로 궁금하였다. 찾아보니 수렵과 채집 중심의 원시공동체였던 모계중심 사회에서 남성의 노동력을 필요로 하는 농경목축 중심의 부계중심 사회로 들어서는 그 시점이 그리스신화가 만들어진 시점이라고 한다. 그래서 우월했던 여성을 우매한 여성으로 전락시켰다는 시대적 이야기가 있다. 내가 여기서 느끼는 불편함은 〈오뒷세이아〉에서도 마찬가지였다. 왕비로서 권력과 재산을 지켜내었던 그리고 권력 다툼의 제물이 될 자식에 대한 사랑을 지켜내었던 페넬로페의 순수하고 숭고했던 지혜로운 기다림에 오디세우스는 의심하기를 첫 번째 관문으로 삼는다. 〈오뒷세이아〉 이야기 중간에도 남편의 죽음 뒤에 자식마저 포기해야 하는 그 시대 부인들의 안타까운 상황이 나온다. 하지만 여기서 남성우월주의가 전부인 것처럼 논하기에는 〈오뒷세이아〉는 아깝고도 소중한 이야기이다. 시대적 요인으로서 한 부분을 이야기하는 것이며 앞에서 말한 것처럼 페미니즘을 여기서 심도 있게 논하고자 하는 것이 아니기 때문이다. 왜 그래야만 했을까? 질문하며, 그러나 이해하면서 바라보자고 말하고 싶다. 그래서 도저히 이해하지 못할 것들에 대한 이해가 감동으로 바뀌는 찰나의 순간을 함께 느껴보자고 말하고 싶다.

여성의 어쩔 수 없는 불우함과 함께 오디세우스는 이 시대의 인간상을 그대로 표출하고 있다. 그 무엇보다도 강력한 염원일지 모르는 영원한 삶의 유혹을 뿌리치고 가족이 있는 귀향을 꿈꾸며 유한한 삶을 스스로 선택하고 고난과 맞서며 희망을 품고 나아간다. 더 이상 나아가지 못할 지경에서도 꿋꿋이 나아간다. 우리는 이렇게 말할 수 있겠다. "왜 인간의 삶은 고난과 함께 나아가야 하냐고. 그리고 그런 인간이 왜 존재하냐고?" 마지막에는 묻고 싶어질 것이다. 아니 나는 정말 묻고 싶다. 들여다보면 모두가 무의미한 인생이다. 허무하기만 하다. 하지만 우리는 살아내야 한다. 신화에서 또 이야기한다. 서두에 언급되었던 질문과 내가 만나는 지점이 바로 여기 이곳이다. '시시포스의 바위'는 지옥에서 거부할 수 없는 운명의 정해진 벌, 하지만 우리는 끊임없이 다시 바위를 밀어 올리는 시시포스에게 무어라 말하고 싶은가? 그만하라고, 그냥 깔려 죽으라고, 아니면 손뼉 쳐주며 응원할 것인가? 나는 "외면하지 말고 마주하라고, 오로지 나만이 견뎌내야 된다면 마주하라고, 희망을 품고 꼭 마주하라고! 그래서 지금 살아내고 있음에 감사하라고! 그러면 된다고!" 말하고 싶다. 운명 앞! 내 삶에 희망과 용기를 주며 꿈꾸어 본다. 그것이 내 존재의 시작이라는 것을 스스로 말해 본다. "그래 맞다!" 나는 <오뒷세

이아>를 불편해서 내던지기도, 좋아서 품기도 하면서 참 잘 읽은 것이다.

그래서 이 이야기가 누군가에 지침이 된다면, 그중에서도 우리들의 소중한 아이들에게 희망과 용기의 지침이 된다면 얼마나 좋을까? 진심으로 바라본다. 요즘 아이들은 '한 손에는 휴대폰과 한 손에는 치킨'을 들고 세상을 바라보며 살아간다고 이야기들 한다. 휴대폰 속에는 그리스 신화의 신들처럼 당장에 무한할 것 같은 지식과 지혜가, 게임 속에는 아킬레우스와 오디세우스처럼 원초적인 살생의 전략과 승리의 쾌락이, 나 홀로도 얼마든지 존재할 수 있을 것 같은 온라인상에 엄청난 관계가 존재한다. 정말 괜찮아 보인다. 문명의 발달로 불편함 없이 모든 것이 해결되기에, 굳이 고난에 부딪혀 지혜를 구하거나 애써 인간관계 속에서 사랑을 구하지 말라고 이야기할 수 있을 것이다. 하지만, 우리의 살아냄이 이것이었던가 묻고 싶다. 우리가 만든 문명의 발전 앞에 적어도 노예가 되어서는 안 될 것이다. 문명을 타고 올라 잘 다스려 더 아름답게 진화되어야 한다고 이야기하고 싶다. 그렇지 않다면 현실로 돌아온 아이들에게 자신과 타인의 삶은 더 이상 소중하지 않게 된다. 불편하지 않기 때문에 타인을 필요로 할 것 같지 않은 아이는 현실에서 홀로이다. 홀로는 얼마든지 스스로를 버릴 수 있다고 생각한다. 그래서 타인도 얼마든지 더 함부로 버릴 수 있는 것이다.

우리 아이들이 인간이 지어낸 신화를 보면서, <오뒷세이아>

를 만나면서 공동체적 관계를 인식하고 그래서 그 안에 가장 근원이 되는 가족 관계를 인식하면서, '내가 존재하게 하는' 네 존재를 소중히 여기며 살아가기를 바라본다. 너무나 동떨어져 있어 만나기 어려울까? 아니다. 만날 수 있다는 희망과 용기를 가지고 그 당시에도 끊임없이 고난과 불가능을 이야기하며 꿈을 이루었던 오디세우스를 우리가 쉽게 만나도록 해 보자. 나는 시작했다. 우리 아이들이 만나기 시작하였고 이제는 신들의 계보를 그려주며 오히려 보라고 한다. 내가 펜을 들고 있는 이 늦은 밤에 아이는 이야기 속 동지가 되어 내가 그렸노라고! 눈꺼풀에 무거운 잠이 내려앉아 있어도 목소리만은 지혜롭고 당당한 오디세우스가 되어있었다. 내가 <오뒷세이아>를 읽어 내었던 마음처럼 중학교 1학년 남학생 둘째 아이는 스스로가 대견하다고 했다. 그리고 내가 물었다. "<오뒷세이아>를 읽어보니 무슨 생각이 들었어? 아니 아니, 네가 그리스 신화도 모르고 <오뒷세이아>를 읽었다면 무슨 생각 들었겠어? 솔직히 이야기가 재미있기는 했니?" 이내 아이가 답한다. "엄마! 나름 재미있어. 무언가를 담으려고 하는 느낌도 들어!" 순간 나는 무슨 재미가 있었을까? 읽은 책들이 원전이 아니었고 청소년을 위한 책, 어른들의 지침과 견해가 담긴 책들이 얼마나 재미가 있었을까? 무엇을 담기보다 담겨 있는 책이었을 것인데. 그래서 또 나는 물었다 "무엇을 담으려 했던 것 같아?" 서슴없이 아이가 대답한다. "엄마! 내가 무엇이라 말할 수 없지만 담아야 할 것 같았어!" 눈을 살짝 감으며 진중히 말했다. 그래 무엇이건 좋으니, 아이 스스로가 무언가를 담을 수 있는 이야기라니 1차 검증은 완료된 셈이다. 어른이 되어 읽은 나와 근원적으로 다를 바가 없기 때문이다. 우리가 살아냄에 있어 버릴 것과 담아야 할 것이 있다는 것을 잘 안다. 다만, 구분하기 어려워 넘치도록 담고 있는 것은 아닐까? 오래도록 진화를 거듭하며 내려온 고전 〈오뒷세이아〉를 신뢰하며 나처럼 조금씩 알아가기를 기대해 본다. 그래서 〈오뒷세이아〉가 때로는 생각지도 못한 희망과 엄청난 용기를 준다는 것을 안다면, 그래서 다른 누군가에게 이야기하고 싶어진다면 더 바랄 것이 없겠다. 두서없이 이야기했다. 그래도 염려 없다. 용기를 내어 누구에게라도 의견을 구하고 수정하기를 나는 오늘도 거부하지 않고 받아들일 것이기 때문이다. 더하여 나의 요구는 더할 나위 없이 받아들여질 것이다. 내 존재함에 감사하며 사랑하기로 했기 때문이다. 내 운명 속에 반드시 존재할 희망을 바라보면서 말이다!

임상금
'진화'를 좋아하는 아주 평범한 일하는 엄마! 단순무식의 내 삶에 '진화론자.' 그래서 대학원에 온 자. 그리고는 나를 만나 이야기하는 법을 조금 배운 자. 고난과 아픔은 진화를 위한 필수과정이라고 무한긍정으로 받아들이려는 자. 그래서 지금, 이 순간이 과분하고 감사한 자!
희망 사항: 오뒷세우스의 '아무도 아닌 자', 지혜로 고난을 극복하고 해결한 자.

초등학생들과 영웅을 노래하다

영웅(英雄). 사전적 의미로 지혜와 재능이 뛰어나고 용맹하여 보통 사람이 하기 어려운 일을 해내는 사람을 일컫는 말이다. 동서양을 막론하고 국가나 민족이 난세를 헤쳐나가는 동안 영웅은 탄생하기 마련이고, 좁게는 한 가정의 아버지도 그들의 자식들에게 영웅이 되기도 한다. 트로이 전쟁의 혁혁한 공을 세웠던 영웅, 오뒷세우스는 전쟁의 영웅일 뿐만 아니라 자신의 명예와 권력을 지키기 위해 그리고 자신의 가정과 가족을 지키기 위해 고된 역경을 이겨낸 한 세대를 대표하는 영웅이기도 하다. 오뒷세우스라는 인물을 고전 〈오뒷세이아〉를 통해 마주하게 되면서 과연 21세기를 살아가는 아이들에게는 이 영웅담이 어떤 의미로 다가오는지 궁금해졌다. 그래서 초등학교 6학년 22명의 학생과 오뒷세우스 모험 일부분을 읽고 오뒷세우스가 10년간 겪은 모험에 대한 이야기를 바탕으로 '영웅'이라 불리는 이 인물의 태도와 삶의 방식에 대한 의견을 나누어 보았다.

1) 오뒷세이아를 함께 읽다

우선 〈오뒷세이아〉의 전반적인 내용에 대한 학생들의 이해와 감상을 살피기 위해 오뒷세우스 이야기 중에서 가장 기억에 남는 장면이 무엇인지 물었다. 학생들이 기억에 남는 장면으로 가장 많이 뽑은 것은 퀴클롭스인 폴뤼페모스의 눈을 찌르는 모험담에 관한 내용이었다. 괴물이긴 하지만 그것의 눈을 찌르는 행위가 잔인했던 만큼 아주 강렬한 장면이었다는 감상평이 많았다. 어떤 학생은 '속이 시원했다'는 표현을 쓸 정도로 부하를 잡아먹는 괴물을 처치하는 오뒷세우스의 모습을 멋있다고 생각하는 듯하다.

오뒷세우스가 병사들과 양을 타고 폴뤼페모스의 동굴을 빠져나간 것에 대해서도 높은 점수를 줬다. 그런 오뒷세우스의 영리함을 높이 샀고, 영웅으로서 훌륭한 리더십을 발휘한 장면으로 생각한다고 답했다. 그리고 꽤 많은 여학생이 오뒷세우스가 오랜 모험 후에 페넬로페와 다시 재회하는 장면을 뽑기도 했다. 현대 영화나 드라마를 보는 관객이 가장 눈물을 많이 쏟는 장면이 바로 헤어졌던 주인공들이 극적으로 만나서 기쁨의 눈물을 흘릴 때이다. 감수성이 풍부한 6학년 여학생들에게는 고난

끝에 마침내 도착한 고향에서 사랑하는 아내를 만난 오뒷세우스의 모습이 기억에 남았을 것이다.

두 번째로 오뒷세우스가 겪었던 여러 가지 힘든 고난 중 어떤 것이 가장 견뎌내기 어려웠을 것 같은지 이야기해보았다. 대부분의 학생이 '포세이돈의 분노'를 꼽았다. 어쩌면 여러 가지 위험이 도사리고 있는 섬에서 겪었던 고난들은 오뒷세우스 자신의 능력이나 신의 지혜를 통해 이겨낼 수 있었던 것들이다. 우리의 실제 삶에서 누구나 한 번쯤 자신의 인생에 찾아오는 고난과도 같은 의미로 말이다. 인간은 그러한 어려운 역경을 이겨냄으로써 더 힘든 일을 견뎌낼 수 있는 사람으로 성장하기 때문에 어쩌면 거의 모든 사람에게 '고난'은 필수 불가결한 일이라고도 볼 수 있다.

하지만 '포세이돈'이 내리는 벌은 다소 무차별적이다. 고향이라는 궁극적인 도착점에 도착하고자 노력하는 오뒷세우스와 그의 병사들 앞에 펼쳐진 드넓은 바다는 우리 인생의 끝을 알 수 없는 미래와도 같다. 그 속에서 포세이돈의 폭풍처럼 몰아치는 성난 파도는 자연 앞에 벌거벗은 인간을 한없이 작은 존재로 만든다. 인간의 힘으로 도저히 어쩔 도리가 없는 자연재해처럼 맥없이 주저앉게 만드는 거대한 힘과 같은 존재인 것이다. 따라서 학생들이 생각할 때 포세이돈의 분노는 영웅이라고 하는 오뒷세우스 조차도 어쩔 도리 없이 속수무책으로 당하고 있을 수밖에 없게 만드는 장애물인 것이다.

다행히도 오뒷세우스는 포세이돈에게는 미움을 받았을지 모르지만 제우스나 아테나의 은총을 받아 무시무시한 바다의 폭풍우를 무사히 넘긴다. 이 점을 학생들과 이야기 나누다 보니 '운'이라는 것에 대해 좀 더 논의를 해보면 좋겠다는 생각이 들었다.

우리나라에서도 예로부터 '운칠기삼(運七技三)'이라는 말이 있다. 일의 성패는 운이 7할을 차지하고, 재주(노력)가 3할을 차지한다는 뜻이다. 결국 운이 따라주지 않으면 어떤 일을 이루기 어렵다는 의미이다. 시대를 잘 타고났거나, 기회를 잘 잡았을 경우, 큰 힘을 들이지 않고도 원하는 성과를 내는 사람에게 우리는 '운이 좋다'라는 평가를 한다. 이처럼 세상에는 이성적으로 이해되지 않고, 타당한 이유가 없음에도 불구하고 원하는 바를 이뤄내는 사람들이 의외로 많다.

하는 일마다 일이 잘 안 풀리는 '운 없는' 사람은 오뒷세우스에게 앙심을 품고는 가는 뱃길마다 폭풍우를 일으키는 포세이돈이 있는 것처럼 '신이 나를 돕지 않으시나 보다'하고 포기하기도 한다. 자신의 능력으로는 분명 힘든 일임에도 불구하고 잘 이겨내거나, 오뒷세우스처럼 아테나의 도움을 받아 고난을 극복하고는 '나는 될 놈이구나'라며 더 큰 자신감을 얻기도 한다.

눈에 보이지도 않고, 누구에게 들어올지도 모르는 '운'이 오뒷세우스에게 분명히 있다. 포세이돈이 그리도 분노하는 까닭은 자신의 아들의 눈을 멀게 만든 오뒷세우스를 처단하기 위해서였다. 하지만 자신이 잘못한 일에 대해 오히려 '신'의 도움을 받을 수 있었던 오뒷세우스는 '운'이 좋은 사람인 것이다. 어쩌면 위대한 영웅이 되기 위해서, 영웅의 업적을 이루기 위해서는 어느 정도(10중에 대략 7할 정도의) '운'이 필요한 것이 아닐까. 평범한 사람의 힘으로 해낼 수 없는 일들을 하늘의 도움을 받아 완수해내는 '영웅'은 그래서 어쩌면 처음부터 정해져 있는 운명이 있는 것처럼 위대한 과업을 완수하기 위해 태어난 것일지도 모른다.

세 번째 논의는 자신이 오뒷세우스라면, 그 같은 상황에서 어떤 행동을 했을 지로 모아졌다. 학생들은 오뒷세우스가 무리한 행동으로 인해 죽을 고비를 겪게 되는 상황에 대해 답답함을 느끼는 듯했다. 우선 서풍이 든 자루를 왜 미리 부하들과 공유하지 않았는지 의문을 가졌다. 퀴클롭스에게 화를 돋우는 고함을 치는 행동도 이해하기 어렵다는 반응이었다. 아내와 아들이 있으면서도 다른 여자와 사는 것에 대해서도 고개를 갸우뚱했다. 오뒷세우스의 이러한 모습들이 학생들에게 어리석었다는 인상을 준 듯하다. 모두 '영웅'보다는 보통 인간들에게서 볼 수 있는 면모들이기 때문이다.

오뒷세우스의 용감하고 다소 무모한 행위와는 달리 훨씬 인간적인 모습을 보였을 것이라는 학생들도 있었다. 퀴클롭스 동굴에 용감하게 들어가는 행동에서 "나라면 동굴의 크기를 볼 때 이미 무시무시한 괴물이 살 것이라는 직감을 하고 들어가 보지도 않았을 것이다"라는 반응이 있었고, "여러 번 죽을 고비를 넘겨도 끝까지 집에 돌아가겠다는 마음으로 항해를 계속하는 것이 대단하다. 나는 그냥 배 위에서 굶어 죽었을 것 같다."라고 응답한 학생도 있었다.

호메로스의 〈오뒷세이아〉는 이처럼 어린 학생들조차도 오뒷세우스의 영웅적이고 대담한 모습에 감탄하기도 하고, 때로는 어리석어 보이기도 하는 인간적인 모습을 쉽게 읽어낼 수 있는 고전이다. 그만큼 한 인간의 서사가 잘 그려진 작품이라고 볼 수 있겠다.

다음으로 오뒷세우스의 모험에서 가장 불쌍한 등장인물이 누구인지에 대해 이야기를 나누었다. 남편이 바람을 피운 줄도 모르고 20년 가까이 오뒷세우스를 기다린 페넬로페나 아들을 하염없이 기다리다 연로해져 목숨을 다한 오뒷세우스의 어머니, 그리고 곳곳에서 오뒷세우스의 사랑을 받지 못하고 버림받은 여인들에 대한 이야기 등 다양한 의견들이 있었다.

그중에서도 가장 많은 표를 받은 인물은 오뒷세우스를 따라다니다 이름 없이 죽어간 '병사'들이었다. 이는 현대의 영화나 드라마에서도 마찬가지다. 관객은 스포트라이트를 받는 주인공의 부상과 투혼, 사랑과 이별에 가슴 아파하고, 제발 주인공이 역경을 무사히 이겨내기를 응원한다. 하지만 수십만의 병사가 등장하는 전쟁 장면이나 블록버스터 영화에서 무수히 죽어간 '엑스트라 1, 2, 3…'들에게는 누구도 관심을 갖지 않는다.

학생들은 최종적으로 고향 땅에 도착하여 살아남은 오뒷세우스의 업적을 높이 평가하는 데 그치지 않고, 그를 따라다니다 죽은 병사들은 어떡할 것이냐 하는 이야기를 가장 많이 하였다. 자유의지에 따라 매 순간을 결정하는 '영웅'의 삶에 비해 영웅의 명령과 결정대로 움직이다 생을 마감한 그들에게 오뒷세우스는 비통함을 표현하긴 했지만 자신의 삶에 고군분투했던 만큼 그들의 생과 사까지 관여하지는 않았다.

이러한 오뒷세우스의 태도와 관련하여 마지막으로 한 질문은 학생들이 생각하기에 '영웅'은 어떤 사람을 일컫는 말이고, 그렇다면 과연 오뒷세우스를 '영웅'이라 칭할 수 있을까 하는 점이었다. 이는 궁극적으로 내가 트로이 전쟁의 영웅 '오뒷세우스'를 노래하는 〈오뒷세이아〉를 읽으면서 품었던 의문이자, 학생들과 이야기해보고 싶었던 주제였다. '영웅'이란 무엇이고, 과연 '오뒷세우스'라는 인물을 '영웅'이라고 부를 수 있을 것인가를 가지고 학생들과 마지막 논의를 나누어 보기로 하였다.

2) 오뒷세우스, 그는 영웅인가

대부분 학생이 영웅을 판단하는 가장 주요한 덕목으로 '정의'와 '희생'을 꼽았다. 학생들에게 있어서 '정의'는 절체절명의 순간에 '올바름'을 결정할 수 있는가, 그리고 그에 따라 행동으로 옮길 수 있는가를 의미했다. 또 '희생'은 다른 사람을 위해 나의 몫을 포기하거나 타인에게 기회를 줄 수 있는 행위로 판단됐다.

흥미로운 것은 같은 기준과 잣대를 가지고 판단하더라도 학생들 간의 의견이 첨예하게 달랐다는 점이다. 먼저 '정의'라는 측면에서 오뒷세우스가 위기의 순간에 모두를 위해 할 수 있는 '올바름'을 실천했다고 보는 학생이 있는가 하면, 적에게 동료가 잡아먹히는 순간이나 오뒷세우스의 잘못된 판단으로 동료를 잃게 되는 경우 등을 꼽으며 그가 '올바름'을 실천했다고 볼 수 없다고 보는 학생도 있었다. 이처럼 상황에 따라 달라지는 오뒷세우스의 처세는 '정의'라는 가치 기준으로 그의 영웅성(英雄性)을 판단하기 어렵게 만드는 것 같다.

학생들에게 익숙한 요즘 시대의 영웅상은 외국 블록버스터 영화 속에서 지구를 파괴하는 외계인들을 처단하기 위해 자신의 온갖 재능과 능력을 발휘하는 '히어로'들이다. 그들은 자신에게 주어진 특수한 초능력을 가졌다는 이유만으로 지구에 닥친 위험을 당연한 제 몫인 양 받아들이고 해결해낸다. 그들은 악의 무리로부터 지구인들을 지켜내는 것이 '옳음'이라 여기고 침입자들 혹은 악의 무리를 무찌르기에 이른다.

그에 비해 오뒷세우스에게 닥친 역경들은 선악으로 구분 지을 수 있는 대상들이 아니다. 그의 앞에 놓인 역경은 인간인 그가 혼자의 힘으로 넘기 어려운 시련에 가깝다. 그에게 붙은 '트로이 전쟁 영웅'이라는 칭호도 다를 바 없다. 트로이와의 전쟁에서 승리한 그리스 연합군 입장에서 그가 전쟁의 영웅이 될 수 있겠지만, 트로이 사람들에게 오뒷세우스는 목마라는 무시무시한 '트랩'으로 성을 함락시키는 계략을 세운 저승사자에 가깝다. 단지 우리가 '승자'의 역사라는 입장에서 바라보았기 때문에 그를 전쟁 영웅으로 기억하는 것일 뿐이다.

학생들은 선과 악, 밝음과 어두움으로 구분 짓는 이분법적 사고에 익숙하여 오뒤세우스를 잡아먹겠다고 으름장을 놓는 폴뤼페모스를 악당으로 받아들인다. 폴뤼페모스의 입장에서는 오뒷세우스가 오히려 자신의 구역을 침입한 침입자에 가깝다. 오뒷세우스가 고향 땅을 밟는 그 순간까지 괴롭히는 포세이돈 역시 자기 아들을 불구로 만들어 버린 자에 대한 복수라는 명분을 명확하게 갖고 있다.

따라서 오뒷세우스가 영웅으로 칭송받는데 필요한 '정의'라는 잣대는 그가 이겨낸 고난들이 절대 '악'이 아니라는 점에서 부족함이 있어 보인다. 선악의 구별을 통해 '악'을 처단하는 요즘의 '히어로'들과는 다른 기준을 세워야 하지 않을까.

그렇다면 '희생'이라는 측면에서는 오뒷세우스를 '영웅'이라고 평가할 수 있는지 살펴보자. 오뒷세우스의 목표는 최대한 많은 병사를 이끌고 무사히 고향 이타케에 도착하는 것이다. 그는 무리를 이끌고 나아갈 리더의 역할을 열심히 했지만, 결국 도착한 것은 신의 가호를 받은 본인뿐이었다. 자신을 제외하고는 모두가 목숨을 잃고 말았던 것이다.

학생들은 오뒷세우스가 부하들을 위해 훌륭한 결단을 내리거나 행동을 했더라도 결과적으로 그가 희생했다고 보기는 어렵다고 답했다. 자신의 목적을 위해 모든 부하를 희생했기 때문이라는 이유다. 오뒷세우스의 모험에서 가장 불쌍한 자들이 영웅을 따라 고향 이타케로 돌아가고자 희망했던 부하들이라고 답한 것을 생각해 본다면, 학생들은 오뒷세우스가 희생을 통해 영웅이 되었다고 보지 않는 듯하다.

물론 오뒷세우스의 입장에서 바라본 의견도 있었다. 비록 부하의 목숨이 희생되었지만, 전쟁에서 장수가 부하를 잃은 것만큼 더 큰 희생은 없다는 시각이다. 그리고 이 학생들은 키르케를 설득하고 마음을 사기 위해 본처와 아들과의 의리를 저버린 것 역시 오뒷세우스에게는 희생일 수도 있다고도 보았다. 한 학생이 말했듯이 '나'만 위해서가 아니라 '모두'를 위해서 움직이는 것이 영웅의 모습이라면, 그의 행동들이 그 혼자만의 이익을 위한 것이 아니라 마녀에게 사로잡히지 않고 모든 이를 고향으로 데리고 가기 위한 대의에서 나왔다는 반론도 가능하다. 이러한 그의 희생이 '영웅'이라는 타이틀을 유지할 수 있도록 오뒷세우스 입장을 변론할 근거가 될 수 있지 않을까.

3) 인간, 오뒷세우스처럼

오뒷세우스의 영웅성(性)을 사회적인 '정의'와 타인을 위한 '희생'의 잣대로 평가한다면 지금까지 학생들과 논의한 바와 같이 여러 견해가 나온다. 하나, 대부분의 사람이 대외적이고 사회 전체의 공익을 위해 자신의 인생을 산다고 말하기 어렵다. 우리 주변의 평범한 사람들은 부모로부터 얻은 생명이 다하기 전까지 그저 자신의 삶을 충실하게 살 뿐이다.

한 학생이 오뒷세우스의 영웅성(英雄性)에 대해 이런 말을 하였다. '평범함에서 나오는 정의감.' 우리는 '영웅'이 대단한 능력과 훌륭한 자질을 바탕으로 만들어진 인물이라고 생각한다. 하지만 그것이 착각일 개연성이 높다. 사실 영웅은 아주 평범한 사람으로부터 나오는 어떤 '무언가'에서 나올 수 있다. 이 학생의 말은 이러한 깨우침을 전한다.

어린아이가 해내기 힘든 일을 도와주고 어려운 일도 척척해내는 아버지는 자식들에게 슈퍼맨과 같은 '영웅'이 될 수 있고, 열심히 준비했던 자격증에 합격하는 순간만큼은 나 자신이 '영웅'처럼 보일 수도 있다. 평소에는 치고받고 싸우던 형제도 친구와의 다툼에서 지고 있는 위기의 순간 해결사가 되어주는 형이 동생에게는 '영웅'이 되기도 하고, 안 풀리던 문제를 끌어안고 끙끙대는 학생에게 문제가 풀리는 간단한 힌트를 던져주는 선생님도 그 순간 '영웅'으로 보인다. 우리는 삶의 매 순간 소소한 일상에서 발견하고 찾을 수 있는 '영웅'적 순간들을 아마도 너무 사소해서 인지하지 못했을 뿐만 아니라, 우리도 '영웅'이 될 수 있다는 사실조차도 알지 못한 채 살아가는 듯하다.

오뒷세우스의 인생에서 높이 평가할 수 있는 부분 중 한 가지는 10년간의 전쟁과 그 이후 10년간 귀향의 과정에서 포기하지 않고 고군분투하는 자세이다. 그는 끝내 가정과 가족을 되찾는 위대한 가장으로서 책임을 다하는 모습을 보여주었다. '목표를 향해 나가는 지치지 않는 열정'은 성실, 꾸준함, 자기 관리 등의 자세를 갖춰야만 생길 수 있다.

자신이 세운 목표에 도달한 사람만이 맛볼 수 있는 성취감에 힘입은 열정적인 삶이 누군가에게 영감을 줄 수 있다면 역시 '영웅의 삶'이란 타이틀을 붙일 수 있을 것이다. 오뒷세우스는 오랜 시간 변치 않는 목표를 달성하기 위해 멈추지 않았다. 그 열정이 '가족'에 대한 '사랑' 때문이든 자신의 '명예'를 지키기 위해서이든 도중에 포기하지 않고 보통 사람이 해내기 어려운 역경의 무게를 이겨냈기에 '영웅'이라는 타이틀을 거머쥘 수 있었던 것이다.

오뒷세우스의 삶을 통해서 저 높은 차원의 잣대가 아니라 일상의 소시민 삶에서 '영웅'이란 존재를 발견할 수 있는 것이 아닐까 하는 생각에 다다른다. 자신 앞에 주어진 상황을 바르게 해결하고 올바르다고 하는 방향으로 나아가도록 노력하는 사고, 나의 목숨이나 나의 몫을 대신할 만큼의 거창한 희생이 아니더라도 내 삶의 목표와 발전을 위해 불편함과 어려움을 감수할 수 있는 태도, 그래서 내가 원하는 인간상에 다다를 수 있는 그런 존재에게도 우리는 '영웅'이라는 타이틀을 당당히 붙일 수 있어야 한다.

호메로스는 노래한다. 영웅 '오뒷세우스'가 아니라 그저 자신의 삶을 조금은 유난스럽게, 그리고 조금은 더 격정적으로 살아가는 인간 '오뒷세우스'를. 그 속에서 "영웅은 오뒷세우스처럼 대단한 삶을 살아 후세에까지 알려지는 거야"가 아니라 "오뒷세우스처럼 열심히 살면 내 이름 석 자 앞에도 '영웅'이라는 말을 떳떳하게 붙일 수 있지 않을까"라며 〈오뒷세이아〉 마지막 페이지를 넘긴다. '평범함'에서 나오는 '정의감'을 꿰뚫어 본 13살 꼬마 덕분에 나의 고전 〈오뒷세이아〉 읽기의 대장정이 완성되었다.

박수민
7년째 아이들과 동고동락 중인 초등교사, 남의 마음 달래려고 인문 공부하다 자기 마음 달래고 있는 이 시대 젊은 것들 중 1인, 취미 많음 주의.

6 나의 영웅, 나의 아레나

한 학기 〈오뒷세이아〉라는 배를 타고, 교수님을 선장으로, 준영 선생님을 기관장으로, 우린 선원으로서 긴 항해를 시작했다.

한 권의 책을 읽고, 그 책 속에 만나는 각자의 '나'를 토론하고, 책을 한 권 만들 거란 설렘 속에서 시작했지만, 시간이 갈수록 그 속에서 찾아야 하는 의미는 쉽게 다가오지 않았다.

그러다 보니 눈에 보이는 일상을 그 속에 대입시키기 바빴다. 오뒷세우스가 긴 항해에서 겪는 고달픔을 보면서 '살아남는 게 기적이구나'라는 생각도 들었다. 그가 모험 속에서 얻는 지혜에서 느끼는 바도 많았다. 주인공의 무사 귀향에 안도의 숨을 내쉬기도 했다.

이런 나와 책과의 대화는 아득한 옛날인 약 3천 년 전이나 지금이나 '사람 사는 건 별반 다를 게 없구나' 하는 생각을 들게 했다. 현재의 나를 위로하는 이 느낌에서 몇 천 년이 지나도 현재성을 잃지 않는 호메로스 작품의 위대성을 새삼 실감했다.

나 역시 때론 숨쉬기조차 힘들어 무작정 도망을 치고 싶었던 순간도 있었다. 가슴 뿌듯한 순간들도 있었다. 그 힘들었던 시간도, 기뻤던 시간도 추억거리가 되어 어느 것 하나 버릴 수 없는 내 삶을 형성했다.

이제는 내가 타자의 시선에서 지금의 안온함에서 다시는 벗어나지 않으려 현실을 붙들고 있는 나 자신을 본다. 악착같은 모습과 겁먹은 모습이 동전의 양면과 같다. 그러면서 오뒷세우스가 구혼자를 무참하게 살해하는 심정에 약간이나마 이해가 간다.

그러면서 생각해보았다. 텔레마코스의 영웅인 오뒷세우스와 오뒷세우스의 아테나를. 자신의 고향으로 향하는 열망을 가진 오뒷세우스는 포세이돈의 노여움에 맞서 험한 바다를 건넌다. 산 채로 잡아먹히는 동료들을 보고 그 동료를 잡아먹는 퀴클롭스의 눈에 불붙은 말뚝을 박는다. 가슴 아파하고 용기를 내고 지혜를 내면서 온갖 어려움을 이겨내는 모습이다. 그리고 결국 집으로 귀향해 자신의 자리로 돌아온다. 그런 텔레마코스의 아버지 오뒷세우스만이 영웅일까. 또한 오뒷세우스를 돕는 아테나처럼 우리에게도 힘을 주는 다른 아테나가 있지 않을까.

때론 알아차리기도 하고 때론 놓치고 있을지도 모르는, 내 곁에서 나를 지켜준 수많은 인연을 반추해본다. 선연(善緣)이든 악연(惡緣)이든 그 많은 인연이 내게 아테나가 아니었냐는 각성으로 밀려든다.

어린 시절 헤어진 영웅 아버지를 찾아 나서는 텔레마코스를 보면서 남편의 얼굴이 연상된다. 단 한 번도 아버지를 불러보지 못한 남편이다. 그가 태어나자 바로 아버지는 안타깝게도 세상을 버리셨다. 그를 안쓰럽게 물끄러미 쳐다본다. 나를 향해 표정으로 '무슨 일 있어'라고 되묻는다.

자연스레 생각의 흐름이 식민지와 전쟁 시절에 고단한 세월을 살다가 저세상으로 가신 이 시대의 영웅, 아버지란 존재들로 이어진다. 그들 중 한 명인 나의 아버지가 아주 그립다. 78세에 돌아가셨다. 1934년생이니 생존하셨으면 86세이시다. 아버지는 일제강점기에 시절 일본에서 태어나셨다. 소학교(초등학교) 5학년 때 고국인 한국으로 돌아왔다. 고등학교 1학년 때인 17살에 영선 고개를 지나다가 한국 전쟁에 징집되었다. 참으로 원칙도 법도 없는 무자비한 시절이었다.

할머니에겐 청천벽력 같은 일이었다. 큰아들을 일찍 잃고 하나 남은 둘째 아들에 의지해 살던 할머니였다. 배 타고 떠난다는 소문을 듣고 맨발로 부두로 뛰어갔지만 허사였다. 병사들을 실은 배는 방파제를 벗어나 이제 막 꼬리를 감추고 있었다. 할머니는 가슴을 치다가 땅을 치고 허공에 대고 통곡했다.

아버지는 한국 전쟁에 참전하고, 미군 부대 소속으로 7년간 군 생활을 하셨다. 그동안 고등학교와 대학교를 마쳤다. 주경야독인 셈이다. 제대 후 잠시 학교에서 영어를 가르치시다가 서울에 있는 직장을 알아보고 있었다. 하지만 할머니가 아들을 놓아 주지 않았다. 아버지는 마지못해 부산에 주저앉았다. 과거사에 '만약'이 무슨 소용이 있겠냐마는, 만약 아버지가 그때 서울로 갔으면 인생이 달라졌을 것이라고 확신한다.

갓 전쟁이 끝난 나라에서 젊은이들이 일할 곳은 그리 많지 않았다. 더욱이 아버진 선천적으로 그리 건강한 사람도 아니었다. 아버지는 그런 어려움 속에도 직장 상사의 사촌 동생이었던 어머니와 25살에 결혼해 우리 4남매를 낳아 기르셨다.

어릴 때 우리 집은 편물을 주로 하는 가내공업을 했다. 기계로 옷 짜는 일이었다. 집은 항상 일하는 사람들로 북적거렸다. 우리 남매는 온종일 기계와 모터 달린 재봉틀 소리를 들으며 자랐다. 그런 번잡함과 소음에 아버지가 묻혀버렸나 보다. 곰곰이 기억을 더듬어 봐도 가내공업 하던 시절의 아버지 모습은 왠지 머리에 떠오르지 않는다.

내 나이 열 살 때 아버지는 간이 안 좋아져 병원에서 수술을 받았다. 당신의 나이 35살 때이다. 의술이 발달한 지금 같으면 쉽게 치료할 수 있었겠지만, 당시는 생사의 기로에 놓일 만큼 중병이었다. 엄마는 이제 혼자가 되어 아이 넷을 키워야 한다는 각오까지 했단다. 다행히 복음병원에서 근무하던 장기려 박사의 집도로 아버지는 목숨을 건질 수 있었다. 하지만 아버지는 이후 평생 건강을 되찾지 못했다.

병원에 계시는 아버지를 찾아간 적이 있다. 영주동에서 송도를 넘어 병원에 갔는데 아버지 몸에 소변 줄 같은 게 끼워져 있었다. 어린 마음에 그 모습이 무척 두렵기도 했다.

한 집안의 가장은 평생 일하지 말고 매일 소고기 먹고 살아가라는 의사의 진단을 받고 퇴원했다. 참으로 억장이 무너졌다. 의료보험이 안 되던 시절이니 병원비가 엄청났고, 집안 형편은 소고기는커녕 당장 먹고사는 일이 더 문제였다. 아버지 요양을 위해 우리 여섯 식구는 당감동 외가에서 더부살이할 수밖에 없었다. 그 당시 당감동은 부산 안의 시골로 보일 정도로 외진 곳이었다.

아버지는 자식들에게 악기를 하나씩 가르쳐주고 싶은 낭만의 소유자였다. 현실의 각박함을 이겨내기에는 성정이 너무나 여렸다. 그래서인지 이것저것을 해보았지만 어느 것 하나 제대로 되는 게 없었다. 반면 어머니는 강했다. 사촌오빠의 육사 졸업식에 반해 아들들을 육사로 보내고 싶어 하는 분이었다. 우리는 어머니의 보따리 장사로 겨우 끼니를 때울 수 있었다. 세 남동생을 데리고 집안일을 하는 것은 당연히 어린 나의 몫이 되어버렸다.

집안의 경제적 어려움은 도무지 나아질 조짐을 보이지 않았다. 따라서 아버지, 어머니 부부간의 말다툼은 끝없이 이어졌다. 그 속에서 나는 점점 자존감을 잃어갔다. 되돌아보건대, 나와 동생들이 더 괴로웠던 건 가난보다 부부 싸움이었다. 둘 사이에 오갔던 거친 말들이 우리들의 마음에 비수로 날아왔고, 그 상처는 오랫동안 치유되지 않았다.

부부 싸움은 가장 역할을 제대로 하지 못하는 아버지를 향한 어머니의 원망에서 비롯되는 경우가 많았다. 그래서 어머니 편을 들어주는 게 옳아 보이지만, 나는 늘 아버지 편을 들었다. 나는 아버지를 대접받아야 할 존재로 여겼다. 그런 생각이 강했기에 희망 없이 살아가는 것 같은 아버지가 불쌍하고 안타까웠다. 엄마가 더 고생하는 걸 알면서도 "그냥 엄마가 좀 참지" 하는 마음이 앞섰다. "분명히 어머니가 더 고생하시는데 왜 이 집 식구들은 아버지 편을 들고 있는지 이해를 못 하겠네요." 올케가 이런 말을 할 정도이다. 우리에겐 아버지가 그런 존재였다.

아버지가 힘들어했던 여러 모습이 지금도 나를 힘들게 한다. 당신은 다시 어부들이 입는 고무 우의를 만드는 가내공업을 송정에서 시작하셨다. 비록 넉넉하진 않아도 동생들 공부는 시킬 수 있었다. 그러나 육체노동의 고통을 잠시라도 잊기 위해 시작한 반주가 아버지의 생명을 앗아가고 말았다. 가뜩이나 안 좋았든 간에 독을 부어 넣은 격이 되었던 것이다.

인생은 콩밥 같다고 했던가. 대부분을 차지하는 쌀을 고통으로, 가끔씩 입에 들어오는 콩을 행복으로 여겨보자. 인생은 고해(苦海)라고 하지만, 불행만 있는 게 아니라는 뜻이다. 그렇게 나와 아버지는 드물지만 행복을 누린 적이 있었다. 아버지는 60대 후반에 내가 다니던 불교대학에 입학했다. 나의 소개로 시작한 이 일은 아버지에게 행복을 안겨드렸다. 당신은 좋은 인연들을 만났고, 자기만의 세계를 가질 수 있었다. 먹고사는 일에만 갇혀 살던 세월을 조금이나마 보상받을 수 있었을 것이다. 아버지가 세상을 버리셨을 때 나는 그것을 위로 삼아 아픈 마음을 달랬다.

아버지가 77세였던 그해도 기억에 남는다. 나와 함께 한 시간이 많아서다. 잇몸이 좋지 못해 고생하시던 아버지를 6개월 정도 한의원에 모시고 다녔다. 치아가 좀 나아지자 평소 드시고 싶어 하던 전어회, 먹장어, 무김치 등을 사드렸다. 그해 봄에는 아버지와 송정 구덕포 안쪽 동네에 쑥을 캐러 다니기도 했다. 함께 만든 쑥떡을 먹고는 내년에 또 가자며 그렇게나 좋아하시던 아버지셨다. 그 후 오랫동안 나는 쑥을 캐지 못했다.

아버지의 건강이 갑자기 악화됐다. 병원에서 진료를 받아보니 간암 말기였다. 본인에게 말은 하지 않았지만, 치료제 없는 진통제만을 처방받으신 아버지는 중병임을 짐작하셨다. 아버지는 잠시 눈물을 흘리시기도 했다. 그때 나는 담담한 척하며 "떠나는 게 아쉽냐"라고 물은 적이 있다. 또 "겁이 나느냐"고도 말했다. 그때 왜 그런 당치도 않은 질문을 했는지 두고두고 후회하고 있다. 나는 아버지의 고통을 마주할 용기가 없어서 병원에 잘 가지 않았다. 그 또한 두고두고 죄송스러운 일이다.

당신이 양산 부산대 병원에 계실 때였다. 그때는 혼자서 기동을 할 수 있었다. 나는 가는 차편이 있어 대학병원으로 아버지를 보러 갔다. 복도에서 서성이고 계신 아버지를 잠시 보고는 입원실조차 올라가지 않고 나오는 차편에 그대로 돌아왔다. 무엇이 바쁘다고 곧 돌아가실 아버지를 그렇게 혼자 두고 황망히 나와 버렸는지 후회스럽다. 그때 아버지 모습이 내게 각인되어 지워지지 않는다.

그렇게 2개월 고생하시다가 돌아가신 후에야 사람이 죽고 나면 어떠한 마음인지 깨닫게 되었다. 이전에는 때가 되면 죽고 또 그렇게 이별을 하면 되는 줄 알았다. 아슬아슬하게 생명을 이어왔고, 예상했던 시간보다 오래 사셨던 아버지와도 쉽게 이별을 할 줄 알았다.

기장 병원에서 돌아가시고, 보훈병원으로 옮기는 중에도 사람이 죽었을 때 울면 좋은 데 못 간다는 말에 앰뷸런스를 타고 가면서 눈물을 꾹꾹 누르고 금강경을 읽었다. 그 또한 무슨 바보 같은 짓이었을까. 그렇게 나는 나의 영웅을 보냈다. 아버지를 잃는 아픔을 겪지 않았을, 앞으로도 겪지 않을 남편이 부럽기조차 했다. 남편에게는 미안하지만, 나는 그만큼 아팠다.

이제 와 생각하니 그토록 가깝다고 여긴 나는 아버지에 대해 정작 무엇을 알고 있었던가. 아버지는 돌아가실 즈음 무의식중에 '엄마'를 찾으셨단다. 나는 아버지께 엄마가 있었음을 잊고 있었다. 그저 아버지의 겉모습에서 내 아버지만을 보았다. 아버지도 그 누군가의 자식이었다.

그 아버지도 처음부터 누구의 아버지가 아니었을 것이다. 꿈 많은 어린 시절이 있었고 청춘이 있었건만 어쩌다 보니 어른이 되고 부모가 되어서 후다닥 가는 시간 속에서 떠밀리는 삶이 혼란스럽지 않았을까. 누구의 사람이 아니라 한 인간으로서의 삶을 살아보고 싶은 게 있었을 거라는 생각은 해보지 못했다. 무엇을 위해 그렇게 힘들고 싫은 일들을 병약한 몸으로 끊임없이 해야만 했을까.

이제 내가 부모가 되어 아이들을 보면서 무언가를 해줄 수 없었을 때 느꼈던 참담함을 되돌아본다. 큰딸 결혼 시키고 난 후 정리를 하면서 꾹꾹 뭉쳐둔 신권 백만 원을 보고는 펑펑 운 적이 있다. 나는 직업상 항상 현금을 가지고 있어야 했기도 하지만, 비상시를 대비해서 집에 늘 돈을 두었다.

어려운 경제 사정이 해결되고 이제 돈을 그렇게 넣어둘 필요가 없어진 시점에 이르자 그동안 아이들에게 해주지 못한 많은 일이 생각났다. 이 돈을 이렇게 넣어두지 말고 애들이 필요할 때 주었으면 애들이 요긴하게 쓸 수 있었을 것이라는 회한이 밀려온 것이다. 큰딸은 방학만 되면 집에 와 과외를 해서 용돈이며 책값을 마련했다. 학기 중에도 과외를 하면서 학교에 다녔다. 이제 줄 수 있는 여건이 되니 아이들은 벌써 내 손에서 벗어나 버렸다. 그 돈은 이제 필요 없는 자리에 있었고, 그 돈은 아무런 의미를 가지지 못하게 되었다. 그제야 내가 어리석었음을 느꼈다.

신혼여행을 다녀온 작은딸을 시댁으로 보내면서 평소와 달리 엄숙한 남편을 보니 가슴 아픈 옛일이 생각난다. 요즘은 시집살이하는 것도 아닌데 이리 섭섭한데, 청상과부 시어머니만 있는 곳에 나를 두고 돌아서야 했던 나의 아버지는 무척이나 걱정스러웠을 것이다. 신행 후 시집살이를 시작하는 딸을 시집에 두고 집으로 오셔서 대성통곡을 하셨단다. 나 역시 골목에서 아버지 가시는 모습을 보고 얼마나 울었는지 모른다. 그때 우는 게 아니라고 책망한 시집 쪽 먼 시숙 되는 사람을 지금도 보고 싶지 않다.

자식이 제 자리를 잡아 자신의 길을 제대로 가는 것을 봐야 안심이 되는 게 자식을 키우는 부모의 마음이다. 아버지는 제 길을 제대로 못 찾아가는 남동생들을 보면서 무척이나 걱정스러워하셨다. 그래도 이후 조금이나마 자리 잡은 아들 한 명 한 명을 언급하면서 그 아픈 와중에서도 '이제 됐다'라며 안심하시는 모습에 자신의 숙제를 조금이나마 다한 마음이었을 것 같이 다행스러웠다.

아버진들 하고 싶은 일들이 없었을까.

아버진 멋쟁이고 잘 생기셨다.

여행도 좋아하고 노래도 좋아하셨다.

특히 '오 대니 보이'를 영어로 참 잘 부르셨다.

나도 좋아하는 노래인데 지금도 그 노래를 들으면 눈물이 난다.

노년에는 아코디언을 하고 싶어 하셨다.

돌아가신 큰아버지께서 아코디언을 잘 연주하셨다고 했다.

그러더니 어느 날 전자오르간을 사서 일하시는 틈틈이 연주하시곤 했다.

그래서인지 동생들은 대학에서 다 노래 부르기 서클에 가입하고 큰 동생은 아예 집에 드럼부터 기타까지 악기를 세트로 장만해두고 즐긴다.

돌아가시고 나니 모아 놓은 관광지 입장권이 한 박스가 나왔다

내가 아주 어린 날 아버진 나를 데리고는 기차를 타고 서울로 진주로 다니곤 하셨단다.

동생 둘이 한꺼번에 전방에서 군 생활을 할 때도 혼자서 버스를 타고 그 먼 길을 다녀오시고 강릉에 계신 고모인 동생에게도 혼자서 다녀오시곤 했다.

나 또한 혼자만의 길 나섬을 즐긴다.

그 시대의 아버지 중 어느 누가 그렇지 않았겠느냐마는 일반적인 삶의 잣대로 보았을 때 많이도 부족하고 힘든 평범한 삶을 살아간 아버지라고 생각을 하면서 그 삶이 항시 가슴 아팠었는데 이제는 그 마음에서 벗어나려고 한다.

아버진 아버지 나름의 인생을 최선을 다해 살았고 나는 나대로 나의 인생을 최선을 다해 살아가는 중일 것이다.

아버지 돌아가시고 난 후 나는 자식에게 한을 주는 삶은 살지 않겠다는 다짐을 했었다.

나 자신의 삶이 아이들에게 우리 엄마 '참 즐겁고 행복한 삶'이었다고 느낄 수 있어야 아이들에게 아픈 마음을 주지 않을 수 있으리라는 마음이다.

나는 서정주 님의 국화 옆에서의 한 구절처럼

'인제는 돌아와 거울 앞에 선 내 누님 같은 꽃'과 같은 모습으로 살아가고 싶었고 남아 있는 생을 그렇게 살아가려 한다.

〈오뒷세이아〉에서 얘기한다.

아르케이시오스는 아버지 라에르테스를 낳으셨고 라에르테스는 그 아들인 오뒷세우스를 또 그 아들인 텔레마코스로 이어가고 그렇게 이어지는 삶을….

이렇게 우리도 아버지가 되고 어머니가 되고 아들이 되고 딸이 되어서 긴 세월을 살아간다.

아버지 돌아가신 후 지인들의 말씀이 아버진 항상 내가 자신의 관세음보살이었다고 하셨단다.

나 또한 첫애를 낳을 때조차 고통스러움 속에서 아버지를 찾았다.

지금도 나는 나의 아버지와 수많은 인연이 나의 아테나가 되어서 나를 지켜 준다고 믿는다.

보고 싶고 또 보고 싶은 아버지를 추억할 기회가 된 이 시간이 참 고맙다.

전선희

37년 직장 생활을 마무리한 후 하늘이 주신 가장 귀한 선물인 외손자를 양육 중임. 열심히 살아온 자신에게 준 선물인 인문교육대학원에서 새로운 인생을 양껏 즐기고 있는 중임

7 Mother

대부분의 사람은 서양 고전의 대표 문학으로 호메로스의 〈일리아스〉와 〈오뒷세이아〉를 말합니다. 저에게 호메로스가 지은 작품들은 아이들이 보는 그리스 신화 만화책이나 간략하게 줄여져 있는 단편집에서 보는 책이었습니다.

우연한 기회에, 아니면 이미 정해져 있는 운명적인 만남이었는지 모릅니다. 그렇게 저는 부산교육대학교 인문대학원에 오게 되었고, 좋은 동기들을 만나 방학 때마다 독서 모임을 하게 되었습니다.

같은 동기들이라 하여도, 배움의 그릇과 독서의 수준이 달랐기에 저와 같은 초보자들을 배려해 읽기 좋은 책들부터 시작했습니다. 〈총·균·쇠〉, 〈돈키호테〉, 〈일리아스〉 등과 같이 읽고는 싶지만, 혼자 읽기 까다로운 훌륭한 책들을 선정해 여러 명이 머리를 맞대고 한 발 한 발 앞으로 나갔습니다. 〈오뒷세이아〉는 인문고전 수업에서 교수님과 함께 읽었습니다.

〈오뒷세이아〉는 세계적으로 유명하지만, 제 기준으로서는 무척 어려운 책이라고 미리 단정해버린 책이었습니다. 그래서 읽기 전부터 "내가 과연 이해할 수 있을까"라는 우려가 앞을 가로막았습니다.

하지만 책 분량을 정해서, 한 주씩 그 부분의 내용과 의미를 같이 공유해가며 읽으니, 읽으면 읽을수록 호메로스의 매력에 푹 빠져들게 되었습니다. 이보다 더 흥미진진하고 구경거리가 풍부한 내용을 담은 책이 없겠다는 생각이 들 정도였습니다.

〈오뒷세이아〉에는 여러 신이 나옵니다. 이 신들처럼 인간다운 신들이 또 어디에 있을까 싶습니다. 이전에 제가 알았던 신들은 인간을 사랑하고, 인간을 위해 희생하며, 인간처럼 욕심이 많거나 투기하거나 욕망에 허물어지지 않았습니다. 그런데 호메로스의 글에서 등장하는 신들은 너무나도 인간적이라서 실수도 하고 후회도 하고 다시 용기를 내는 존재였습니다. 이런 모습이 참으로 흥미로웠습니다.

〈오뒷세이아〉는 전체적으로 위대한 영웅 오뒷세우스의 귀향에 관한 서사시입니다. 그는 귀향 중에 동료를 모두 잃고, 신들의 미움도 받고, 또한 신들의 도움도 받아 가며 우여곡절 끝에 자신의 고향 이타케로 돌아옵니다. 책에 나오는 인물 중에는 여러 신과, 위대한 영웅들과, 오뒷세우스의 귀향을 돕는 왕들과 그를 도와줄 그가 선택한 사람들이 있습니다.

그리고 여러 어머니가 있지요. 첫 번째 어머니는 오뒷세우스의 어머니, '고매한 아우톨뤼코스의 따님이신 안티클레이아'입니다. 그녀는 전쟁에서 돌아오지 않는 아들을 기다리다가 그리움에 목숨을 잃은 가여운 분이시지요.

두 번째 어머니는 오뒷세우스의 아내이자, 텔레마코스의 어머니 '이카리오스의 딸, 사려 깊은 페넬로페'입니다. '여인 중에서도 고귀한' 여인이지요. 그녀는 돌아오지 않는 남편을 기다리며 어린 아들이 성인이 될 때까지 왕국과 아들을 건사하고, 많은 구혼자의 요구를 거절하는 지고지순하고 현명한 여인입니다.

또 다른 어머니는 오뒷세이스의 유모, 페넬로페의 몸종, 텔레마코스의 유모이기도 한 '페이세노르의 아들인 옵스의 딸 에우뤼클레이아'입니다. 이타케라는 왕국에서 왕과, 왕자의 유모이자 왕비의 몸종인 가정부 '에우뤼클레이아'는 왕국에서 없어서는 안 될 중요한 인물입니다. 텔레마코스가 아테나의 조언으로 아버지 오뒷세우스를 찾아 길을 떠날 때, 여행에 필요한 채비를 도와주며, 그가 왕국의 안위를 걱정하지 않고 길을 잘 떠날 수 있도록 광의 자물쇠를 단단히 지킨 인물이 바로 '풍부한 경험으로 모든 것을 지혜롭게 지키는 바로 그녀, 에우뤼클레이아'입니다.

페넬로페가 남편의 부재로 인해 힘들어하고 눈물을 흘리며 괴로워할 때, 그녀의 편안한 잠자리를 챙겨주고 문의 자물쇠를 걸어준 이도 바로 그녀이지요.

오뒷세우스가 나그네의 모습으로 돌아와 누군가 자신의 발을 씻어주길 원할 때, 알뜰히 보살피고 나(오뒷세우스)만큼 마음속으로 많은 고통을 참아낸 노파가 있다면, 그 사람이 그의 발을 씻어주길 바랍니다. 그 노파가 바로 에우뤼클레이아입니다. 또한, 구혼자들과 내통한 하녀들을 가려낼 때나, 피로 얼룩진 그들의 왕국을 정리하고자 할 때도 그녀는 모든 것을 말끔히 처리해 줍니다.

제가 아는 어머니 중에서도 '에우뤼클레이아'와 같은, 어쩌면 더 훌륭한 어머니가 있습니다. 우리들의 어머니 '이영자'입니다. 저는 '엄마'라고 부르지요. '엄마'라고 부르면 우선은 코끝이 찡해지고 두 눈동자 아래에 살짝 눈물이 고이는 것 같은 느낌이 듭니다. 이 단어가 무엇이라고 그런 감정을 갖게 하는 것일까요.

우리 엄마도 그 여인처럼 그렇습니다. 어느 왕국의 추앙받는 멋진 여성이 아니라, 보이지 않는 곳에서 우리들의 뒤에서 언제나 종종거리며 우리를 살피는 그런 여인 말입니다. 제가 아는 우리 엄마는 저의 세상이 무너지면 그 무너진 폐허를 뒤져서라도 저를 꺼내올 강인한 사람입니다. 떠나간 자식이 아무리 돌아오지 않아도, 혹시나 돌아올까 봐 아마 죽지도 못하셨을 것입니다. 그리고 구혼자가 어디 있습니까. 먹고 사느라 바빠 신경 쓰지도 않으셨을 것이고, 마당에 있는 사리 빗자루로 그 모든 구혼자를 다 쓸어내셨을 것입니다.

그런 우리들의 '엄마'에게도 어린 시절이 있었을 것이고, 많은 추억과 회한이 있으시겠지요. 저는 〈오뒷세이아〉를 핑계 삼아 우리 엄마 '이영자'에게 질문을 던져보기로 했습니다. 먼저, 책의 내용을 간략히 설명을 드리고 엄마와의 인터뷰를 시작하였습니다.

제가 말씀드린 책의 내용은 잘 이해 못 하셨지만, 모든 어머니가 그러하듯 자식이 하는 일은 아주 중요하고 꼭 필요한 일이라고 생각하셔서, 결의를 다지듯 책상 앞에 앉으십니다.

저의 질문은 간단했습니다.

엄마의 어렸을 때 기억들
우리 5남매를 어떻게 키우셨는지
지금 엄마의 소원이 무엇인지

엄마의 어렸을 때 이야기를 시작하니 에피소드가 끊임없이 이어집니다. 그중 몇 가지를 간추려 보았습니다. "국민학교(초등학교) 몇 학년인지 모르겠는데, 쉬는 시간에 사람들이 모여서 산에 모사 지내러 가는 게 딱 보인다 아이가. 그때는 모사 다 지내면 떡 줬거든. 그 떡이 먹고 싶어서 학교에서 나와서, 산에 따라 갔다가 떡 얻어먹고 다시 학교에 오니까, 학교가 다 마쳐서 집에 그냥 갔지. 다음날에 학교 가서 벌섰다. 또, 학교에서 공부하다 보니 너무 더워서, 쉬는 시간에 친구하고 밖에 나가 가까운 도랑에 목욕하러 갔거든, 거기서 실컷 놀고 학교 오니까 아무도 없더라. 그라고 다음날 가서 또 벌섰지.

또, 토요일 날 친구가 학교에서 20리가 되는 자기 집까지 가자고 해서, 책 보따리 옆에 끼고 따라갔지. 흰쌀밥 실컷 얻어 묵고 월요일 날 학교에 가니까, 며칠 동안 아가 없어져서 집에 난리가 나고 온 동네가 결딴이 났는데 학교에 턱 가서 앉아있으니, 난리도 아니었지. 그래가 많이 혼났다.

또, 너거 할매가 제물(설거지 세제 같은 것)을 사러 갔다 오라 해서 갔는데, 사러 가니 뭐 사라고 했는지 기억이 안 나서 '그거' 주세요. 하니까 '그거'가 뭔지 나도 모르고, 아무도 모르고 해서, 그 돈으로 다 머리핀을 사서, 그 핀을 도랑에 앉아서 몇 시간 동안 온 머리에 다 꼽고 집에 갔지. 집에 갔더니 너 할매가 웃고 뭐라 하고 웃고 뭐라 하고 그런 게 기억이 많이 난다.

그런데 나는 그때 겁이고 뭐고 하나도 없었다. 내 맘대로 살았다."

이런 이야기를 할 때 우리 엄마 '이영자' 얼굴이 너무 좋았습니다. 너무 웃어 눈물도 찔끔 흘러, 눈물 닦아 가며 신나고 활기차게 말씀을 하셨지요.

우리 엄마 '이영자'는 어렸을 때 겁 없는 여자아이였나 봅니다. 학교 쉬는 시간에 제사떡 얻어먹으러 가고, 친구랑 도랑에 목욕하러 가고, 쌀밥 얻어먹는다고 집에 말도 하지 않고 외박 하고, 심부름 가서 사고 싶었던 핀을 사는 그런 말썽꾸러기 삐삐와 같은 아이 말입니다.

복도에서 무릎 꿇고 손들고 벌을 서도 그것 하나 부끄럽지 않았다 하십니다.

할머니께서 웃다가 뭐라 하다가, 웃다가 뭐라 하다가 하는 상황을 상상해 보니 저도 딸이 있는 엄마로서 그 모습이 얼마나 기가 차고 황당했을까요. 사 오라는 것은 안 사 오고 몇 시간 동안 놀고 온 아이를 혼은 내야 되겠는데, 머리에 온통 꼽은 핀을 보니 정말 웃기기도 하셨겠지요. 우리 엄마는 그러고도 한참을 어린 시절 이야기에 빠져있었습니다. 그 시절이 많이 그리우신가 봅니다.

어린 시절 이야기를 한참 동안 하신 엄마에게, 그럼, 우리들은 어떻게 키우셨냐고 여쭈어보니, 별로 힘든 것도 없었다고 하십니다. 우리가 너무 착하게 말도 잘 듣고 해서, 편하게 키웠다고 하시네요. 참으로 제 기억과는 다른 말씀을 하십니다. 다섯 명 자식을 키우는데 어떻게 별일이 없었겠어요.

그때 그 시절, 아침 학교 등교 시간에 몇 칸씩 쌓여 있는 노란 철 도시락 밥통 중에 계란 후라이가 끼워져 있는 도시락 통을 가지기 위해, 언니 오빠들이 어떤 쟁탈전을 벌였는지 생생하게 목격한 장본인을 앞에 두고 말이지요. 그것뿐 만이 아니었습니다. 오빠가 동네 애들하고 싸우는 바람에 집에 찾아오는 사람들도 허다했습니다. 그래도 안 맞고 오고 때리고 왔다고 좋아하셨던 것도 기억이 나네요. 참 별의별 일이 다 있었지요.

살면서 힘들고 서러웠던 기억들이 엄마라고 왜 없었겠어요.

하지만, 엄마는 이렇게 말씀하십니다. “나는 그런 거 기억 안 난다. 뭐 할라고 안 좋은 거 기억하노. 나는 다 잊었다. 안 좋은 거는.” 우리 엄마는 ‘진짜로’ 기억이 안 나시는 걸까요. 아니면 잊고 싶어 하시는 걸까요.

그래서 다음 질문을 드려봅니다. 지금 무슨 소원이 있으시냐고. “나는 소원을 매일 빌고 있다. 건강하고 행복하게 잘 사는 거. 내가 어떻게 비는지 가르쳐 줄까? 관세음보살 부처님, 밖에 나간 우리 모든 군사들 무사히 집에 돌아오도록 해주시고, 안신철, 안후미……(그 많은 자식, 손자 이름을 다 열거하십니다). 전부 건강하고 질서 있고 행복하게 오래오래 잘 살도록 도와주소서. 아침·저녁으로 매일 두 번씩 빈다.”

이런 소원 말고, 다른 것 좀 더 바라는 것은 없는지 한 번 더 물어봤습니다. “다른 소원이 뭐가 있겠노. 나는 아무것도 바라는 거 없다. 내 새끼 다 잘되고, 건강한 거 그거 말고 또 뭐가 있노. 진짜다. 아무것도 없다. 나는 그것뿐이다.” 그것뿐이랍니다.

제가 기억하는 어렸을 때 우리 엄마는 ‘천사’입니다. 그래서 고등학교 때 친구들이 학교에 와서 “어젯밤에 엄마랑 싸웠다”라고 말하는 것이 이해되지 않았습니다. “어떻게 엄마랑 싸울 수가 있지”라고 속으로 생각을 했습니다.

우리 엄마는 우리들을 키우실 때 단 한 번도 매를 든 적이 없습니다. 이것 해라 저것 해라 잔소리를 하신 적도 없으시고요. 한 번은 제가 어렸을 때 친구 한 명이 집에 놀러 왔었습니다. 당시 집에 팔각으로 된 성냥이 있었는데, 성냥 쌓기 놀이를 하다가 불을 붙이면 얼마나 활활 타는지 궁금해서 실험했었지요. 정말 크게 활활 잘 타더군요. 그리고 그만 팔랑거리던 커튼에 불이 붙어버렸습니다.

너무 놀라서 친구랑 바가지로 물을 여러 번 부어 일단 불을 끄긴 했습니다. 커튼이 달린 벽면은 검게 그을리고, 바닥에는 온통 물바다였습니다. 하지만, 가장 문제는 재봉틀이었습니다. 빨간색 네모난 상자처럼 생긴 재봉틀은 뚜껑을 닫으면 앉은뱅이 책상으로 쓰고, 뚜껑을 열면 재봉틀이 되는 그런 제품이었지요. 중요한 건 없는 살림에 장만한 엄마의 소중한 물건이었다는 점입니다. 그 재봉틀을 감싼 나무가 탄 데다, 안으로 물이 다 들어가 버렸으니 낭패가 아닐 수 없었습니다. 정말 처참한 광경이었습니다.

그길로 저는 친구 집으로 도망쳤습니다. 밤이 되어 집에 돌아가니 엄마가 기다리고 계시더군요. 그리고 저를 안고 말씀하십니다. "게안타, 게안타 니 안 다치면 됐다. 왜 이리 늦게 왔노. 게안타, 게안타." 저는 정말로, 진짜로, 너무너무 미안했습니다.

우리들은 다 알았습니다. 아니, 저는 좀 늦게 알았습니다. 사실 엄마는 괜찮으신 게 아니었다는 것을, 그냥 참아주고 기다려주고 있었다는 것을요. 충분히 힘들고 마음 아프신 것을 인내하고 계신다는 것을 말입니다. 그래서 우리들은 엄마를 실망시켜드리고 싶지 않았습니다. 엄마 마음 아프게 하는 형제는 엄마가 보시지 않은 곳에서 다른 형제들에게 응징을 당했습니다. 그것이 우리 다섯 남매의 암묵적인 규칙이자 살아가는 방식이었습니다.

세월이 흘러 자식들이 결혼을 하고 아이를 낳아 할머니가 된 당신은 어느덧 착한 엄마에서 욕쟁이 할머니로 변해 가십니다. 점점 목소리도 커지고, 우리가 말을 잘 듣지 않으면 폭력도 행사합니다. 엄마의 등짝 스매싱은 소리조차 경쾌하고 맞으면 정말 아픕니다. 하지만 누구도 큰 반항은 못 합니다. '아! 엄마'가 고작이지요.

하지만, 손자 손녀들에게는 그렇게 인자한 할머니가 없습니다. 저의 아이들에게 세상에서 제일 착한 사람이 누구냐고 물으면 바로 '할머니'라는 대답이 나옵니다. 그럴 겁니다. 저도 그랬으니까요.

사실 저는 욕쟁이이고 폭력적인 엄마가 더 보기에 좋습니다. 욕도 하고 잔소리도 하고 가끔 삐지기도 하는 우리 엄마 '이영자' 말입니다. 불만도 이야기하고 잔소리하시는 엄마를 볼 때, 이제 제 마음이 좀 놓이기도 하고 편하기도 합니다. '내가 엄마한테 만만한 존재구나' 하는 생각이 들기 때문이지요. 저에게 우리 엄마는 여전히 세상천지 내 편인 '천사' 같은 엄마입니다.

여러분은 어떤 어머니가 되고 싶으신가요? 저의 욕심 가득한 이루어질 수 없는 희망 사항은 우선 '안티클레이아'가 되어 우리 아이들에게 금수저를 물려줄 수 있는 능력 있는 어머니가 되고 싶습니다. 아들에게는 한자리를 크게 물려주고, 딸들에게는 평생 고귀한 여인으로 살도록 재력을 물려줄 수 있는 어머니 말입니다.

또한, '페넬로페'가 되어 그 어떤 유혹도 물리치고 자식을 지키는 영리하고 현명한 어머니이고도 싶고, '에우뤼클레이아'처럼 묵묵히 뒤에서 편안한 안식처를 마련해주는 사랑스러운 어머니이고도 싶습니다.

하지만, 제일 바라는 것은 우리 아이들의 세상이 행복할 수 있도록 든든한 버팀목이 되는 엄마가 되는 것입니다. 제가 우리 엄마 '이영자'의 반만이라도 할 수 있다면 참으로 좋은 훌륭한 엄마가 될 수 있을 것도 같은데요. 저는 아마 평생을 노력해야 할 것 같습니다.

그리고, 엄마, 세상 그 어떤 사람 말고 나의 엄마가 되어 줘서 고맙습니다.

엄마의 딸로 태어나게 해 주셔서 감사합니다. 부디 오래오래 건강하고 행복하시길 바랍니다. 엄마 사랑합니다.

안현미
안신철, 이영자의 딸이며, 최창호의 아내이며, 지영, 민준, 지민이 엄마, 現 청담건축, 청담산업개발(유) 이사.

8 삶은 여행

이 책을 덮으면서 '아~ 재미난 여행이었다'라고 혼잣말을 했다. 민들레 홀씨가 바람에 몸을 맡기고 둥둥 떠다니다 햇살 좋은 어느 강둑에 안착하듯이 꼭 그처럼 내 마음도 따뜻한 여행을 마친 기분이다.

고대 그리스 시인 호메로스를 통해 오뒷세우스라는 한 인간의 길고도 기구한 운명을 엿볼 수 있었다. 포세이돈의 진노, 퀴클롭스의 동굴, 세이렌·스퀼라·카륍디스의 위협, 헬리오스의 분노, 요정 칼륍소의 애옥(愛獄) 등 수많은 위기와 고난을 헤쳐나가는 그의 여정에 인간의 감정, 희로애락(喜怒哀樂)이 고스란히 녹아있다.

귀향길에 벌어지는 숱한 사건 속에서도 결코 좌절하거나 포기하지 않고 자신의 감정을 잘 추스르며 불굴의 의지로 마침내 귀향에 성공하고 마는 이야기가 무척이나 흥미로웠다. 그 길에는 악재만 있었던 건 아니다. 여신 아테나의 든든한 지원과 파이아케스족, 아이올로스의 호의 같은 좋은 인연을 만나 도움도 받는다.

그러한 굴곡의 과정이 있었기에 그가 더욱더 지혜로워져 귀향에 성공하고, 구혼자들을 처단할 수 있지 않았을까. 그래서 호메로스는 그를 신과 같다고 칭송하지 않았을까 생각한다.

10여 년이라는 지난한 여정을 거쳐 고향에 돌아온 오뒷세우스가 구혼자들을 몰아내고 아내 페넬로페와 다시 만나는 장면도 극적이지만, 나는 그가 이타케까지 돌아오는 여정에 주목한다.

오뒷세우스가 험난한 여정을 버티고 이겨나갈 수 있었던 것은 오로지 귀향, 이타케라는 목적지가 있었기에 가능했다. 그러나 더 중요한 건 여정에 녹아 있다. 우리는 여로에서 있었던 에피소드를 떠올리며 추억한다. 풍경과 먹을거리는 물론이고 서로 다퉜던 일마저도 웃으면서 회상한다. 이처럼 우리가 회상하는 건 그 여정에서 겪은 소소한 일들이다. 꼭 어디론가 떠나야만 여행이라고 할 수 있을까. 그렇지는 않다. 하루하루 일상이 곧 여행이다. 그러기에 여행은 우리 삶과 맞닿아 있다.

우리 삶 여정의 한 점인 일상을 가만히 들여다본다. 경험의 연속이고 조합이다. 매일의 새로운 경험들이 켜켜이 쌓여 한 사람의 인생이 된다. 언뜻 지나가는 눈길에는 반복하는 일상 같지만, 실제로는 모든 게 새로운 현상이다. 가족, 직장동료, 친구,

일, 심지어 사물조차도 그때 자신의 기분과 몸 상태에 따라 달라 보인다. 이러한 경험이 축적된 지식과 지혜는 삶을 영위해 가는 자양분이 된다.

오뒷세우스의 탁월한 상황 대처 능력도 그의 오랜 귀향길에 겪었던 수많은 고난에서 길러졌다고 할 수 있다. 저승 편에 오뒷세우스는 정부(情夫)와 눈이 맞은 부인에게 죽임을 당한 아가멤논을 만나는 장면이 나온다. 아가멤논은 그에게 자신의 아내 클뤼타임네스트라와 정부인 아이기스토스에게 비참하게 죽임을 당한 사연을 듣는다. 그리고 아가멤논은 이런 조언을 남긴다. "그러니 그대도 앞으로 아내를 너무 상냥하게 대하지 마시오. 여인들은 더는 믿을 수 없기 때문이오." 이 말을 새겨들은 오뒷세우스는 끝까지 아내 페넬로페를 의심하고 또 의심하고 확인하는 신중함을 나타낸다.

심지어 그는 여신 아테나도 떠보는 담대함을 가진다(이타케에 도착해서 확인하는 과정에서). 아테나는 그런 오뒷세우스를 향해 "꾀 많은 자여, 계략에 물리지 않는 자여!"라는 평가를 날린다.

다양한 경험을 할 수 있다는 건 축복받은 일이다. 이를 통해 세상을 바라보는 시야가 넓어지고, 이해의 폭이 깊어지면서 타인을 품을 수 있는 토대가 마련된다. 그러나 경험을 많이 한다고 해서 반드시 좋은 삶을 산다고 말할 수는 없다. 경험이 생각과 행동으로 바로 이어지는 것은 아니기 때문이다. 아무리 기초가 튼실해도 부실한 건축물이 생길 개연성이 항상 있는 것이다.

현실과 동떨어진 탁상공론·탁상행정이 그 방증인 셈이다.

과거 농경사회에서는 나이, 경험이 지혜와 지식의 척도였다. 하지만 지금은 'AI'니 '5G'같이 생소한 단어들이 난무한다. 한 번도 접해본 적이 없는 미래의 세계를 과거 경험의 잣대로 잴 수 없는 시대가 도래했다. 어른이 젊은이에게, 군대 선임병이 후임병에게, 직장 상사가 신입사원에게 하는 "나 때는 말이야…", "요즘 것들은…"이라는 핀잔은 속칭 꼰대 표현의 대명사가 된 지 오래다.

〈90년생이 온다〉(임홍택 저)는 '먼저 안게 오류가 되는 시대', '경험이 다 고정관념이고 경험이 다 틀린 시대'라고 극단적으로 표현하고 있다. 결국 경험을 어떻게 자신의 삶에 잘 녹여내느냐가 관건이다.

경험은 씨앗 같은 것이다. 농부가 밭에 씨앗을 파종하듯 우리 마음속에도 경험이라는 씨앗이 뿌려진다. 그 씨앗이 그냥 자라는 게 아니다. 제때에 물을 주고, 잡초를 제거하고, 때로는 해충제를 치는 정성이 들어가야 제대로 된 농작물을 수확할 수 있다. 이렇듯이 우리 마음 밭에도 끊임없는 수행과 성찰이 필요하다. 좋은 토양을 다져나가듯 그렇게 숙성의 과정을 거쳐야 한다.

그리고 변화에는 어떤 계기가 필연적이다. 그 계기는 삶의 여정(경험) 속에 존재한다. 촉발되는 계기는 대형 사고나 불치병 같은 큰 사건만을 뜻하지 않는다. 영화 한 편, 책에서 읽은 한 줄 글귀, 우연히 길가에 핀 야생화도 계기가 되기에 충분하다. 조그마한 뇌관에 충격을 가하면 폭발하는 대형 포탄이 연상된다.

모르겠다. 분명 내 삶에도 수많은 우여곡절이 있었거늘 마땅히 떠오르는 일이 없다. 부끄럽지만 어떤 경험들이 내 삶에 영향을 미치고 나를 변화 시켰는지, 한 번도 진지하게 물어보거나 성찰해본 적이 없다. 인정하고 반성하자. 그리고 시작하자. 꼭 지나온 여정에서 찾아야 할 필요가 있을까? 〈오뒷세이아〉를 읽고 있는 지금 이 순간, 나의 성찰이 촉발되고 있다.

〈오뒷세이아〉라는 대서사시에서 나의 시선을 오랫동안 사로잡은 부분은 저승 편이다. 다양한 사람이 죽음에 대하여 말하지만 그중에서도 트로이의 영웅, 불멸의 명성을 가진 신과 같은 아킬레우스가 한 말이 오랫동안 각인되어 있다.

그는 자기 죽음을 칭송하는 오뒷세우스에게 이런 말을 건넨다. "죽음에 대해 내게 그럴싸하게 말하지 마시오. 세상을 떠난 모든 사자들을 다스리느니 나는 차라리 지상에서 머슴이 되어 농토도 없고 재산도 많지 않은 가난뱅이 밑에서 품이라도 팔고 싶소이다." 저 불세출의 영웅도 화려한 명성보다 현세를 갈구하는 모습에서 독서를 잠깐 멈출 수밖에 없었다. 개똥밭에 굴러도 이승이 낫다는 것인가. 흠모해왔던 아킬레우스가 실망스럽기도 했지만, 꼭 그러한 이유만은 아니다.

호메로스는 아킬레우스를 통해 무엇을 말하고 싶었던 걸까. 그는 저승 편에서 독자들에게 어떤 메시지를 전달하고 싶은 걸까. 삶에 대해서 숙고하게 만드는 대목이다. 이기적인 무한 경쟁과 자극적인 쾌락을 추구하는 세상에 메멘토 모리(Memento mori, 죽음을 기억하라)라는 경종을 울린다. 이는 시대를 초월한 울림이다.

독일의 실존철학자 마르틴 하이데거(1889~1976)는 삶을 '죽음을 향한 행진'이라고 말한다. 인간은 이 세상에 태어나는 순간부터 죽음을 향해 한 걸음 한걸음 발자국을 내디딘다는 말이다. 그리고 피투성(被投性, Geworfenheit), 즉 자신의 의사와 무관하게 세상에 던져진 존재라고 말한다. 그러나 중요한 건 기투성(企投性, Antworfenheit), 즉 던져진 존재임을 자각하고 자신의 삶을 재구성하는 삶의 태도이다.

어떻게 살 것인가. 어떻게 사는 것이 잘 사는 인생인가. 나는 잘 살고 있는가. 스스로 화두(話頭)를 던져본다. 어차피 정답은 없다. 누구도 타인의 삶을 대신 살아줄 수도, 규정지을 수도 없다. 비슷한 경험을 하고도 다른 결론을 내리고, 모두 자신만의 기준으로 세상을 살아간다. 이 책을 함께 읽은 사람들조차도 그러하다. 누구는 오뒷세우스처럼 고난을 딛고 성공하고 싶다고, 어떤 이는 영생을 준다는 칼륍소의 말을 믿고 오귀기에 섬에 눌러앉고 싶다고, 혹자는 어차피 죽을 인생 편하게 살자며 허무주의를 외칠지도 모를 일이다. 경험을 어떻게 느끼고, 받아들일지는 각자의 몫이다.

이미 우리는 세상에 던져졌고, 죽음을 향해 나아가고 있다. 이러한 사실을 자각하고 삶을 재구성해야 한다. 다시 말해 피투성에서 기투성으로 삶의 태도를 바꾸어 나가야 한다.

무엇보다 자각이 중요하다. 자신을 있는 그대로 진실하게 대면할 수 있어야 한다. 그리고 끊임없는 자문(自問)과 치열한 성찰을 거쳐 삶을 재구성해야 한다. 어떤 다른 존재로 거듭나기 위해서는 흔들림 없는 의지와 지치지 않는 용기가 필요하다. 그렇게 인생의 주체성을 확보해 나가야 한다.

나는 삶을 내 의지대로 살아가고 있는가. 아니면 살아감을 당하고 있는가. 나는 여전히 던져진 피투성의 존재로 어느 곳에서 버둥거리며 살고 있는가. 퀴클롭스의 동굴에 갇혀 사투를 벌이고 있는가, 아니면 칼륍소에 붙들려 무기력하게 세월을 보내고 있는가.

삶은 여행이니 그 여정을 즐기라고 사람들은 말한다. 그 길에 어찌 꽃길만 있겠는가, 평탄한 순풍만 불길 바라겠는가. 때로는 포세이돈의 진노로 역풍을 맞는 오뒷세우스처럼 그렇게 시련을 겪으며 살아가는 것이 인생이다. 아니 오히려 역풍이 있어야 삶에 대한 의욕과 애정이 더욱 샘솟는다. 여행을 뜻하는 'travel'은 고난을 뜻하는 'travail'과 어원이 같다.

삶은 선(線)이 아니라 선처럼 보이는 점(點)의 연속이다. 다시 말해 인생은 찰나(순간)의 연속이다. 우리는 오늘을 살아가야 하고 살아갈 수밖에 없다. 인생은 흘러가는 것이 아니다. 우리는 하루하루를 그저 보내는 것이 아니고, 하루하루를 채워나가야 한다. 자신이 가진 그 무엇을, 자신의 것으로 말이다.

누군가 그랬다. 인간의 가장 놀라운 점 중 하나는 미래를 염려하느라 현재를 놓쳐버리는 것, 그리하여 결국 현재에도 미래에도 살지 못한다고.

단디 살자. '오늘!'을, '지금 여기!'를.

오뒷세우스와 함께 한 여행은 끝났지만, 나의 여행은 계속되고 있다. 부디 그 여행이 설렘과 호기심이 가득한 눈부신 여행이 되기를 소망한다.

박명철
아테나와 헤르메스를 닮은 보석 같은 아이들의 아빠. 2년 차 어설픈 풋내기 농사꾼.

9 오뒷세이아를 통한 영원한 귀소본능

인간의 내면에 잠재해있는 많은 본능 중에 귀소본능이 있다. 대부분의 사람은 고향을 떠나 자신과 가족의 행복을 위해 타향에서 살아가지만, 우여곡절을 겪으면서도 궁극적 목적은 고향에 대한 그리움 즉, 금의환향의 꿈을 이루는 데 있는 것이다. 연어의 회귀본능이나 수구초심(首丘初心: 여우가 죽을 때 자신이 살던 굴이 있는 언덕 쪽으로 머리를 향한다는 뜻)처럼 짐승도 예외가 아니다. 하물며 인간에 있어 자신이 태어나고 성장하던 고향에 대한 그리움이 오죽하겠는가. 인간은 살아서 고향으로 돌아가는 꿈을 이루지 못할 경우 죽어서라도 유해를 고향 땅에 묻히고자 하는 강한 귀소본능을 가지고 있다.

〈오뒷세이아〉는 귀향을 노래한 대서사시다. 현대적인 시각으로 〈오뒷세이아〉를 이해하고자 하면 상당한 무리가 따른다. 수

많은 신이 등장하고, 그 신들이 변화무쌍하게 변장하면서 현실적으로 불가능한 일들을 척척 해결하기 때문이다. 이처럼 신과 인간이 공존하는 시대의 이야기를 이해하려면 호메로스가 생존하던 시기로 거슬러 올라가는 시간 여행을 해야 가능하다. 그래야 당시의 가치관과 세계를 이해하면서 〈오뒷세이아〉의 참맛을 느낄 수 있다.

〈오뒷세이아〉 선왕인 아버지 라에르테스로부터 왕위를 물려받은 이타케의 왕 오뒷세우스에 관한 이야기이다. 그는 헬레네 구혼자들의 맹세를 지키라는 메넬라오스의 요구에 마지못해 응하면서 트로이 전쟁에 10년 동안 참전하게 된다. 대부분의 전우는 이미 전사하였고, 천신만고 끝에 죽음을 면한 전우들은 이미 귀향하였다.

오뒷세우스 역시 돌아오지 않자 이타케의 백성은 물론 가족들도 그가 죽었을 것이라고 여긴다. 이에 상심해 오뒷세우스 어머니는 세상을 하직하고, 아버지 라에르테스의 은둔생활에 들어간다. 오뒷세우스의 부인인 페넬로페는 어린 아들 텔레마코스를 홀로 양육하게 된다. 그녀는 신혼 시절에 그렇게 남편과 헤어져 독수공방으로 20년 동안 남편을 기다리는 신세가 된다. 페넬로페는 왕위가 비어있는 동안 실질적인 통치자 역할을 수행하지만, 권좌를 노리는 주위 귀족들의 구혼 대상이 되어 고통의 나날을 보내고 있다.

〈오뒷세이아〉는 홀로 살아남아 고향으로 돌아가기 위해 10년 동안 인고의 세월을 겪으면서 강한 집념으로 귀향을 실현하기까지 수많은 전사의 희생과 파란만장한 한 인간의 역경의 과정을 그려낸 영웅 오뒷세우스의 서사시이다.

서사시란 영웅에 대한 이야기를 노래한 것이다. 영웅은 스스로 만들어지기도 하지만, 전쟁을 통하여 전우들의 희생 속에서도 만들어진다. 오뒷세우스도 많은 전우의 죽음 위에 만들어진 영웅이다. 오뒷세우스를 위해 희생된 전사들은 그들의 죽음이 왕을 위한 충성의 명예로운 죽음이었던, 아니면 강요된 죽음이었던 역사의 뒤안길로 사라져버렸다. 반면 영웅은 불멸의 인간이 되면서 영웅의 반열에 오른다. 이는 동서고금 예외 없는 인간의 역사라고 할 수 있다. 오뒷세우스의 귀향 또한 많은 전우의 희생과 신들의 도움으로 이뤄졌다. 오뒷세우스는 전쟁이 끝난 후 12척의 배에 전우들과 나누어 타고 이타케의 고향으로 향한다. 그들이 함께 귀향하는 과정을 또 다른 시각으로 살펴보는 것도 의미가 있을 것이다. 〈오뒷세이아〉에서 영웅의 귀향을 도우는 지혜의 여신 아테나 편과 그의 귀국을 저지하려는 바다의 신 포세이돈 편이 이야기의 축을 이룬다. 트로이 전쟁의 영웅인 '도시의 파괴자', 오뒷세우스는 포세이돈 아들인 폴뤼페모스 눈을 멀게 한 죄로 귀향에 극심한 어려움을 겪는다. 포세이돈이 곳곳에서 오뒷세우스의 발목을 잡았기 때문이다.

그는 바다의 배꼽인 오귀기에 섬의 동굴 안에서 요정 칼륍소의 인질로 억지 남편 생활을 하고 있었다. 이러한 사실을 안 지혜의 신 아테나는 그의 귀향을 궁리한다. 아테나는 포세이돈이 없는 틈을 이용해 아버지 제우스를 비롯한 여러 신에게 회의 개최를 간청한다. 그 자리에서 아테나는 오뒷세우스의 처지를 호소한다. 이에 제우스는 그의 귀향을 약속하고, 전령자 헤르메스를 오귀기에 섬으로 보낸다. 오뒷세우스를 돌려보내라는 자신의 명령을 칼륍소에게 전달하기 위해서다. 또한, 오뒷세우스의 아들 텔레마코스는 아테나의 도움으로 오랫동안 실종된 그의 아버지 소식을 듣기 위해 이타케를 떠난다.

이처럼 오뒷세우스의 귀향은 이미 제우스가 정한 운명이다. 다만 그의 귀향은 신들이나 필멸의 인간들의 호송을 받지 못하고 홀로 뗏목으로 파이아케스족의 땅에 도착할 것이라는 예언 속에 진행된다.

오뒷세우스는 영원히 죽지도 늙지도 않게 해주겠다는 칼륍소의 제안을 거부하고 홀로 뗏목으로 항해하다가 파이아케스족의 땅에 천신만고 끝에 도착한다. 파이아케스족의 왕 알키노오스는 오뒷세우스의 귀향을 방해하는 포세이돈의 손자이다. 그는 평소에도 호송을 원하는 자들을 도와주는 고마운 왕이다. 그는 부인 아레테와 사이에 나우시카아란 예쁜 딸을 두었다. 나우시카아는 꿈에 나타난 여신 아테나의 지시대로 오뒷세우스를 만났고, 오뒷세우스의 귀향을 돕기 위해 왕비인 그의 어머니 아레테를 만나기를 권한다.

인연이란 참으로 묘한 것이다. 할아버지인 포세이돈의 방해로 그토록 고난과 역경을 겪고 귀향을 저지당하여 온 오뒷세우스가 그의 손자인 파이아케스족의 알키노오스 왕에게 도움을 받을 줄이야. 세상사의 아이러니지만 호메로스가 줄거리를 풀어가는 지혜가 놀랍다. 인간사에 있어 영원한 우군도, 영원한 적도 존재하지 않은 것이다.

알키노오스 왕과 왕비 아레테가 주최하는 만찬이 끝나자 아레테는 오뒷세우스의 신분과 근황에 관해 묻는다. 오뒷세우스는 포세이돈의 노여움으로 귀향할 기회를 놓치고 7년 동안 칼륍소에게 억류된 사연부터 파이아케스족에 도착해 딸의 도움으로 왕궁에 이르게 되는 과정을 대충 이야기한다. 알키노오스 왕은 그를 자신의 사위로 삼기를 희망할 만큼 신뢰하게 된다. 또 귀향을 원하는 그를 호송하기 위해 날랜 배 한 척과 52명의 훌륭한 젊은이를 선발한다. 알키노오스 왕은 또 황금과 귀한 선물을 준비해 귀국하는 오뒷세우스에게 전해주고는 궁전에서 송별을 아쉬워하는 성대한 잔치를 베푼다. 눈이 먼 가인 데모코오스가 자신에 관한 노래를 부르자, 오뒷세우스는 회환과 슬픔이 교차하는 미묘한 심정에 빠진다. 이를 간파한 알키노오스 왕은 연회의 중단을 지시하고, 오뒷세우스에게 솔직하게 말해주기를 바란다.

이에 오뒷세우스는 알키노오스 궁전에 오기까지 전 과정을 자세하게 털어놓는다. 그는 이타케의 선왕 라에르테스의 아들로서 온갖 지략으로 사람들에게 존경받는 자라고 자신을 소개

한다. 그에게 고향 땅과 부모보다 더 소중한 것은 없다고 말하면서 귀향에 대해 강한 집념을 드러낸다. 귀향을 하기 위해 트로이를 떠난 그는 키코네스족의 나라인 이스마로스로 가서 도시를 약탈하고 사람을 죽이며 여인과 재산을 나눠 가졌다. 하지만 이웃의 용감한 키코네스족들과의 전투에서 6명의 전우를 잃고 도주하고 말았다. 일행은 항해하던 중 열흘 만에 육지에 올라 로토파이고족과 어울린 뒤 다시 항해하여 오만불손한 퀴클롭스 나라에 도착한다.

그곳은 야생 염소가 수없이 많은 지상낙원과 같아서 일행은 고기와 술로 잔치를 벌였다. 다음날 오뒷세우스는 커다란 동굴을 발견한다. 그는 12명의 훌륭한 전우를 선발해 동굴 안으로 들어갔다. 주인 없는 그곳에는 우리마다 새끼 양과 치즈 등이 가득했다. 전우들은 치즈와 새끼 염소와 양을 배에 실어 돌아가자고 하였으나, 오뒷세우스는 그 말을 듣지 않았다. 오만하고 무모한 그의 성격이 뒷날 전우들의 생명을 앗아가는 화근이 될 줄 누가 알았으랴.

가축 떼를 몰고 온 동굴 주인인 거인족 퀴클롭스는 침입자를 발견하고 누구인지를 묻는다. 이에 오뒷세우스는 트로이 전쟁에서 이기고 돌아오는 아가멤논의 백성을 손님으로서 환대해 주기를 요구한다. 하지만 퀴클롭스는 이 제안을 일언지하에 거절한다. 도리어 그는 두 전우를 땅바닥에 내리쳐 토막 내 인육으로 저녁 식사를 한다.

이틀에 걸쳐 6명의 전우가 퀴클롭스의 식사용으로 희생되었다. 전우를 잃은 오뒷세우스는 괴물의 사내를 제거할 궁리를 모색하느라 고심하던 중 포도주로 퀴클롭스를 유혹하는 꾀를 낸다. 그는 이름을 묻은 퀴클롭스에게 후환을 예상하고는 '아무도 아니'라고 대답한다.

오뒷세우스 일행은 술에 취한 퀴클롭스의 눈에 불에 달군 올리브 나무를 돌려 박아 넣는다. 눈이 멀게 된 괴물 퀴클롭스 폴뤼페모스는 그를 도우러 온 동족들에게 자신을 가해한 자의 이름이 '아무도 아니'라고 고함을 친다. 이에 동료들은 눈이 멀게 된 이유를 제우스의 뜻으로 돌리며 눈 치료를 위해 아버지 포세이돈에게 기도하라고 말하며 자리를 뜨고 만다. 오뒷세우스의 책략이 정확하게 들어맞는 순간이다.

오뒷세우스 일행은 폴뤼페모스가 기르는 양의 배에 매달려 동굴을 탈출한다. 눈을 잃은 폴리페모스의 약점을 이용한 작전이었다. 오뒷세우스 일행은 6명의 전우를 잃은 대신 많은 가축을 배에 싣고 항해를 떠난다. 하지만 오뒷세우스는 그 도중에 퀴클롭스를 향해 조롱하는 말을 던진다. 눈이 멀게 된 것은 인육을 먹은 죄에 대한 제우스의 벌이라고 놀린 것이다. 퀴클롭스는 이에 분노해 산봉우리를 뽑아 뱃전으로 던져버린다. 그러자 큰 물결이 일어 배가 전복할 위기에 처한다. 그런데도 오뒷세우스는 전우들의 적극적인 만류에도 또다시 퀴클롭스를 조롱하는 오만함을 보인다. 더욱이 자신의 이름과 정체를 드러내는 실수를 범하고 만다.

무척 화가 난 폴뤼페모스는 포세이돈 왕에게 이렇게 기도한다. “내가 진실로 그대의 아들이고 그대가 나의 아버지이심을 자랑스럽게 여기신다면 이타케의 집에 사는 라에르테스의 아들이자 도시의 파괴자인 오뒷세우스가 집에 돌아가지 못하게 해주소서. 그러나 그자가 가족들을 만나고 잘 지은 집과 제 고향 땅에 닿을 운명이라면 전우들은 다 죽고 나중에 비참하게 남의 배를 얻어 타고 돌아가게 하시고 집에 가서 고통받게 하소서.”

포세이돈이 오뒷세우스의 귀향을 그토록 방해한 원인은 바로 그의 아들 폴뤼페모스의 눈을 멀게 하였기 때문이다. 6명의 전우를 잃어버린 것에 대한 모든 책임은 오뒷세우스에게 있다. 지휘자는 자신의 전우의 생명에 대하여 무한 책임을 가져야 한다. 자신의 오만함과 자만심, 그리고 무모한 영웅심이 결과적으로 6명의 고귀한 생명을 잃게 했다.

동굴에 도착할 당시 그는 유제품과 일용할 가축 몇 마리만 가지고 떠나자고 한 전우들의 제안을 묵살하고 자신의 지략만을 믿고 한 행동 때문에 돌이킬 수 없는 결과를 초래하였다. 그가 조금만 냉철한 판단을 하였다면 잃지 않아도 되는 전우들이었다. 그리고 그의 귀향도 순조로웠을 것이다. 호메로스는 인간의 무한한 욕심과 도전, 그리고 무모한 모험심의 잘못을 일깨워주기 위해 그처럼 이야기를 전개했으리라.

그들은 아이올로스가 지배하는 ‘떠다니는 섬’ 도착한다. 그곳에 만 한 달 동안 머물며 환대 받는다. 아이올로스는 모든 바람을 자유자재로 부릴 수 있는 황소 자루 하나를 주면서 순조로운 항해를 바란다. 오뒷세우스 일행은 그 덕택에 열흘째 되는 날 고향 땅에 가까이 갈 수 있게 된다. 하지만 오뒷세우스가 잠든 사이, 그들의 전우들이 그만 바람 자루를 열고 만다. 트로이 전쟁 전리품을 많이 가진 오뒷세우스가 또 아이올로스 왕에게 황금과 보물이든 자루를 받아 가는 것으로 생각했기 때문이다. 불공평한 분배에 불만을 느낀 것이다. 이 때문에 그들이 탄 배를 폭풍에 날려 고향 땅에서 더 먼 곳으로 날려가고 만다.

전쟁에서 승리한 영웅은 수많은 전리품 중에 가장 훌륭한 보물을 가지는 게 당연한 일이다. 그러나 함께 참전한 전우들에게도 불만이 없도록 분배해 주는 것은 장수의 덕목이다. 어느 전쟁이라도 영웅 혼자 감당할 수 없다. 전쟁에 승리한 영웅은 재물보다는 명예를 누리게 된다. 명예가 재물보다 더 소중한 것이다. 전쟁에 함께 참전한 전우들에게도 일정량의 포상은 필요한 것이다. 상·하간의 신의가 근본이 되어야 하는 것이다.

일찍이 공자는 정치를 하는 것에 관해 묻는 자공에게 이렇게 대답한다. "식량과 군대와 신의가 있어야 하지만, 그중에서 가장 중요한 것은 무신불립, 즉 신의이다." 백성의 신의가 없으면 나라 역시 존립할 수 없다. 오뒷세우스 일행의 신의 상실 역시 엄청난 불행을 낳았다. 신의를 상실하면 회복할 수 없는 파국으로 치달을 수밖에 없다는 점을 일깨워준 것이다. 그 원인이 바로 오뒷세우스의 욕심이다.

옛새 동안의 항해 끝에 도착한 라이스트뤼고네스라고 불리는 거인 식인종이 사는 해변에 도착한다. 안티파테스 왕의 동정을 살피려 보낸 정탐자와 전령 등 3명 중 한 명은 왕의 식사용 재료가 되는 불행을 맞는다. 일행은 도주 중에 거인족이 던진 돌덩이에 맞아 함선들이 파괴되고 죽은 전우들은 작살에 꿰여 식사 재료가 되는 대참사가 일어난다. 다행히 오뒷세우스가 탄 배는 무사히 빠져나올 수 있었다.

전우를 잃은 비통한 마음으로 항해를 하던 중 무서운 여신 키르케가 사는 아이아이에섬에 도착하였다. 전멸을 피하기 위해 오뒷세우스는 전우들을 두 패로 나눈다. 에우륄로코스를 인솔자로 하여 22명의 전우를 먼저 키르케 궁전에 보냈으나, 모두 키르케가 준 음식을 먹고 돼지가 되고 만다. 다만 뒤에 처진 에우륄로코스만 화를 면하고 함선으로 돌아와 이 사실을 보고하였다. 오뒷세우스는 헤르메스 신의 도움으로 마술의 요정 키르케를 만나 돼지로 변한 전우들을 모두 전보다 준수한 남자로 만들 수 있게 된다. 또 키르케의 호의로 일 년 동안 날마다 잔치를 하면서 그곳에서 머물게 되었다. 오뒷세우스는 키르케에게 이제 집으로 보내주겠다던 약속을 이행하라고 요구하나, 키르케는 하데스의 눈먼 예언자 테이레시아스의 혼백에게 먼저 물어보는 여행을 마쳐야 한다고 이른다.

저승 여행을 하기 전에 그만 오뒷세우스는 젊은 전우 한 명을 또 잃게 된다. 그는 엘페노르로 술에 취해 궁전 지붕에서 자다가 출발하는 소리를 잠결에 듣고 뛰어내리다 죽음을 맞이한 것이다. 저승 여행에서 테이레시아스를 기다리는 도중에 오뒷세우스는 젊은 유령 엘페노르를 만나게 된다. 이 유령은 자신의 장례식을 해달라고 요구한다. 저승 여행이 끝난 후 아이아이에섬에서 이 유령의 시신과 무구를 화장하고 무덤을 만들게 된다. 오뒷세우스가 죽은 전우를 위하여 장례를 치른 것은 엘페노르가 유일하다.

날이 밝아 떠날 때 키르케는 오뒷세우스에게 세이렌 자매와 스퀼라 동굴을 통과하는 방법을 가르쳐 준다. 헬리오스 섬의 휘페리온 요정들이 키우는 가축과 뿔이 굽은 소를 해치지 않으면 고생하더라도 무사히 이타케에 도착할 수 있다는 말도 건넨다. 만약 그 가축들을 해친다면 파멸하게 된다고 경고한다. 설사 오뒷세우스가 생존하더라도 전우들을 모두 잃고 비참하게 귀향하게 될 것이라고 예언한다.

오뒷세우스는 키르케의 당부에도 방심하여 스퀼라 동굴을 통과할 때에 소용돌이의 큰 파도에 전우 6명의 목숨을 잃고 만다. 그들은 전우가 희생당한 참혹한 광경을 뒤로하고 훌륭한 소들과 작은 가축이 많이 있는 헬리오스 휘페리온 섬에 도착하였다.

에우륄로코스가 날은 어둡고 굶주림에 지친 전우들을 위해 상륙하기를 건의하자 다른 전우들도 찬동한다. 오뒷세우스는 할 수 없이 그들의 말을 따랐으나 소나 가축을 죽이지 않겠다는 전우들의 맹세를 받아낸다. 그러나 한 달 내내 남풍이 불지 않아 출항하지 못하자 굶주림에 지친 전우들은 오뒷세우스가 잠든 사이 굶어 죽느니 차라리 소를 잡아먹자는 에우륄로코스의 말에 모두 찬동하여 휘페리온의 가장 훌륭한 황소를 잡아 잔치를 베풀고 일곱 번째 날 항해를 시작하였다. 예언자의 신신당부를 무시한 이들은 벌을 받게 된다. 분노한 제우스가 천둥과 번개를 동반한 돌풍을 일으키자 돛대가 부러지면서 키잡이는 두개골이 박살나서 죽었고, 배 안에 벼락이 떨어져 배가 부서지면서 모든 전우들이 배에서 떨어져 사망하고 만다.

신들의 도움으로 생존할 수 있었던 오뒷세우스만 혼자 살아남아 아흐레째 표류하다가 열흘 만에 오귀기에섬에 상륙한다. 그는 7년간 칼륍소의 억지 남편 노릇을 하다가 아테나의 도움으로 탈출할 수 있게 된다.

이후 파이아케스족의 알키노오스 왕을 만나게 된다. 이제까지의 자초지종을 오뒷세우스로부터 들은 알키노오스는 다시 표류하지 않고 집으로 돌아갈 것이라며 호감을 보인다. 이 왕은 오뒷세우스에게 보물이 가득 들어 있는 궤짝을 몸소 배 안에 실어준다. 식사 후 가인이 악기를 연주하는 도중에 오뒷세우스는 해가 지는 것을 바라보며 이타케로 출항하기만을 기다렸다. 이윽고 알키노오스와 왕비에게 고마움의 이별 인사를 하고 배 위에 오르자 그는 아테나의 도움으로 깊은 잠에 빠져버렸다. 이튿날 아침 배는 이타케의 땅 동굴 앞 모래 위에 아직 잠이 깨지 않은 오뒷세우스를 내려놓는다. 그는 이렇게 꿈속에서 20년 만에 맞은 귀향의 첫발을 내딛게 된다.

오뒷세우스는 잠에서 깨자마자 황금과 고귀한 선물부터 확인하는 물욕이 강한 왕이다. 위의 이야기는 오뒷세우스가 구혼자들의 맹세를 내세우며 트로이 원정에 동참을 요구하는 메넬라오스의 요구에 마지못해 출전하여 전쟁이 끝난 후 이타케 항으로 출발하여 고향 땅에 첫발을 닿기까지의 과정을 요약한 것이다. 전쟁은 서로가 죽이고 죽는 게임이다. 그는 세습 왕이다. 신혼 초에 노부모와 어린 아들 그리고 미모의 부인을 두고 생사의 갈림을 알 수 없는 전쟁에 참전한 영웅이고 전사들을 이끄는 훌륭한 장수이다.

그는 천신만고의 역경을 겪었고, 귀향 과정에서 셀 수 없을 정도의 전우를 잃고 홀로 고향 땅을 밟은 사람이다. 그는 영웅으로서는 몰라도, 장수로서 기본적인 덕목을 갖추지 못했다. 그는 트로이 전쟁에 참전하여 승리한 영웅이다.

전쟁은 이미 끝났고 고국으로 향하는 일만 남았다. 여기서 일어난 여러 불행의 원인은 오뒷세우스의 명백한 잘못이다. 그러나 호메로스는 이에 대하여 언급하지 않는다. 그것이 영웅담이고 서사시이다. 그렇게 자신만 살아남아 고독하게 돌아온 오뒷세우스는 잠에서 깨어나자마자 알키노오스가 보내준 귀한 선물부터 눈으로 확인한다. 죽은 전우들은 안중에도 없는 파렴치한 재물의 화신처럼 비추어진다. 이와 같은 오뒷세우스의 행동을 과연 정의로운 영웅이라 부를 수 있을까, 자신을 위해 수많은 전우들이 희생되어도 조금의 관심도 없는 그의 행동을 호메로스는 과연 어떻게 생각하고 있을까, 〈오뒷세이아〉에서 나오는 무명 용사들의 죽음에 대해 영웅을 위한 억울한 죽음이라는 표현 이외에 다른 말을 할 수 없을 것 같다.

아무튼 천신만고 끝에 유일하게 생존하였기에 오뒷세우스는 영웅이 되었다. 난관마다 뛰어난 지략을 발휘한 그는 헌신적으로 도와준 지혜의 신 아테나 덕택에 그토록 원하던 귀향의 꿈을 10년 만에 이룰 수 있었다.

호메로스 메시지는 수많은 전사의 죽음 위에 홀로 돌아온 영웅 오뒷세우스를 통하여 인간이 살아가는 고난의 긴 여정을 이야기한 것이라고 할 수 있다.

김환구
동래향교 감사 및 퇴계학 부산연구원 운영위원.

누구에게나 돌아갈 고향이 있다

오뒷세우스는 트로이 전쟁이 끝난 후 바로 고향으로 떠난다. 우리네 부모들 역시 일제강점기라는 숨 막히는 질곡과 한국 전쟁이라는 전쟁의 참화를 겪으면서도 끈질기게 살아남아 우리에게 고향이라는 유산을 남겨주었다.

나락 농사를 짓거나 바닷가에서 물고기를 잡는 부모가 살았던 고향의 좁은 골목길에는 술래 동무의 깔깔거리는 웃음소리가 지금이라도 터져 나올 것 같은 추억들이 묻어 있다. 그리고 세월이 흘러 늙고 병들어 하나둘씩 한 줌의 흙으로 돌아간 부모는 동네의 전경이 한눈에 내려다보이는 뒷동산에서 잡초를 뒤집어쓴 채 자식의 금의환향을 손꼽아 기다리고 있으리라.

자식들은 초등학교, 중학교를 졸업하자마자 부모의 모습을 애써 외면한 채 도시로 나왔다. 보다 나은 삶을 위해 경쟁적으로 고등학교 혹은 대학교에 가야 했기 때문이다. 햇볕에 잔뜩 그을려 주름이 깊게 패어 실제 나이보다 훨씬 더 들어 보이는 부모는 그렇게 고향을 떠나는 자식을 배웅했다.

자식들은 그 후 도시에서 화려한 네온사인과 편리한 아파트 문명에 취해갔다. 또 부드럽고 달콤한 음식들이 지천에 늘려있는 도시에서 배불리 먹고살았다. 심지어 비만, 당뇨병 등 각종 성인병으로 전전긍긍하며 고향을 잊고 지냈다.

이제 고향에 남은 빈집들은 빗물이 녹슨 양철지붕 틈새로, 나무 기둥이나 서까래 속으로 파고 들어가면서 하나둘 무너져 가고 있다. 좁은 마당에는 잡초가 무성해지고 아예 잡목들이 자라났다. 집안으로 발을 디딜 수 없게 된 고향의 집들은 그렇게 하나둘 잊혔다.

이제 그 고향은 MBN 방송 채널의 '나는 자연인이다'라는 프로그램에서 살아나고 있다. 개그맨 윤택, 이승윤이 출연하는 이 프로그램은 비슷한 패턴이 이어지므로 딱히 주제나 구성면에서 특별할 게 없다. 그런데도 도시에서 상처받은 중·노년들이 TV앞에 앉아 시간을 보내며 위로를 받는다.

산속 깊은 곳에 살고 있는 이 프로그램의 주인공들은 화전민이 버려둔 집을 수리하거나 손수 집을 지어서 제 형편대로 살아가고 있다. 그들은 아침에 일찍 눈을 떠 운동을 하면서 가축을 돌보거나, 텃밭을 손질하며 자신이 기른 채소를 수확한다. 식사 후 느긋하게 휴식한 후에 운동 삼아 집 주변 산속을 누비며 약초를 캔다. 자연인들의 일상은 대체로 단순하고 단조롭다. 어쩌면 변함없는 생활이 반복되기에 권태감을 느낄 수도 있겠다는 생각이 든다.

그나마 생명이 움트는 봄이나 숲이 무성한 여름, 그리고 풍성한 수확이 있는 가을에는 그런 무료함이 덜할 것이다. 하지만 눈이 쌓이고 혹한의 추위가 있는 겨울에는 어떻게 살아갈 것인가? 이분들이 우리처럼 책을 좋아한다면, 겨울 한 철 동안 두문불출하면서 따뜻한 아랫목에서 고전을 읽으며 다시 찾아올 봄을 기다릴지 모른다는 상상을 해본다.

자연인들이 저마다 산으로 바닷가로 들어온 사연들은 다양하다. 구구절절하게 흘러나오는 그 얘기들이 시청자들의 마음을 아프게 한다. 그러나 자연 속에서 그 아픔을 잊고 상처를 치유하면서 유유자적하고 느릿한 삶을 추구하며 누구보다도 행복하게 생활하고 있는 그들의 모습을 보면서 시청자들은 함께 기뻐한다.

이처럼 자연인들과 함께 울고 웃다 보면 한 시간이 후딱 지나간다. 재밌게 이야기를 풀어나가는 윤택, 이승윤의 진행 솜씨도 시청자의 몰입을 돕는다.

그래서 누구나 부담 없고 편안하고 소박한 즐거움을 이 프로그램에서 얻을 수 있다. 그 느낌은 어쩌면 자연인을 통해 자신의 고향을 되찾는 대리 만족감일 수도 있다.

〈오뒷세이아〉의 주인공 오뒷세우스가 그렇게 찾아가고자 하는 고향에는 무엇이 있었을까? 아마 꿈에도 그리는 사랑하는 아내 페넬로페와 아들 텔레마코스일까? 아니면 그의 재산일까?

오뒷세우스 아내 페넬로페는 스파르타의 이카리오스와 물의 요정 페리보이아 사이에 태어난 딸이다. 그리스 군이 트로이를 함락한 뒤 10년이 지나도록 그의 남편 오뒷세우스가 돌아오지 않고 있을 때, 그의 고향 이타케의 저택에는 젊은 귀족들이 모여들어 남편을 기다리는 페넬로페이아에게 구혼을 하면서 밤낮으로 연회를 벌인다. 그녀는 이 구혼자들을 따돌리기 위해 궁리하던 끝에, 시아버지인 라에르테스의 수의를 다 짤 때까지 기다리라고 말한다.

그녀는 그 후 낮에는 베를 짜고 밤이면 그것을 다시 풀고 하여 시간을 끌었다. 이렇게 3년의 세월이 흘러간 어느 날, 하녀가 이 비밀을 구혼자들에게 누설하고 말았다. 위기의 상황 속에서 트로이 전쟁을 끝내고 20년 만에 돌아온 남편 오뒷세우스는 그 구혼자들을 응징하였다. 남편의 오랜 출타 중에도 지조와 절개를 지키면서 많은 구혼자들의 유혹을 물리치고 남편이 살아 돌아올 것을 굳게 믿은 페넬로페야 말로 열녀의 귀감이 될 만하다.

다음은 용맹한 오뒷세우스의 아들 텔레마코스이다. 그 또한 그의 아버지를 쏙 빼닮아서 용맹하고 이제 막 청년의 시기임에도 누구도 범접할 수 없는 거의 완벽한 인물로 그려지고 있다. 아버지의 귀국을 앞두고 아테나 여신의 도움으로 그는 어린 소년에서 급성장하여 늠름한 청년이 된다. 이런 텔레마코스의 모습에 그의 어머니 페넬로페조차도 놀라움을 금치 못한다. 그리하여 그는 어머니를 보호하면서 의연하고 당당하게 그를 제거하려는 사악한 구혼자들의 음모에 맞서며 존재감을 과시한다. 그리고는 이윽고 귀향한 아버지와 눈물로 상봉하며 기쁨을 나눈다. 이제 마침내 함께 힘을 합쳐 구혼자들을 몰아내는데 성공하게 된다.'

인간은 사춘기가 되면 본능적으로 이성에 눈을 뜬다. 수험 공부에 매달리느라 본능을 억제한 채 숨죽이고 지내다 어느덧 청년기가 접어들면 저마다의 행복을 찾아 사랑을 한 후 결혼을 한다. 부양가족이 생긴 후 안정적인 삶을 꾸려가는 사람이 있는가 하면, 사업 실패 등으로 가정불화가 끊이지 않는 이도 있다. 또 일찍 찾아온 병마로 짝과 사별을 하거나 뜻하지 않는 사고로 홀로 남겨지는 경우도 없지 않다.

지금의 가족들은 각자 바쁜 생활을 하다 보니 예전보다 유대감이 없어 보인다. 그 틈새로 애완견이 가족보다 훨씬 깊숙이 들어와 있다. 오뒷세우스가 고대에서 현대로 날아온다면, 과연 이러한 가족들 구성원 곁으로 돌아오려는 의지와 용기를 가질 수 있었을까 의문이 들 정도다.

현대 인간은 개체화되고 물신화되면서 뿔뿔이 흩어지고 있다. 따라서 대가족이 해체되고, 핵가족과 1인 가구들이 늘어난다. 문전옥답 위로 아파트들이 하늘을 높은 줄 모르고 오르는 이유다. 그래도 모자란다고 앞으로 계속 지어야 한단다. 이러한 개체화, 물신화는 우리의 신화를 사라지게 하고 있다. 이런 허전함을 잊기 위해 〈오뒷세이아〉 같은 고전 작품에 열광하고 있을지 모른다.

그러면 오뒷세우스가 고향으로 돌아가면서 갖은 고난을 겪게 된 이유는 무엇일까?

'트로이 목마 작전이 성공하여 그리스 군이 트로이를 점령하게 되었을 때, 오뒷세우스가 포세이돈 신전의 기둥을 뽑은 적이 있었다. 그리고 오뒷세우스가 뱃길에 막 나섰을 때, 외눈박이 퀴클롭스의 섬에서 포세이돈의 아들인 폴리페모스의 눈을 찔렀다. 이에 분노한 바다의 신인 포세이돈이 오뒷세우스의 화려한 귀향길에 훼방을 놓았다. 그래서 오뒷세우스가 키르케에게 고향으로 무사히 돌아갈 방법을 물었더니, 키르케는 그 해답을 말해 줄 수 있는 사람은 예언자 테이레시아스밖에 없다고 대답했다. 그러나 테이레시아스는 이미 산 사람이 아니었기에 저승으로 가야만 그를 만날 수 있다는 것을 키르케로부터 알게 되었다.

오뒷세우스는 키르케가 알려 준 대로 배에 암양 한 마리와 수양 한 마리를 싣고 몇 날 며칠을 바람을 따라 항해하여 저승에 도착한 뒤, 땅에 구덩이를 파고 우유와 포도주, 샘물, 그리고 양의 피를 거기에 담고 테이레시아스를 불렀다. 테이레시아스는 그 제물을 마시고 고향으로 돌아가면서 마주치게 될 위험들을 피할 방법을 알려 준다. 기어이 고향으로 돌아가게 된다면 손에 여러 사람의 피를 묻히게 될 것이며, 그 피의 저주를 씻기 위한 방법까지 말해 주었다.'

결국 우리의 인생 행로에서 포세이돈이 퍼부었던 저주의 의미를 생각해보면 많은 시사점을 느낄 수 있다. 인간으로서 존엄성을 갖추고 살아가는데 있어 여러 가지 필요한 것들을 들 수 있는데, 그 가운데 무엇보다도 중요한 게 함께 살아가고자 하는 마음가짐과 상대방의 다양성을 인정하고 포용하는 마음일 것이다. 이런 자세에서 벗어나는 일을 우리 주위에서 자주 볼 수 있어 가슴 아프다. 부모의 삐뚤어진 자식 사랑 때문에 왜곡이 심화하는 우리나라 교육체제도 그중 하나이다. 얼마 전 경남 진주에서 발생한 '안인득 사건'에서도 그런 그림자가 보인다. 사회적 실패자들이 조현병을 겪고, 그 분노한 감정들을 표출하는 과정에서 사람들의 삶들이 얼마나 허술하고 허망해지는지 새삼 아프게 다가오는 것이다. 그리고 핵무기, 해양오염, 미세먼지, 각종 테러 등이 현대판 포세이돈의 저주가 아닐까 생각해 본다.

'오뒷세우스는 그 예언을 듣고 다시 지상으로 돌아와 키르케와 작별을 한다. 키르케의 섬을 떠나 오뒷세우스가 가장 먼저 마주치게 된 위험은 바다의 요괴 세이렌이었으나 무사히 그곳을 통과할 수 있었다.

이후에도 스퀼라와 카륍디스라는 요괴가 살고 있는 해협을 지나게 되는데, 이때 많은 부하가 죽지만 오뒷세우스는 살아난다.

그다음에 도착한 섬은 티탄인 히페리온이 소를 키우는 곳이었다. 테이레시아스가 남의 소를 넘보지 말라는 예언을 했기 때문에 오뒷세우스는 부하들에게 엄히 경고하지만, 부하들은 그 말을 어기고 소를 잡아먹어 버린다. 오뒷세우스는 급히 배를 몰아 섬을 떠나지만, 출발한 지 얼마 되지 않아 폭풍이 불더니 배가 카륍디스 쪽으로 다시 흘러간다. 결국 배는 부서져 버리고, 부하들은 모두 목숨을 잃게 되었다. 그 와중에서 오뒷세우스는 파도에 휩쓸려 바다의 요정 칼륍소의 섬으로 표류하게 된다.

오뒷세우스는 칼륍소와 그 섬의 아름다움에 마음을 빼앗겨 7년을 그 곳에서 보낸다. 그러나 오뒷세우스가 고향을 그리워하는 마음을 잊지 못한 것을 안 칼륍소는 그에게 뗏목을 만들 수 있는 도끼와 배에 실을 식량을 내어 준다. 오뒷세우스는 뗏목을 만들고 식량을 실어 섬을 떠난다. 그러나 떠난 지 오래 되지 않아 오뒷세우스는 다시 풍랑을 만난다.

파이아케스의 공주 나우시카아가 바닷가에 정신을 잃고 쓰러져 있는 오뒷세우스를 발견해 그를 구한다. 이때 오뒷세우스는 기억을 잃은 상태였으나, 한 음유시인이 오뒷세우스에 대해 부르는 노래를 듣고 기억을 되찾게 된다. 그래서 오뒷세우스는 파이아케스인들이 준 많은 보화를 배에 싣고 귀향하게 된다.

이타케에 도착한 오뒷세우스에게 아테나가 나타나 현재 이타케의 상황을 알려 주어 자신의 충복이었던 에우마이오스를 찾아가면서 서서히 실마리를 풀어가고, 그리고 돌아온 아들 텔레마코스와 함께 자신의 가족과 재산을 되찾는다는 무용담이다.'

위의 줄거리에서 보듯 오뒷세우스는 험난한 역경을 놓이기도 하고 꿀처럼 달콤한 한 때를 보내며 바삐 가야할 목적지를 망각한 채 은둔세월을 보내기도 한다. 그런 점에서 그 시대와 우리 내 인생살이와 많이 닮아 있다. 대학 재수, 취업 재수, 결혼 실패, 사업부도 등 수많은 난관이 우리 앞길을 가로막는다. 때로는 그 반대의 일들로 삶의 벅찬 희열을 느끼기도 한다.

누구도 이런 삶을 피해갈 수 없다. 슬프나 즐거우나 살아내야 하는 게 우리네 인생일 것이다. 오뒷세우스처럼 화려한 무용담이 아니더라도 인생은 인생이다. 어떤 때는 경제적 동기가 없어도 온몸을 던질 수도 있다. 그것은 사람마다 다르다. 하지만 분명한 건 더불어 사는 협력자들의 소중함이다. '독불장군 없다'는 옛말이 괜히 나온 게 아니라는 교훈을 〈오뒷세이아〉를 통해 얻는다.

'이후 오뒷세우스는 테이레시아스가 알려준 대로 자신의 손에 묻힌 피의 저주를 씻기 위해 의식을 올린다. 바다라는 말을 들어 본 적이 없는 땅으로 가서 아직 동정을 지니고 있는 황소, 수 돼지, 수양 한 마리씩을 잡아 포세이돈 신에게 속죄의 제사를 올리는 것이었다. 이로서 기나긴 오뒷세우스의 여정이 끝을 맺는다.'

성경말씀에 의하면 하느님은 빛과 어둠, 하늘과 땅을 창조하시고 지상에 최초의 인간이자 남자인 아담을 창조하셨다. 하느님은 에덴동산 가운데에 생명나무와 선과 악을 알게 하는 나무를 두시고, 아담에게 선과 악을 알게 하는 나무의 열매는 따 먹지 말라고 명하셨다. 아담의 협력자로 하느님이 창조하신 지상의 두 번째 인간이자 여자인 이브가 뱀의 꾐에 속아 선과 악을 알게 하는 나무의 탐스러운 열매를 따 먹었고, 아담도 이브가 가져다준 이 열매를 먹었다. 이들이 하느님의 명을 어기고 그 열매를 먹은 것은 하느님에게 죄가 되었다.

이것이 대부분의 기독교인이 이해하고 있는 인간의 원죄이다. 그리고 하느님은 이 죄에 대한 죗값으로 아담과 이브에게 삶의 고난을 벌로써 내리셨다.

인간의 원죄는 욕망으로 귀결되며, 이러한 수많은 욕망이 삶을 발전하는 동력이 되기도 하지만 지나치게 발현되면 위기로 내몰곤 한다.

우리 인생에서도 저마다 돌아가야 할 고향이 있다. 그 귀향길에는 세이렌, 칼륍소 같은 유혹들이 손을 뻗어 파멸을 유도하고 있고, 때로는 페넬로페, 텔레마코스, 에우마이오스같이 언제나 내 편이 되어주는 협력자들로 있다. 분명한 것은 이러한 원죄인 욕망을 잘 다스리면서 신에게 감사하는 마음과 태도야말로 고향으로 다가갈 수 있는 잰걸음이라고 할 수 있다. 그럼, 저마다의 고향으로 가자.

문익권
책 냄새는 어머니의 젖 내음처럼 안온하고 포근합니다. 책 읽는 삶을 일생의 소원으로 삼은 사람입니다. 교수님을 만나고 책을 좋아하는 학우들을 만난 것이 일생일대의 행운입니다.

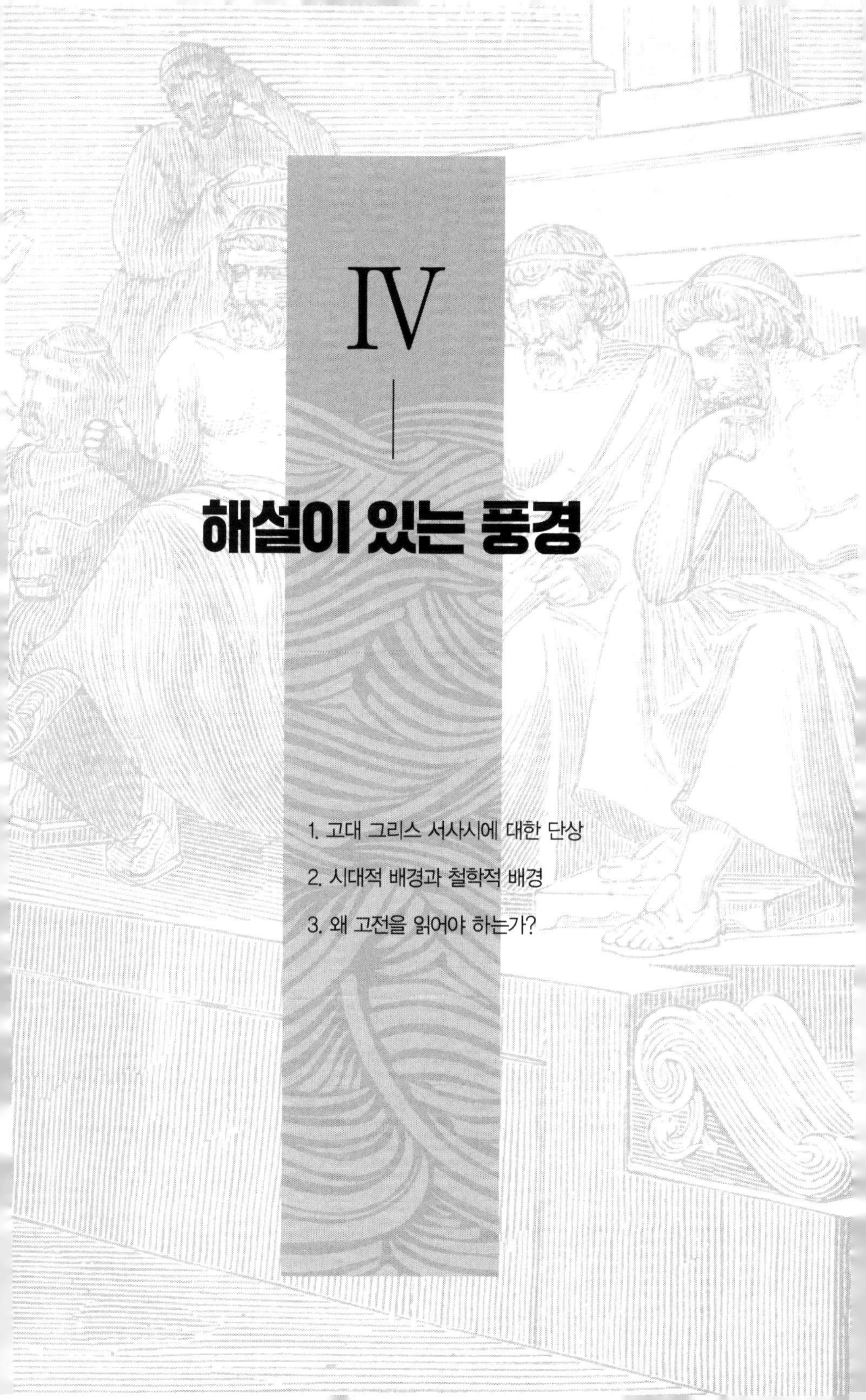

Ⅳ

해설이 있는 풍경

고대 그리스 서사시에 대한 단상

우리가 아이일 때 할머니에게 옛날이야기를 해달라고 졸라댄다. 할머니가 소설가도 아닌데 어찌 매일 다른 얘기를 할 수 있을까. 이야기 바구니가 풍성한 할머니라도 3~4개의 레퍼토리 정도면 고수에 속한다. 나의 할머니는 레퍼토리가 딱 하나였다. 늘 같은 이야기가 이불 속에서 펼쳐졌다. 그 이야기는 나에게 날마다 달리 들렸다. 할머니가 즉석에서 약간의 소재를 덧붙인 것과 나의 상상력이 합쳐져 어제와 완전히 다른 내용으로 변해 버린다.

할머니가 의도했든 의도하지 않았든 이야기 속에는 우리 문화가 가지는 어떤 총체성이 포함돼 있다. 하나의 이야기 속에 보편성이 담겨 있고, 등장인물마다 그 시대의 상징성을 띤다. 아이는 이야기 속 주인공의 영웅적인 행동을 동경할 것이고, 할머니는 그런 인간상을 아이에게 심어주고 싶었을 것이다. 어느 시인의 표현 방식을 빌린다. '나를 키운 팔 할은 할머니의 이바구였다'라고. 할머니는 돌아가셨지만, 그 이야기는 나에게 신화로 남아 생각과 행동을 인도 중이다.

그리스 아이들은 지금도 교육 기간 내내 호메로스 서사시를 읽는다. 그들은 자신들의 옛 신화를 통해 무엇을 배울까. 나에겐 할머니가 호메로스였고, 그들에게 호메로스가 나의 할머니였다는 말로 답변을 대신할 수 있을까.

고대 그리스에서 시(詩)는 신의 전언이었다. 호메로스의 〈일리아스〉와 〈오뒷세이아〉는 "제우스 신의 따님이신 뮤즈 여신이여, 내가 이 이야기를 끝까지 마칠 수 있도록 나를 도와주소서"라고 시작한다. 〈오뒷세이아〉 결말에는 끔찍한 살육 장면이 점철한다. 눈이 충혈되고 온몸이 피로 물든 오뒷세우스는 복수의 화신이나 다름없다. 구혼자들이 그의 무릎을 감싸고 우러러보며 목숨을 구걸해봤자 허사이다. 그의 칼과 활은 결단코 자비를 베풀지 않는다. 기존 질서에 도전하는 행위를 용납하지 않겠다는 의지는 바위처럼 단단하다. 뒤탈이 날 소지를 조금이라도 남기지 않을 만큼 용의주도한 면모도 보인다.

오뒷세우스의 끈질긴 생존 본능도 이런 행동을 낳았다. 트로이 전쟁과 고난의 귀향에서 살아남은 생명력은 신적인 능력에 가깝다. 더욱이 오뒷세우스는 마구잡이로 미쳐 날뛰지 않는다. 거지로 변장한 채 정보를 접수하고, 눈을 뜬 채 밤을 새우면서 한 치의 오차가 없도록 작전을 짠다. 호메로스는 동물 위(胃)를 활활 타오르는 불 위에서 이리저리 굴리며 그것이 빨리 익기를 열망할 때와 같다는 식으로 그 모습을 표현한다. 꼭 그처럼 이리저리 뒤척거리며 혼자의 힘으로 어떻게 다수의 구혼자에게 주먹맛을 보여줄지 골똘히 궁리했다는 것이다.

이처럼 냉혈한(冷血漢)인 오뒷세우스도 어쩌지 못하는 상대가 있었다. 다름 아닌 가인 페미오스이다. 구혼자 편에 섰던 가인은 목숨을 구걸하면서도 은근히 협박을 가한다. 신들과 인간들을 위해 노래하는 가인을 죽인다면 크게 후회할 것이라는 태도이다. 신들과 인간들을 위해 노래하는 가인은 시인과 형제지간이다. 그래서 호메로스가 그의 작품에서 동업자 의리를 발휘했을 수도 있다. 어쩌면 페미오스가 호메로스 자신일지도 모를 일이다.

신탁은 사제를 통해 전해진다. 이를 행하던 제의(祭儀)는 서서히 축제로 모습을 바꾼다. 신과 교감하는 사제의 음성과 리듬은 축제에서 노래와 시로 분화한다. 신의 의사(意思) 수신인이 사제에서 시인(시)과 가인(음악)으로 변했다.

이 지점에서 그리스 시는 우리 할머니의 옛이야기를 넘어서서 지평을 더 넓힌다. 자연과 인간의 관계에 대한 이해가 지금보다 부족했을 무렵에 그리스인들은 신을 통해 그 문제를 해결하려고 했다. 신의 말을 통해 자연과 인간 세계를 움직이는 원리를 알고자 했던 것이다.

신은 시인을 거쳐서 자신의 의사를 전달했다. 그리스인들은 이러한 시적 창조를 초자연적인 '신적 영감'으로 이해한다. 그 내용은 개인적인 감성이나 회상일 수 없었다. 형식도 개별적으로 삶을 반성하는 서정시가 아니라 삶을 마치 파노라마처럼 평면 위에 펼쳐놓는 서사시였다. 이는 자연과 역사 그리고 영웅으로 구성한 신화적 세계를 시적인 상상으로 설명한다. 지진이 나면 포세이돈이 땅을 뒤흔들어서이고, 페넬로페의 달콤한 잠도 아테나가 불어넣은 것이고, 오뒷세우스의 외양이 좋든 나쁘든 모두가 신의 행위라는 해석이었다.

서사시는 우리 할머니의 옛이야기처럼 대상을 향한 동경심을 불러일으킨다. 호메로스 서사시에 나오는 주인공들은 아킬레우스와 아가멤논, 오뒷세우스, 아이아스 같은 영웅들이다. 서사시는 이 영웅들처럼 위대해지려는 그리스인들의 염원에 담고 있다. 신적인 것을 향하여 무한히 상승하려는 욕구야말로 그리스적 서사시 본질이다.

자연주의 철학은 이런 신화적 세계 이해를 비판한다. 우주란 호메로스가 말하는 것처럼 질투심과 복수심이 강한 신들에 의해 지배되는 유희 공간이 아니라 일정한 법칙에 따라 운영되는 질서 정연한 곳이라는 입장이다. 그리스에 자연철학이 등장한 이후 서사시는 서서히 힘을 잃는다.

그렇다고 신화적 세계 이해가 완전히 사라진 것은 아니다. 고대 영감론은 19세기 낭만주의 운동에서 신적인 능력을 인간화

한 형태로 계승된다. 또 부산서 요즘 만나는 시인들은 '시를 쓴다'고 하지 않고 '시가 온다'라고 표현한다. 호메로스가 서사시를 무사히 마치게 해달라고 뮤즈 신에게 기원하는 마음가짐과 다르지 않아 보인다.

그들은 시와 말로서 자기들의 위대함과 탁월함을 표현하려 했다. 그리스인들은 언어로 영원성을 쌓아 올렸다. 세계 최초로 모음 문자를 발명하면서 단순한 기호 나열이 넘어서서 진정한 문장을 이룩했다. 이를 통해 정신의 크기를 키우고, 널리 알렸다. 이런 의미에서 호메로스는 그리스 문학의 창시자인 동시에 완성자이다.

고대 그리스 건축은 이웃하는 이집트나 페르시아에 비해 초라하다. 그들에게 위대하고 영원한 건 피라미드나 바벨탑이 아니었다. 신을 찬미하고 신과 같은 영웅을 노래하는 서사시가 진정한 신전이었다.

고대 그리스에도 화려한 건물이 없는 건 아니다. 도리스식 신전의 극치를 나타내는 걸작인 파르테논 신전은 장중함을 자랑한다. 하지만 그 신전은 서사시가 종말을 고할 무렵 들어섰다. 페르시아 전쟁 이후, 델로스 동맹의 맹주 아테나가 제국주의 성격을 띠면서 나타난 현상이었다. 현대 자본주의 본거지인 미국 뉴욕의 마천루를 연상하게 한다.

그리스와 로마에 세워졌던 많은 신전이 무너지고 사라졌다. 성당의 건축 재료로 들어간 신전도 부지기수이다. 로마가 기독교를 국교로 인정한 이후에는 신전에 있었던 신상(神像)마저 성당의 기초석이나 기둥으로 전락했다. 터키 이스탄불 지하 저수지(일명 지하궁전)를 떠받치고 있는 수백 개의 기둥들도 신전에서 가져온 것들이다. 그 가운데 메두사 머리가 거꾸로 놓인 기둥은 수많은 관광객이 찾는 명물이 됐다.

그러나 호메로스의 서사시는 지금도 우리와 함께 호흡하고 있다. 그의 서사시는 문자로 남아있다. 그 당시 호메로스보다 더 능숙하게 신화를 낭송하는 시인이 없었다고 할 수 없다. 여러 문명의 사례에서 볼 수 있듯이 글이 있기 전에는 암송하는 노래만 있었을 뿐이다. 그리스라고 예외가 아니다. 하지만 암송만으로는 정신이 제대로 발현하지 않고 전승되지도 못한다. 아무리 머릿속에 온갖 형상이 난무해도 그림으로 그리지 않으면 휘발유처럼 어느새 사라지는 이치와 같다.

호메로스가 흘러가는 말을 글 속에 집어넣어 서사시로 재창조했기에 신화는 문학으로 탄생했다. 〈일리아스〉의 아킬레우스 분노와 프리아모스 부정(情父), 〈오뒷세이아〉의 귀향과 복수는 부분을 통해 전체를 보여주는 문학적 사례이다. 고도의 정신성을 의미하는 추상성이 이때부터 시작됐던 것이다.

신의 뜻을 읽고, 신과 인간을 잇고, 신과 같은 인간과 인간과 같은 신을 노래한다는 건 종교에 다름 아니다. 이처럼 고대 그리스 종교는 시적인 방식, 즉 문학을 통해 이뤄졌다. 헬라스 인들의 종교는 불교처럼 철학적이거나 유대교처럼 절대신 숭배가 아니었다. 그들에게 신적인 것이 곧 예술이었다. 그 예술은 여흥을 즐기는 수단이 아니라 삶 전체를 조망하고 운명을 가늠하는 종교로 이어졌다.

호메로스 서사시라는 문학예술을 통해 낯선 세상을 이해하려 했던 그리스 정신은 자연철학, 서정시, 비극, 철학으로 이어진다. 그 맥은 알렉산드로스를 통해 헬레니즘으로 피어났고, 유럽 제국주의를 통해 전 세계로 퍼져나갔다.

지금도 많은 사상가와 예술가는 〈일리아스〉와 〈오뒷세이아〉에 어깨를 기대고 있다. 그들은 앞이 안 보일 때 호메로스를 등대로 삼고, 기반이 무너질 때 호메로스를 받침대로 사용한다. 위대한 작가로 평가받는 요한 볼프강 폰 괴테도 예외가 아니었다. 그는 〈파우스트〉에서 주인공을 호메로스의 헬레네와 결혼시키는 줄거리를 만든다. 그리스 문화와 중세 게르만 문화의 만남이다. 호메로스가 서양 예술의 젖줄임을 보여준다.

현재 동북아 조그만 나라에 살고 있는 우리에게도 수천 년 전 고대 그리스 시인이 살아있다. 우리의 교육에 대한 서양의 영향력은 지배적이다. 하지만 각자가 받아들이는 호메로스의 얘기는 다르다. 할머니의 똑같은 옛날이야기가 여러 만화경이 되어 매일 밤마다 교체해 출연했듯이.

동양에도 술이부작(述而不作)이란 말이 있다. 〈논어〉의 '술이편'에 나오는 한 구절이다. "나는 옛사람의 말을 저술했을 뿐 창작한 것은 아니다"라는 의미이다. 공자의 겸손함을 나타내는 말이지만, 옛것에 기반 하지 않고는 새로운 게 나올 수 없다는 의미가 더 강해 보인다.

정신의 크기는 현재의 모습이다. 현재는 과거 위에 선다. 과거는 늘 미래로 향한다. 누구에게는 조금 전의 시간만 현재이지만, 어떤 이에게는 먼 과거도 현재이다. 한 존재의 정신적 깊이는 그 사람의 현재 두께에 따라 달라지는 것이다. 서사시는 그래서 늘 현재이다.

이준영
부산일보 기자. 서양 현대철학책을 읽다가 결국 고대 그리스까지 거슬러 오게 됐다.

2 시대적 배경과 철학적 배경

2018년 겨울방학쯤에 함께 공부하는 학우님들과 어울려 〈일리아스〉와 〈오뒷세이아〉를 읽기 시작하면서 고전 탐구의 대장정을 시작했다. 호메로스의 양대 서사시는 그리스 정신의 출발점이자 원천이다. 이 위대한 작품들은 신화를 품은 바다를 배경으로 생산되었다. 그리스인들에게 '위대한 바다'는 끝없는 삶의 궁리와 시도, 혁신과 모험의 장소이었으며 삶의 터전이었다. 그 바다 즉 '에게의 바다'에는 호메로스가 살기 훨씬 오래전부터 찬란한 문명이 존재했다. 그 문명을 '에게해 문명'이라 한다. 이는 유럽에서 발생한 최초의 문명이었다. 그 문명에 대한 연구는 오늘날에도 수많은 학자에 의해서 진행되고 있으며, 해석되지 않는 고대의 문자들은 현대판 '장 프랑수아 샹플리옹'(Jean-François Champollion:이집트에서 발견된 로제타석의 상형문자를 해석한 학자)을 기다리고 있다.

'고전'은 오랜 세월 인류가 만든 문명의 필터로 걸러지고 세월의 풍파를 견디며 숙성되어 '오래된 현재'의 모습으로 나타난 것이다. 이를 탐구하는 일은 인류의 문화, 문명을 적극적으로 만나는 행위이다. 그러므로 고전은 현재 진행하고 있는 인간 삶의 모습들을 냉철하게 해석해 볼 수 있는 훌륭한 도구임이 틀림없다. 왜? 인간은 전혀 변하지 않았기 때문이다.

특히 서양 문명의 기원인 '에게해 문명'을 탐구하는 것은 동양의 것과 다른 사상을 창조하며 살아간 사람들의 삶을 깊이 이해하는 공부이다. 이는 다양한 문화를 이해하는 밑거름이 될 것이다. 모름지기 아는 만큼 보이고, 본 만큼 느끼며, 느낀 만큼 이해하고 배려하며 상상할 수 있다고 하지 않는가.

이 글을 쓰는 나는 역사학이나 고고학을 전공한 사람이 아니며 단지 서양 역사, 고고학, 인류학, 세계 지리 등에 관한 책을 즐겨 읽는 사람일 뿐이다. 그간 읽었던 책을 바탕으로 쓰는 이 글이 학술 논문은 아니라는 의미다. 글에서 다루게 되는 여러 내용은 일반적인 상식에서 크게 벗어나지 않는 수준이다. 약간 전문적인 내용이 포함돼 있을지 모르지만, 서양 역사에 대해 관심이 없거나 혹은 고대 문명에 대해 생소한 분들이 이 글을 보더라도 그다지 어렵지 않을 것이다.

설명을 돕고 특정한 시대적 상황을 이해하는 방법으로 '그리스 신화'를 인용하였다. 신화는 많은 내용을 함축적으로 설명하지만, 그 내용에 특정된 시대상과 그것을 전하려는 사람들의 열망이 반영되어 있기 때문이다.

이 글은 '에게해 문명'의 처음과 끝을 모두 담지는 못한다. 지식이 모자라 그것을 적절하게 글로 쓴다는 것이 수월치 않기 때문이다. 특정한 문명에 대해서 알아보기 전에 보편적인 '문명'에 대해 정의를 내려 본다.

1) 문명이란

한자로 文明이라 쓴다. 文은 글, 문장을 말한다. 明은 해(日)와 달(月)이 합쳐진 글로, 밤이나 낮이나 어둠을 밝힌다는 뜻이다. 계몽(啓蒙)을 의미한다. 글로 기록되어 역사(歷史)가 만들어진다. 글이 없어 기록을 남길 수 없었던 시대를 선사시대(先史時代)라 한다. 문명의 근본에 문자(文字)가 있다.

영어의 Civilization은 라틴어의 키비스(civis: 시민)나 키빌리타스(civilitas: 도시)에서 유래한 것이다. 이는 사람들이 모여 살기 시작하면서 마을과 도시가 생기고 도시와 국가가 생겼다는 것을 의미한다.

역사학자들이 내린 문명에 대한 정의를 살펴보자, '인류의 역사 발전에서 문자를 상당한 정도로 사용하고, 예술과 과학의 진보가 어느 정도 이뤄졌으며, 또한 사회의 질서, 안전, 효율성의 문제들을 적어도 일부나마 충분히 극복할 만큼 정치, 사회, 경제 제도들이 발전한 상태'라고 정리한다.

2) 에게해 문명 이전에 존재했던 선진 문명(오리엔트 문명)

메소포타미아의 문명과 이집트의 문명이 에게해 문명보다 앞서 있었다. 두 문명 가운데 어느 것이 더 오래된 것인지는 현재도 많은 학자가 연구하고 있다.

대부분의 학자는 메소포타미아를 가장 오래된 문명으로 꼽고 있다. 메소포타미아 지방은 근동에서 가장 지리적 조건이 좋은 곳에 있다(근동이라는 말은 유럽의 기준에서 가까이에 있는 동쪽이라는 뜻이다. 좀 더 먼 동쪽을 중동이라 하며, 그보다 더 먼 동쪽은 극동이라 한다. 대한민국은 극동에 위치한다).

기원전 3000년 무렵에 두 지역에서 다른 지역과 비교할 수 없을 정도로 높은 수준의 예술과 과학의 진보가 이뤄졌다. 이집트와 메소포타미아에서 최초로 문명이 등장하게 된 원인은 여러 가지이다. 그 가운데 해당 지역이 강과 인접해있고, 그로 인해 퇴적 지형이 발달했다는 점이 으뜸으로 꼽힌다. 그랬기에 경작을 할 수 있는 비옥한 땅과 물을 쉽게 확보할 수 있었던 것이다.

이집트와 메소포타미아 두 지역은 실상 직접적인 강수량이 많은 지역은 아니었다. 이집트는 사막에 위치했고, 메소포타미아도 두 개의 강(티그리스강과 유프라테스강)이 있긴 했지만 강수량이 부족한 초원 지대이다. 모든 생명의 생존과 농업에 필수적인 물은 두 지역에 직접 내리는 비에 의해 공급되는 것이 아니었다.

이집트를 통과하는 나일강은 아프리카 동부 내륙의 열대 우림 지역에 산재한 강들이 모여 빅토리아 호수를 만들고, 그 호수가 나일강의 발원지가 되며, 그 흐름이 지중해 쪽으로 내려가다 에티오피아 근처에서 발원한 청나일강과 합류돼서 이집트를 지나 지중해로 흐른다.

청나일강 유역은 우기와 건기가 구분되는 지역이다. 우기에 강우량이 집중되면 하류인 이집트에는 홍수가 발생한다. 이처럼 규칙적인 범람은 하류에 거대한 퇴적층을 만들면서 자연스럽게 비옥한 농토를 조성하게 된다.

'메소포타미아'라는 말은 그리스어로 '두 강 사이'라는 뜻이다. 이곳에서도 강의 발원지인 북부 산악지역의 눈 녹은 물로 매년 홍수가 발생하면서 비옥한 토지가 만들어졌다.

이처럼 두 지역에 대한 물의 공급량은 상류의 여건에 따라 달라지므로 일정하지 않았다. 실제 건조기가 길었는데, 이러한 조건은 두 지역의 창의력과 기술 발전을 자극하는 요인이 됐다.

이들 지역 주거인은 일찍부터 치수(治水) 사업을 일으키고, 관개망(灌漑網)을 발달시켜 농지에 풍부한 물을 공급할 수 있었다. 그 결과 이집트와 메소포타미아에는 정교한 댐과 운하 체계가 약 5천 년 전에 이미 구축되었다. 이러한 사업들을 진전시키기 위해 필요했던 수학적 기술, 공학적 능력, 사회적 협동 등은 문명을 이루는 원천이 된다.

3) 에게해 문명

고고학적 발견으로 밝혀진 '에게해 문명'은 '크레타의 미노스 문명', '그리스 본토의 미케네 문명', '소아시아의 트로이 문명'으로 분류한다. '에게해 문명'은 '최초의 해양 문명'이며 '유럽의 최초 문명"이다.

1870년 이전까지는 누구도 고대 그리스 문명이 등장하기 이전에 에게해 섬들과 소아시아 해안에 수백 년 동안 거대한 문명이 번성했을 것이라고 상상하지 못했다.

물론 〈일리아스〉를 읽어본 사람이라면 트로이 전쟁에 대해서 알고 있었다. 하지만 그 이야기는 호메로스의 상상력이 지어낸 한낱 전설쯤으로 여겨졌다.

고도로 발달한 에게 문화의 중심지를 최초로 발견한 사람은 전문 고고학자가 아니라 독일의 은퇴한 사업가 '하인리히 슐리만'이었다. 어린 시절부터 호메로스의 서사시에 매료되었던 그는, 큰 재산을 모은 후 사업에서 손을 떼고, 소년 시절의 꿈을 실현하는 데 시간과 재산을 투입하였다. 그는 트로이에서 고대의 유적을 발견한 이후, 바로 그리스 본토에 대한 발굴을 시작하여 두 개의 다른 그리스의 도시인 '미케네와 티린스'를 찾아냈다. 그 후 영국인 '아서 에번스'에 의해서 크레타의 미노아 왕들이 거주했던 찬란한 수도 크노소스(Knossos)가 발굴되었다.

(1) 크레타 문명

크레타의 기후는 온화하고 균일하다. 토지는 비옥하지만 한정 없이 경작할 수 있는 면적은 아니었다. 따라서 인구가 증가하자 사람들은 지혜를 짜내 새로운 생계수단을 강구해야 했다. 어떤 사람들은 다른 곳으로 이주했다. 바다로 진출한 사람들도 있었다.

기원전 3000년 전 소아시아에서 크레타로 이주해온 사람들에 의해서 문명이 시작되었다. 그들은 도시를 만들고 초기 형태의 문자를 발전시켰다. 기원전 1500년 무렵에 이르기까지, 그들의 문명은 크노소스와 파이스토스(Phaistos)를 중심으로 발전했다.

최근에 크레타의 동쪽 해안에 거대한 도시 '카토 자크로스(Kato Zakros)'가 존재했음을 알려 주는 증거가 발견되었다. 이곳에는 250개의 방을 가진 거대한 궁전이 있었다고 하다. 궁전에는 수영장과 조각 나무로 모자이크한 마루가 깔려 있었다. 수천 개의 장식 항아리들도 출토되었다.

크레타 도시들은 섬 전체의 패권을 다투었고, 크노소스가 승리하였다. 승자는 해군을 조직하고 에게해를 지배했다. 그들은 해적을 진압하고, 공물을 거두고, 왕궁을 세우고 예술을 장려했다. 크레타 문화는 인종적 기원에서는 아시아에 가깝고, 예술적 측면에서는 이집트에 가까웠다. 크레타의 상인들은 지중해와 에게해의 모든 항구를 넘나들었다. 크레타의 세공품과 예술은 키클라데스 제도와 키프로스로 퍼져 카리아(터키 안탈리아주)와 팔레스타인까지 이르렀다. 이 문물은 북쪽으로 소아시아와 섬들을 거쳐 트로이까지, 서쪽으로는 이탈리아와 시칠리아를 거쳐 스페인에까지 퍼져나갔다. 문명사에 있어 크레타는 유럽(Europe)이라는 사슬의 첫 고리였다.

(2) 미케네 문명

크레타 문명이 번성하고 있는 동안, 이 영향을 받은 또 하나의 문명이 그리스 본토에서 등장하고 있었다. 기원전 1900년 무렵에 초기 형태의 그리스어를 구사하는 인도-유럽어족의 사람들이 그리스 반도로 침입해왔다. 그들은 기원전 1600년 무렵까지 그곳에 정착하여 공동체를 형성하기 시작했다. 기원전 1600년 이후에 그들은 이웃한 크레타와 교역 관계를 발전시켜 그리스와 미노스의 요소가 융합한 문명을 발전시켰다. 기원전 1600년경에서 1200년경 사이의 그리스 중심도시였던 미케네의 이름을 따서 '미케네 문명'이라 불렀다.

이 문명은 기원전 1500년경 이후, 에게해 전역의 지배 세력이 되었고, 결국 크레타섬에 대한 지배권까지 장악하게 되었다. 미케네의 산업은 크레타보다 후진적이었다. 미케네와 티린스 왕들은 크레타 장인들을 시켜 화병과 반지에 자기들의 해적 행위를 자랑스럽게 그려 넣었다.

이들은 다른 해적들로부터 자신들을 보호하기 위해 갑작스러운 공격에 대처할 수 있을 만큼 바다에서 떨어져 있고, 배에 즉시 올라탈 수 있을 만큼 바다 가까이 있는 지점에 도시를 건설했다. 아르골릭 만과 코린토스 지협 사이 길목에 있어 도시 티린스와 미케네는 상인들로부터 통행세를 거두거나 해적질하기에 좋은 위치에 있었다.

그 후 질서 있는 교역으로 부를 축적하는 크레타를 보고는 이들은 생각을 바꾸게 된다. 해적질이 상업을 제한해 가난을 확대할 뿐이라는 사실을 깨달으면서 경제 행위를 해적질에서 교역으로 전환하게 된 것이다. 기원전 1400년 무렵 미케네의 교역 선단은 크레타의 해상 세력을 무시할 만큼 강력해진다. 그리스 본토와 소아시아 등지에서 출발한 상품들이 이집트로 향하는 해상 교역권을 장악하는 과정에서 크레타의 여러 성이 미케네에 의해 파괴되었다.

(3) 트로이 문명

고대 이집트의 기록에 소아시아 동맹국들 중에 다르데누이(Dardenui)인들이 있었다는 기록이 있다. 이들 다르다니(Dardani)는 자신들을 제우스의 아들인 다르다노스(Dardanus)의 후손이라고 생각했다. 헤로도토스(그리스의 역사학자)는 트로이인을 테우크로이인과 동일시했고, 스트라본(그리스의 지리학자 역사학자)은 테우크로이인을 크노소스 몰락 후 트로이에 정착한 크레타인들이라 생각했다. 발굴품에 미노스 문명, 아시아 문명, 다뉴브 문명 등이 부분적으로 혼재되어 나타난다. 이러한 민족적·인종적

복합성은 헬레스폰토스와 흑해 주변 풍요로운 땅의 관문 근처에 위치한 트로이의 전략적 중요성을 의미한다.

그리스인들이 10년 넘게 이 도시를 끈질기게 공격한 이유는 '헬레스폰토스 해협'의 해상권을 장악하기 위해서였다. 그 해협을 지나길 원하는 배들에 통행세를 부과하기에 알맞은 위치에 있었을 뿐 아니라, 해상에서 가해지는 공격에도 적절히 대처할 수 있을 정도의 내륙에 위치했기 때문이다.

육로를 통한 운송과 해상 운송의 중계 대가로 트로이는 엄청난 부를 축적했다.

호메로스는 트로이와 그리스의 언어가 같고 동일한 신을 숭배한다고 했다. 많은 그리스인은 트로이 함락을 유럽과 아시아의 갈등으로 이해했다.

4) 에우로페(Europe)의 크레타와 테세우스의 미케네

신화에 나오는 에우로페의 이야기는 이러하다. 소아시아의 티로스와 시돈 땅에 아게르노 왕의 공주 에우로페가 있었다.

꽃 핀 들판에서 친구들과 놀던 에우로페의 아름다움에 흑심을 품은 제우스는 그녀를 납치하기 위해 아름다운 황소로 변해 에우로페를 등에 태우고 바다를 건너 크레타에 도착한다. 이후, 제우스는 그 지역의 왕으로 변해 에우로페를 보호해 주는 대신 아내로 맞이한다. 그리고 아프로디테가 나타난다. 그녀는 제우스가 모두 꾸민 일임을 알려주고, 제우스의 부인이 되었음을 이야기해주며, 처음 도착한 이 땅을 후세 사람들은 에우로페(Europe, 유럽)라 부를 것이라고 알려 준다.

에우로페는 그 후 크레타의 왕비가 되었고, 크레타는 찬란한 문명의 꽃을 피우게 된다. 이후 오랜 기간 크레타는 해상권을 장악하고 번영한다. 신화에서 에우로페는 선진 문명의 표상이다. 즉 '티로스'와 '시돈'은 소아시아의 에게해 연안에 있던 '페니키아'에서 가장 번영했던 도시였다. 페니키아는 뛰어난 조선술과 항해술을 바탕으로 전 지중해와 흑해 지역을 상대로 교역을 하여 막대한 부와 힘을 키운 나라였다. 또한 알파벳을 만들어 전 세계로 퍼트린 문명국이었다.

게다가 에우로페가 제우스의 자식을 낳으니, 이후 크레타는 제우스의 후손들이 통치하는 나라가 되는 것이다. 그렇게 오랜 시간 동안 크레타는 번영하였다. 많은 세월이 흐른 뒤 미노스왕은 포세이돈과의 약속을 이행하지 않은 벌로, 왕비 파시파에가 소의 머리를 한 '미노타우로스'를 낳게 된다. 미노스 왕과 파시파에 사이에 아들과 두 딸이 있었다.

다른 왕들이 왕비와 후궁 사이에서 몇십 명의 아들딸을 두는 것에 비하면 적은 수였다. 이것은 의미 있는 이야기일지도 모른다. 신화의 내용이 크레타가 멸망하기 전의 사회상을 반영한 것일 수 있기 때문이다.

즉, 인구 억제가 지나쳐 인구의 재생산이 불가능해진 게 아니냐는 추론을 할 수 있다. 또 부와 사치가 증가하여 물질적 쾌락 추구가 국민의 활력을 고갈시키고, 삶의 의지와 방어력을 약화했을 수도 있다. 한 사회는 금욕주의에서 탄생하고 쾌락주의에서 몰락하는 것이기 때문이다.

당시 그리스는 크레타에 조공을 바치는 나라였으며 9년에 한 번씩 아테나의 젊은 남녀를 일곱 명씩 보내야 했다. 신화에는 젊은 남녀들이 미노타우로스의 먹이로 주어진다고 했다. 그것은 크레타가 그리스를 무자비하게 지배했다는 것을 의미하며 또한 크레타의 타락한 사회상을 은유적으로 표현한 것일 수도 있다, 발굴된 크레타의 벽화 중에 황소를 상대로 재주넘기를 하는 젊은 남녀의 모습이 있으며, 맹수와 싸우는 검투사의 모습도 있다.

혹은 실제 '에게해 문명권'에 인신공희(人身供犧)가 있었음을 의미하는 것일 수도 있다. 호메로스의 〈일리아스〉 23권에서 파트로클로스를 화장(火葬)할 때 제물(祭物)로 크고 작은 짐승들과 '트로이아인들의 고귀한 자제 열두 명'을 죽여 같이 태웠다는 이야기가 나온다.

신화에서 그리스의 영웅 테세우스(Theseus)는 크레타에 공물로 바쳐지는 젊은이들 속으로 숨어 들어가 미노타우로스를 죽이고 젊은이들을 구해 돌아온다. 모든 일이 성공하면 흰 돛을 달기로 한 약속을 잊어버리고 실수로 검은 돛을 단다. 그 모습을 본 아버지 아이게우스(Aegeus) 왕은 아들이 죽은 줄로 알고 바다에 몸을 던져 죽는다. 그 후로 왕이 죽은 바다는 '아이게우스의 바다(Aegean Sea)'라 불리게 되었다. 즉 '에게해'가 된 것이다.

바다를 무대로 번영하던 민족이 바다 이름을 무엇으로 부를 것인가 정하는 것은 그 바다에서 누구의 힘이 가장 센가를 증명하는 것이다. 동해 표기 문제를 두고 일본과 첨예하게 다투고 있는 상황을 봐도 충분히 이해가 가는 것이다. 이후에 미케네는 크레타를 정복하고 에게해를 장악하게 된다.

5) 에게해 사람들의 삶

크레타 벽화에 그려진 사람들의 모습은 초현대적이며 병적일 정도로 허리가 가늘다. 거의 모든 크레타 인은 작은 키에 왜소하였고 발랄하고 날렵해 보인다. 여자들이 고불고불한 머리카락에 리본을 한 반면, 남자들은 얼굴을 깨끗하게 보이려고 다양한 면도칼로 면도했다.

일과 오락에 있어 남녀의 구분이 없었고, 심지어 권투선수와 투우사 중에 여자도 있었다. 그리스라는 나라는 존재하지 않았다. 규모가 작은 것을 포함해 500개가 넘는 도시 국가로 나누어져 있었고 아테나 사람, 스파르타 사람은 있어도 그리스 사람은 없었다.

그리스어로 말하고 그리스의 신들을 신앙하는 사람을 같은 그리스인으로 생각했을 뿐이다.

호메로스에 의하면 트로이와 크레타 사람들은 그리스 사람들과 말이 통하고 같은 신을 숭배한다 했으니 언어와 신을 공유하는 문화권을 형성했던 것이다. 그 속에서 이해관계에 의해 연합하고 분열했다. 살기 위해 전쟁을 했다. 특히 아카이아인은 호전적이었다. 부족한 것이 있으면 약탈하는 것을 당연하게 생각했고, 자랑스러워했다. 싸움에서 지면 죽거나 노예가 되어 팔리기도 했다.

송철호
인문의 숲에 발을 들인 물리치료사. 책과 사람을 좋아함. 인문지리와 생태 인문에 관심이 많음. 결코 과묵하지 않음.

왜 고전을 읽어야 하는가?

고전이란 옛날 성현들이 하신 말씀을 기록한 책이다. 대부분의 성현은 천재이거나 비범한 분들이며 평범한 사람과는 분명히 다른 점이 있다. 우리는 고전을 통하여 언제든지 천재나 비범한 분들을 만나 그들의 이야기를 들을 수 있다.

고전을 한마디로 정의하기는 쉬운 일은 아니나 인간의 보편적인 진리를 담고 있는 것은 분명하다. 이 때문에 고전은 시공을 초월하여 존재하고 있는 것이다. 고전은 옛날의 이야기가 아닌 살아있는 현재의 이야기이다. 인간은 자신의 근원이 무엇인지를 궁금해 하며 알고자 하는 욕구를 가지고 끊임없이 질문하고 있다.

고전은 우리의 물음에 답을 주는 것이 아니라 지혜를 준다. 지식은 책을 통하여 습득할 수 있으나, 지혜는 인간 내면에 존재하며 고전을 통해서만 일깨울 수 있는 것이다. 고전은 과거를 불러내어 현재와 소통하고 교감하며 현재의 삶에서 갖는 의미를 통하여 미래를 전망할 수 있는 것이다. 또한 고전은 우리에게 일상에서 부족한 자양분을 채워주는 역할을 한다.

그 때문에 고전을 가까이하면 할수록 윤택하고 풍요로운 삶을 얻을 수 있다. 따라서 인간과 고전은 불가분의 관계가 되어야 한다. 흔히 우리가 고전이라고 하면 대부분 그리스 로마의 서양고전을 말한다. 반면에 동양고전은 〈논어〉를 중심으로 한 사서삼경이라고 불리어진다.

그동안 나에게 있어서 고전이란 오직 〈논어〉뿐이었다. 〈논어〉를 통하여 동양고전이라고 불리어지는 〈맹자〉, 〈대학〉, 〈중용〉의 사서와 오경을 만날 수 있었다.

이천오백 여 년 전 공자와 제자들의 대화록인 〈논어〉가 오늘날까지 인구에 회자되는 것은 오랜 세월동안 어떻게 사는 게 가장 인간다운 삶인지를 가르쳐주는 인간 존엄의 가치와 보편적인 진리가 오늘날에도 적용되기 때문이다.

사마천은 공자를 매우 존경했다. 〈사기〉 '공자세가'의 찬사에 "〈시경〉에 '높은 산은 고개 들어 우러러보게 하고, 넓고 넓은 길은 따라가게 만든다.'(高山仰止, 景行行止)라는 말이 있다. 내 비록 그 경지에 이르지는 못할지라도 마음은 항상 그를 동경하고 있다. 나는 공자의 저술을 읽어보고 그의 위대함을 상상할 수 있다"고 하여 공자의 위대한 말씀을 생활의 판단기준으로 삼았다.

북송의 정자(이천) 선생은 〈논어〉를 읽고 나서 한두 구를 터득하여 기뻐하는 자도, 다 읽은 뒤에 너무 즐거워 자신도 모르게 손으로 춤을 추고 발을 구르는 자도 있으며, 다 읽고 난 뒤에 자신의 행동에 변함이 없는 자도 있다고 했다. 책을 다 읽고도 자신이 아무런 감흥도 행동의 변화도 느끼지 못하는 사람은 책을 읽지 않는 사람과 다를 바 없다고 했다. 자신은 17, 8세 때부터 읽고 뜻을 알고 있었지만 더욱 읽기를 오래하여 의미의 심장함을 알았노라고 했다. 또한 뛰어난 사업가 이병철과 정주영은 그들의 자서전에 〈논어〉를 읽고 감명받았다고 스스럼없이 밝히고 있다. 동양고전의 입문서는〈논어〉로부터 출발하는 것이 당연지사가 되었다.

요즈음은 초등학교 고학년부터 학교에서 어린이용 고전 독서 수업을 가르치고 있다고 한다. 상당히 다행스럽고 칭찬할만한 일이다. 내가 〈논어〉를 처음 만난 것은 지천명의 시절이니 벌써 이십년이 흘렀다. 지금 생각하니 상당히 늦게 만나 부끄러운 일이다. 독학으로 한문 자구와 해석 부분을 따라 나름대로 읽어 내려갔다. 원문과 주석을 보는 동안에는 알듯 한 구절이었지만 돌아서면 무슨 의미인지를 이해할 수가 없었다. 그렇게 〈논어〉 한 권을 들고 오랫동안 씨름하였지만 돌아서면 내용을 한두 구도 제대로 터득하지 못하였으니 기뻐하기는커녕 정자의 말 그대로 책을 읽지 않은 것이나 다름없다는 말이 바로 나를 두고 한 말이었다.

그 후로 논어 강독에 참석할 기회가 있어 나름대로 심기일전하여 공부에 더욱 열중하였으나 생각만큼 쉬운 일은 아니었다. 공자는 주역을 알기 위해 죽간을 묶은 가죽끈이 세 번이나 떨어졌다고 했다. 조선 중기 문인 김득신은 억만 번의 반복 독서를 통하여 자신의 노둔함을 극복하면서 고전의 의미를 이해해 당대 제일의 문장가가 되었다고 한다. 하물며 천학비재인 주제에 한두 번의 독서로 고전을 이해하겠다는 발상은 나의 무지함을 그대로 보여주는 것이었다. 따라서 고전 공부의 방법을 터득하지 못한 결과 항상 남는 것 없이 시간만 허비하는 어리석은 행동만 반복하였다.

어느 날 〈논어〉에 있는 "배우기만 하고 생각하지 않으면 얻은 것이 없고, 생각하기만 하고 배우지 않으면 위태롭다"는 구절을 보고 많은 생각을 하게 되었다. 지식이 아닌 지혜를 주는 고전 공부는 한두 번의 통독으로는 알 수 없는 것이다. 궁여지책으로 원문 필사를 통하여 해석을 겸했고, 수차례의 정독을 통하여 어려운 구절을 이해하고자 했다. 그런대로 원문 필사를 통한 자구 해석은 가능하였다. 그러나 원문 필사를 통한 정독만으로 그 의미만을 아는 것이 고전 독서가 아니라는 점을 뒤늦게 깨달았다. 사유하지 않고 오직 책의 내용을 자구해석만으로 이해하였으니 〈논어〉에 담긴 공자의 마음을 제대로 파악하지 못하는 것은 당연한 결과였다.

최근에는 서양의 고전이라는 호메로스의 〈오뒷세이아〉를 만나게 되었다. 처음 읽을 때는 수많은 그리스 신이 등장하였다. 신 이름 또한 생소하고 중복되는 이름이 많아 도대체 이해할 수가 없었다. 특히 신과 인간들이 공존하는 이야기를 이해하지 못하여 외계인 이야기처럼 황당하게 들리기도 했다. 왜냐하면 동양 고전에서 특히 사서오경에서는 신들의 이야기는 나오지 않기 때문이다.

그러나 여러 번 반복하여 읽으니 그 속에 담긴 메시지를 이해할 수 있었다. 오늘날의 인간사를 그대로 재현해 놓은 듯한 내용이었다. 마땅히 행하거나, 하지 말아야 할 인간의 도리는 동·서양 고전이 다를 바 없다. 어느 고전이든지 그 책이 담고 있는 사상을 알기 위해서는 행간과 맥락을 놓쳐서는 안 된다. 고전 독서는 읽고 또 읽는 반복 독서를 통하여 깊은 곳에 감추어져 있는 보석을 찾아내는 행위라고 할 수 있다. 그렇게 자신의 것으로 갈고 닦아 만드는 과정이 고전을 제대로 읽는 것이다. 깊이 감추어진 지혜를 발견하는 그 희열이 오늘도 나를 고전에 빠지게 한다.

김환구
현 동래향교 감사, 퇴계학 부산연구원 운영위원

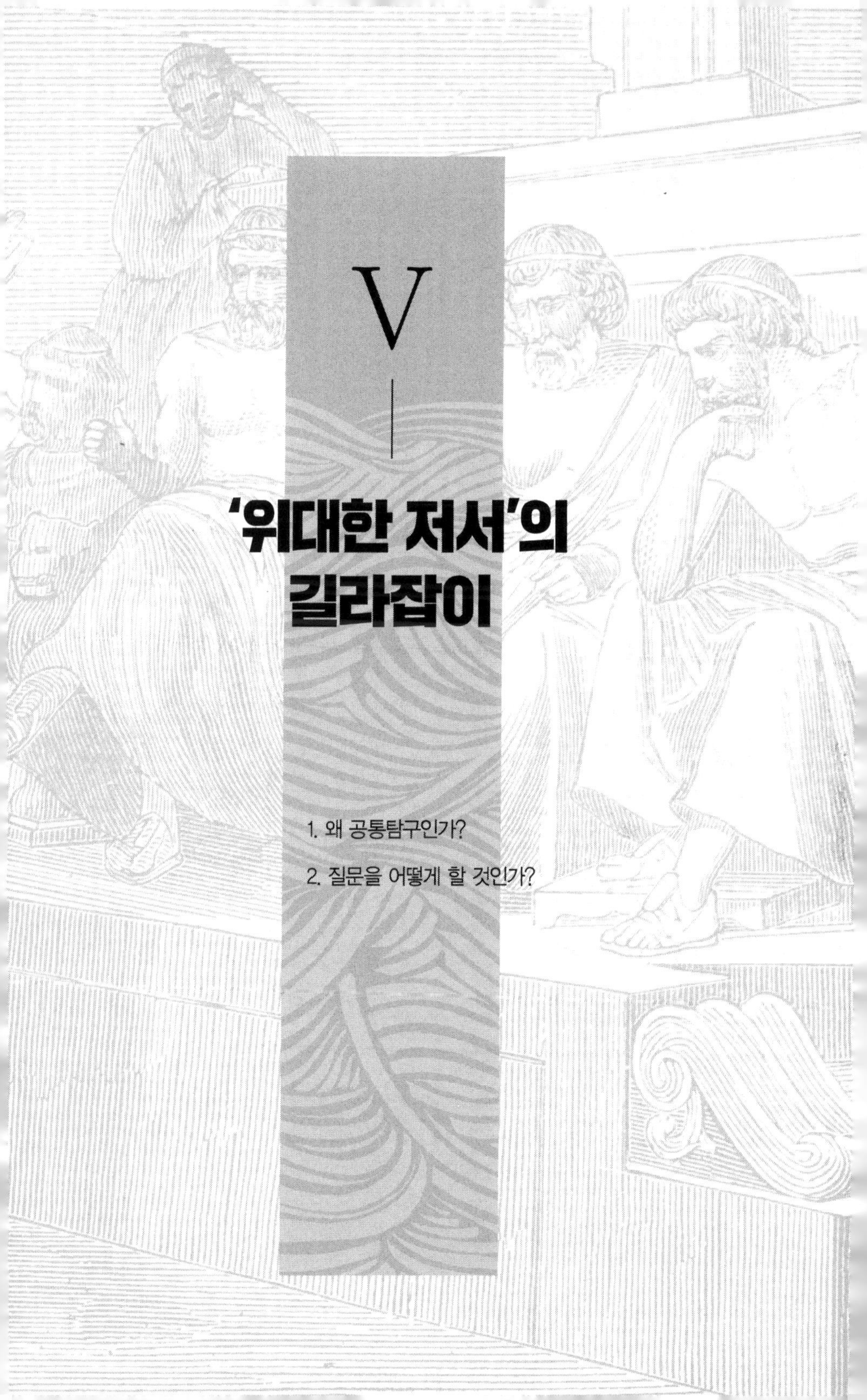

V

'위대한 저서'의 길라잡이

왜 공동탐구인가?

위대한 저서 읽기 프로그램은 1991년 신득렬(전 계명대) 교수가 비영리 교육기관으로 파이데이아 아카데미아(Paideia Academia)를 한국 최초로 대구에 개관·운영하고 있는 책 읽기 프로그램이다. 이 프로그램은 미국의 교육철학자 허친스(Robert Maynard Hutchins, 1899~1977)와 아들러(M. J.Adler, 1902~2001)가 1940년부터 대학생과 일반인의 교양 교육을 위한 것이었다. 즉 아들러와 허친스는 서양 역사에서 3,000년 동안 인류의 관심을 모으고 영향을 준 '위대한 저서 읽기'를 선정하고, 위대한 저서 읽기 프로그램'(Great Books Program)을 대학생들을 대상으로 시행하였다. 책 읽기 기간은 약 10년 이상 지속되며, 현재는 미국 전역에 걸쳐 대학생뿐만 아니라 일반인·청소년들을 대상으로도 시행되고 있다.

위대한 저서 읽기 프로그램은 흔히 알고 있는 독서 모임 방식과는 차이가 있다. 모임 구성원들이 책을 선정하는 것이 아니라, 체계적으로 선정된 책을 공동탐구의 방식으로 읽는다는 것이다. 특히 허친스와 아들러 등은 자신들이 선정한 책을 '고전'이라는 말 대신에 '위대한 저서'란 말을 사용했다. 고전은 옛것이라는 인상을 준다는 이유 때문이었다. 이들이 선정한 '위대한 저서'는 현재도 살아 숨 쉬는 영원한 베스트셀러를 의미한다.

위대한 저서 선정 기준은 첫째, 영원한 가치를 지닌 베스트셀러이어야 한다. 즉 100년 이상 인류에게 관심과 인기를 얻었던 저서여야 한다. 둘째, 전문인을 위한 것이 아니라 일반인을 위한 책이어야 힌다. 즉 저자의 집필 동기가 전문가가 아닌 일반인을 위한 것이어야 한다는 것이다. 셋째, 책 내용이 오래되었지만 여전히 현대적이어야 한다. 가령 그리스 비극인 소포클레스 작품을 읽으면 현재 방영되는 영화나 드라마를 시청하는 것 같은 착각이 드는 것은 책 내용이 현대적이기 때문이다. 이는 책 읽는 독자들이 흥미를 갖는 특징이기도 하다. 넷째, 읽기 쉬운 책이어야 한다. 다섯째, 교훈적이며 계몽적인 이어야 한다. 여섯째, 책 내용이 영속적으로 해결되지 않고 있는 인생 문제들을 다루는 것이어야 한다.

책 선정 이후 관련된 제반 일들을 위해 아들러와 허친스는 시카고대학과 브리태니커 백과사전 회사와 공동으로 1947년 '위대한 저서 재단'을 만들었다. '위대한 저서 재단'(Great Books Foundation)은 1952년 초 54권으로 된 '서양의 위대한 저서' 전집을 출간하였다. 이 전집에는 74명의 위대한 작가와 그들이 쓴 443편의 작품이 실려 있다. 선정위원들은 인문학, 사회과학, 자연과학에 관한 책들이 균형을 이루도록 1/3씩 배분하여 선정하였다. 호메로스를 비롯한 고대 그리스의 작가들의 전 작품은 위대한 저서에 선정되는 영예를 얻었다. 허친스는 교양교육의 한 가지 방법으로서 위대한 저서의 선정은 어디까지나 잠정적이라고 하였다. 특히 동양의 위대한 저서 선정은 동양인이 하기를 희망하였다.

위대한 저서 전집을 출간한 브리태니커 회사 상징은 엉겅퀴이다. 엉겅퀴는 우리나라에서는 잡초처럼 여겨지지만, 스코틀랜드의 국화이다. 엉겅퀴는 험한 바위틈에서 성장하면서 끈질긴 생명력을 자랑한다. 위대한 저서는 엉겅퀴처럼 끈질기게 읽어야 하는 인내가 필요하다. 현재 한국에서 위대한 저서 읽기 프로그램은 12년 과정으로 구성되어 있다.

'위대한 저서 재단'은 저서를 읽는 방식으로 '공동탐구'(shared inquiry) 방식을 채택하였다. 이 방식은 한국에서도 적용되고 있다. 공동탐구는 선정한 저서에 대해 참여자 모두가 함께 공부하는 방식이다. 탐구와 토론을 이끌어가는 사람은 '공동탐구지도사'(co-leader)라고 한다. 공동탐구지도사는 1~2명으로 구성되며, 이들은 토론을 진행하고, 참여자의 발언 내용과 빈도를 점검한다. 2명인 경우 토론 중간에 임무를 교대할 수 있다. 이들은 토론을 활발하게 진행하기 위해 해석적 질문(interpretive question)을 중심으로 탐구와 토론이 진행되도록 한다. 물론 탐구와 토론 상황을 대비하는 차원에서 해석적 질문을 준비한다. 해석적 질문은 하나 이상의 정답을 가지고 있는 질문이다. 해석적 질문에 관한 정답은 개인적인 의견이 아니라 반드시 주어진 작품 안에서 찾아야 한다. 위대한 저서 프로그램은 공통탐구 방식으로 진행되기 때문에 참여자는 저서를 정독할 수밖에 없다.

그러면 현재 위대한 저서 프로그램을 통해 책을 읽고, 공동탐구를 하면 삶에 어떤 변화와 성장이 있을 수 있는가? 대구 파이데이아 아카데미아 신득렬 원장은 이렇게 이야기한다.

첫째, 지적 호기심을 자극하고, 충족시킨다고 한다. 아리스토텔레스는 〈형이상학〉이란 책에서 만인은 본래부터 알고 싶은 호기심을 가지고 있다고 말했다. 그렇지만 알고 싶은 호기심의 정도는 사람에 따라 천차만별이다. 조금만 알고도 자족하는 사람들이 있는가 하면 생을 마감할 때까지 지적 호기심을 견지하는 사람들도 있다. 위대한 저서는 지식에 대한 한계 없는 호기심을 갖게 해준다. 위대한 저서를 읽으면 이전에 읽었던 책의 내용과 주제가 이후 책에 토대가 되기도 하고, 언급된 위대한 관념의 변화로 인해, 지적 호기심이 해결되기도 하고, 더 많은 호기심을 갖게 되기도 한다.

둘째, 인생 문제들에 대한 관심에 갖게 된다고 한다. 우리들은 날마다 많은 문제들에 직면하면서 바쁘게 살아간다. 직면하는 문제들 중에는 불요불급한 것들도 있고 아주 사소하게 지엽적인 것들로 있다. 위대한 저서들은 인류가 102개의 '위대한 관념들'(great ideas)에 깊은 관심을 가졌음을 보여준다. 이 관념들은 인생의 근본적인 문제들을 포함한다. 이러한 관념들 중에 지혜, 용기, 절제, 정의, 사랑, 행복, 자유, 죽음 등은 인생의 근본적인 문제라고 할 수 있다. 중요하고 근본적인 것들을 등한시하고 사소하고, 지엽적이고, 지역주의적인 것들에 몰입하면 문명이 아닌 통속 문화에 자족하는 삶을 살 게 된다. 따라서 위대한 저서를 읽으면 인생의 궁극적인 문제에 직면하게 되고 교양인의 삶을 살려는 열정을 갖게 된다고 할 수 있다고 한다.

셋째, 일상적인 삶에서 초연할 수 있다고 한다. 우리들은 현실의 삶에 너무 밀착해 있다. 그러다 보니 사소하고, 지엽적인 일들에 몰입하게 될 뿐만 아니라 언제나 현재적인 것들과 주변의 일에만 관심을 갖게 된다. 위대한 저서는 지역적이고 현재적인 것을 넘어 세계적인 그리고 과거와 미래에 속한 것들에 관심을 갖도록 한다. 위대한 저서는 멀게는 3천여 년 전의 사건들로 우리를 안내한다. 현재적인 것들이 아닌 사실들과 사건들에 관심을 갖다 보면 우리는 현실과 어느 정도 거리를 두게 되며 일상적인 삶에서 다소 초연해지게 된다. 이러한 것들에서 어느 정도 초연해지면 올바른 판단을 할 가능성이 커진다. 우리들 자신과 가족을 넘어 우리가 속해 있는 지역공동체와 세계 공동체에 관심을 갖게 된다. 그리스 철학자 피타고라스는 올림픽 경기장과 관련지어 철학을 설명하였다고 한다. 경기장에는 이득을 생각하는 상인들, 명예를 생각하는 선수들, 경기 관람을 즐기는 관중들이 몰려든다. 그는 관중들 중에 철학 하는 사람들이 있다고 생각했다. 모든 관중이 아니라 승패에 초연하면서 경기를 즐기는 일부 관중이 철학 하는 사람과 비슷하다고 한다.

넷째, 넓은 시야를 가질 수 있다고 한다. 간혹 오늘날 교육이 전문가, 기술자, 기능인의 양성에 주력하는 측면이 있다. 이러한 사람이 되어 취업을 하게 되면 교육을 잘 받은 사람으로 간주된다. 그러나 이런 사람들은 조숙한 전문화로 인해 자신이 직면하고 있는 문제들을 넓은 시야에서 바라보지 못하기 쉽다. 그들은 편협, 단견, 선입견, 아집, 독단 등으로 벗어나기 어려울 수 있다. 사회적 성공을 거둔 사람들이 갑자기 어려운 인생 문제에 직면하면 혼란을 겪을 수도 있는 것은 이 때문이다. 위대한 저서를 읽고 공동탐구를 하면 교양인으로 경험을 제공한다. 교양인은 어떤 문제라도 넓은 시야에서 바라보게 되며, 일의 경중, 선후를 알게 된다. 이런 사람을 보고 우리는 흔히 실천적 지혜를 가졌다고 말한다. 실천적 지혜를 가진 사람은 역경이 오더라도 잘 참고 스스로 이겨낼 수 있다고 한다.

다섯째, 좋은 책을 선정할 수 있는 능력을 갖게 된다고 한다. 우리나라에는 매년 3만 여권의 책이 출판되지만 계속적인 사랑을 받는 책은 드물다. 위대한 저서는 영원한 베스트셀러이다. 공동탐구를 통해 좋은 책의 준거를 알게 될 수 있다고 한다.

여섯째, 고급문화를 향유할 수 있다고 한다. 어느 사회에서나 많은 문화들이 만들어지기도 하고 사라지기도 한다. 고귀한 문화들은 오랜 시간을 거쳐 문명의 지위에 오른다. 위대한 저서는 문명의 산물이며 문명 그 자체이다. 위대한 저서는 정신과 영혼을 풍요롭게 해줄 수 있다고 한다. 공동탐구는 서로의 지적 성장을 지지하는 그룹의 역할을 할 수 있다.

일곱째, 가치 있는 인생을 설계할 수 있다고 한다. 위대한 저서 속에는 수많은 위인들이 등장한다. 그들은 어떤 고난과 위험 속에서도 용기 있는 삶을 살았으며, 인격을 파괴할 수 있는 힘과 유혹에 대해 초인적인 인내심을 보여 주었다. 우리가 오뒷세우스에게 매료되는 이유도 여기에 있다. 우리는 이러한 위인들의 삶에 비추어 자신의 인생을 되돌아보고 앞으로의 삶을 지혜롭게 설계하게 된다. 인생계획은 그 어떤 다른 계획이나 설계보다도 고귀하고 중요하다. 우리는 저마다 좋은 인생계획을 가져야 한다. 위대한 저서와 위인은 좋은 인생계획이라고 부를 수 있는 수많은 인생 샘플들을 보여준다. 어느 것을 골라잡는가는 운이 작용하기도 하지만 우리의 노력에 크게 좌우된다. 저마다 인생계획을 세워야 자신의 삶을 평가할 수 있다.

마지막으로 좋은 친구와의 만남이 가능하다고 한다. 우리는 이 세상에 살면서 많은 종류의 인간관계를 갖는다. 맺었던 인간관계가 이런저런 이유로 해소되기도 한다. 참여자들은 공동탐구를 통해 선의지를 가진 친구들을 만나게 된다. '선의 우정'

(friendship of the good)을 획득하는 것이야말로 이 프로그램이 제공하는 큰 결실 중의 하나라고 밝히고 있다.[3)]

이미식

3) 신득렬(2016). 『교양교육』. 인천: 겨리. pp. 364-366. 인용.

2 질문을 어떻게 할 것인가?

위대한 저서 목록을 처음 접하는 독자들이 느끼는 것 중에 하나가 당혹감, 당황함, 놀라움 등의 감정들이다. 책이 어렵지 않아요?, 언제 다 읽어요?, 혼자 읽을 수 있어요? 등등의 이야기를 한다. 이러한 감정의 발생 원인은 다양하지만, 간혹 책 분량이 많은 것, 내용이 어려울 것 같다는 과거 경험이 작용한 측면도 있다. 위대한 저서를 접할 때 감정은 공동탐구가 진행될수록 변화되어 간다. 책을 자발적으로 읽고, 주체적으로 질문을 작성하고, 각자의 질문으로 토론·대화를 하면서 책 읽는 즐거움에 젖어든다. '함께 읽으니, 읽어져요', '내 인생의 책을 이제야 만난 것 같아요' 등 긍정적인 감정을 표현한다. 공동탐구 과정을 통해 느끼는 즐거움은 회원들 상호 간의 감사함으로 표현되기도 한다.

위대한 저서 읽기의 몰입·즐거움의 단초는 자발적으로 하는 질문에 있다. 질문을 해야 모임에 참여할 수 있기 때문에 질문을 할 수밖에 없다. 그런데 질문을 하면 할수록 늘어나고, 질문이 쌓일수록 재미도 늘어난다. 〈오뒷세이아〉를 처음 접하면 질문하는 것은 쉽지 않다. 질문은 낯선 자신을 온몸으로 만나는 시도이기 때문이다. 좋은 강의를 찾아다닌 경험은 있지만, 스스로 자발적인 질문을 하고, 그 질문에 답을 찾는 과정을 즐긴 경험은 적을 수 있다. 공동탐구를 통해 질문을 시작하고, 참여 횟수가 늘어날수록 질문에 답하는 모험의 과정을 즐길 수 있다. 실제 공동탐구에 참여하는 구성원들은 횟수가 증가할수록 질문의 난이도도 높아진다는 것을 알 수 있었다. 질문을 즐기는 구성원들이 늘자 공동탐구도 활발해졌다.

질문을 하는 것이 쉽지 않은 이유는 다양할 수 있지만, 대체적으로 개인적이고, 사회적인 원인 등이 작용할 수 있다. 개개인의 성향, 기질, 가정환경 등은 개인적 원인에 속한다. 사회 문화적 차원도 원인으로 작용할 수 있다. 연령, 경제적 지위, 학벌 등을 근거한 왜곡된 권위주의 문화, 획일적인 정답을 강제하는 문화 등은 개개인의 질문이 아닌 타인에 의해 만들어진 정답이 중요한 문화를 양산할 수 있다. 개인적인 원인이든, 사회적인 원인이든, 질문과 관련해서 비판적 관점을 가져야 하는 영역은 질문에 관한 편견과 고정관념의 작용이다.

흔히 우리가 가질 수 있는 질문에 관한 편견·고정관념 가운데 하나가 질문을 던지는 것으로 이해하는 것이다. 질문하면 떠오르는 상황, 이미지를 상상해 보자. 그럴 경우 질문은 내가 모르는 부분, 관심 있는 사람·정보를 위해 전문가에게 질문하고, 의견을 듣는 것이다. 이럴 경우 질문에 관한 답을 얻으면, 그 답에 안주할 가능성이 높다. 이 경우 질문은 하는 것이 아니라, 누군가에게 무엇인가를 던지는 행위이다. 질문을 하고, 답을 얻지만, 그 질문이 파생시킨 변화와 자발적인 성장은 힘들다.

그리고 질문은 모르는 것을 묻는 행위로만 이해하는 것이다. 질문은 모르는 것을 묻는 행위이지만 모르는 것에 대한 편견이 있을 수 있다. 모르면 무식하고, 타인으로부터 무시당할 수 있다는 편견이 동기로 작용하면, 질문이 어렵다.

모르는 것은 미덕이다. 철학자 소크라테스(Socrates BC 470~BC 399)는 모르는 것이 앎의 시작이라고 강조하였다. 모르는 것을 모른다고 할 수 있는 것이 용기이다. 모르는 것을 안다고 척하는 순간 진정한 앎으로부터 멀어진다. 모른다고 할 수 있어야 배움이 시작된다.

그리고 질문은 텍스트의 내용을 완전히 파악해야 할 수 있는 행위라고 이해하는 것이다. 저자 이외는 텍스트를 완전히 이해하는 것이 쉽지 않기 때문에 질문도 할 수 없다고 생각한다. 질문은 이해에 근거하기도 하지만, 이해를 위해 질문은 필수적이다.

따라서 위대한 저서 읽기를 시작하는 독자들은 질문에 관한 편견, 고정관념에 벗어나는 노력이 필요하다. 기존에 익숙한 패러다임에서 벗어나는 노력을 시작하면 질문이 시작된다. 질문의 시작은 자신이 만든 울타리를 벗어나는 기쁨을 갖게 한다. 그러면 공동탐구를 위한 질문의 방식은 어떠한가? 위대한 재단에서는 질문의 방식을 사실적 질문, 해석적 질문, 평가적 질문 등으로 제시하고 있다.

1) 사실적 질문

사실적 질문은 대체로 한 가지의 정답만 있는 경우이며, 이 질문들은 독서의 상태를 알아보는 기본적인 질문에 속한다. 즉, 작품의 정보에 관한 질문이라고 할 수 있다. 아들러는 이에 대한 예로 〈잭과 콩나무〉의 내용 중 도깨비들은 하늘에 산다는 것은 '사실'(fact)이라고 하였다. 비소설류를 읽게 된다면 작가의 진술, 전제들, 결론 등이 '사실'에 해당하는 것이라고 하였다. 다시 말해 현실적 인식과는 무관하게 작가가 제시하는 정보를 '사실'로 보는 것이다.

사실적 질문은 "작가가 무엇을 말하고 있는가"를 알게 하는 것이며 가장 기초적인 수준에 해당된다. 한 작품의 사실에 대한 이해와 인식이 선행되어야만 다음의 이해 수준으로 확장될 수 있다. 사실에 기초한 질문들은 초등학교 독서모임에서 주로 사용되기도 한다. 그러나 성인들 역시 사실에 관한 질문을 소홀히 한다면 기초설계가 제대로 되지 않은 상태에서 집을 짓는 것과 유사하다. 사실적 질문들은 해석을 위한 질문에서도 중요한 증거와 근거로 활용될 수 있다.

2) 해석적 질문

해석적 질문은 "작가가 말하는 것이 무엇을 의미하는가"에 관한 것이다. 이는 내용의 의미를 찾는 것으로서 사실적 질문과는 달리 책 내용에서 답을 찾을 수 있다. 해석적 질문의 답은 하나 이상의 답을 가지는 경우가 많다. 공동탐구의 핵심적인 활동이다. 책 내용 속의 근거를 기반으로 한 가지 이상의 해석이 가능하므로 토론을 활성화시키는 가치를 가진다.

아들러는 해석적 질문을 하는 방법으로 각자 메모한 것을 중심으로 질문을 작성하는 것이 유익하다고 조언한다. 가령 등장인물의 동기부여. 등장인물이 말한 것, 행동한 것 또는 생각한 것 등의 숨어있는 이유를 묻는 것도 이에 해당한다. 예를 들면, 〈잭과 콩나무〉의 작가는 잭이 "만족하기 못했기" 때문에 세 번씩이나 콩나무를 올라갔다고 썼는데 왜 잭이 만족하지 못함을 느꼈는가?, 잭은 더 많은 금을 원했는가?, 아니면 모험을 더 하기를 원했는가? 등 잭의 동기에 관한 의심이 해석적 질문을 만든다고 한다. 그 이외 언어의 독특한 사용, 중요한 내용들, 하나 이상의 방법으로 이해될 수 있는 단어·구절·문장들, 구절·인물·사건 또는 관념들 사이의 연결 등도 해석적 질문을 만드는 좋은 자료가 된다고 하였다.

공동탐구에서 해석적 질문이 중요하다. 저자를 직접 만날 수 없기에 독자는 최대한 저자의 의도를 이해하려는 노력을 해야 한다. 해석적 질문으로 탐구를 할 때 필요한 자세는 개방적이고 열린 마음이어야 한다. 성급한 판단을 미루고 의미를 파악하기 위해서 숙고하는 과정이 필요하다. 그리고 숙고하는 과정에서 실천적인 지혜를 배울 수 있다.

3) 평가적 질문

평가적 질문은 작품 전체에 대한 평가를 목적으로 하는 질문이다. 아들러는 공동탐구 토론에서 평가를 위한 질문은 해석적 질문이 완료될 때까지 유보해 두라고 한다.[4] 그 이유는 작품의 의미를 완전히 파악하기도 전에 이러한 질문들을 제기하면 작품과 관계없는 질문과 답을 찾을 수 있기 때문이라고 한다.

아들러는 평가적 질문은 작가가 쓴 것에 대해 독자가 동의할 것인가를 결정할 수 있게 작품을 판단하는 질문이라고 하였다. 평가적인 질문에 대한 답은 작품에 대한 자신의 해석과 마찬가지로 독자 자신의 지식, 경험, 그리고 가치에 의존한다. 평가적 질문은 책의 이해(파악)가 끝난 후에 이루어져야 하며, 작가와

---

4) 위대한 저서 재단, 손종운 역(2002). 위대한 저서 읽기를 위한 공동탐구토론 입문. pp.126-155. 재인용.

작품에 대한 평가를 포괄하는 것이어야 한다고 한다(Adler, 2014: 208-9).

그러면 질문은 우리에게 어떤 즐거움을 주는가? 우리는 책을 읽고 질문을 하면서 다양한 즐거움을 느낄 수 있다. 다음은 그 즐거움의 몇 가지를 정리해 본 것이다.

첫째, 질문은 '나'와 '나' 사이에 거리를 유지할 수 있게 한다. '나'는 내가 생각하는 나의 모습이다. 또 다른 '나'는 실제하고 있는 나이다. 내가 생각하는 '나'와 실제하고 있는 '나' 사이에는 간극이 있으며 그 거리는 적절해야 한다. 그 적절함을 유지한다는 것은 '나'를 성장하게 하는 동기가 작용하고 있는가에 있다. 적절함의 유지는 질문을 하는 것에서 이루어질 수 있다.

우리는 살아가면서 어떻게 살아야 하는가? 등의 본질적인 질문에서부터 오늘 점심은 무엇을 먹을까 등의 일상적이고 사소한 질문을 하면서 살아간다. 그 가운데 인생의 전환점을 갖게 한 질문도 있을 수 있다. 그 질문은 누군가에서 던지는 것이 아니라 '나'가 '나'에게 하는 것이다. 질문을 던진 '나'와 그 질문에 답하는 '나'가 삶의 힘으로 작용한다.

독자들은 오뒷세우스의 계략적이고, 공명심 때문에 어리석은 판단을 하던 모습에서 지혜로운 영웅으로 성장하는 모습을 발견하고, 질문을 할 수 있다. 오뒷세우스의 성장 동기에 관한 질문은 자신으로 향할 수밖에 없다. 계략적인 나의 욕구의 근저는 무엇이고, 성장하려면 무엇을 해야 하는지? 등의 내가 생각하는

'나', 익숙한 '나'에게 질문을 하고 그 답을 찾는 과정에서 '나'와 '나' 사이에 간극을 발견하고, 성숙한 거리를 유지하기 위해 노력할 수 있다.

이외에 독자들은 각자 작성한 질문 목록을 보면 자신의 표현 방식을 자각할 수 있다. 가령 자신의 속내를 이야기하는 것이 서툴다면, 질문을 하는 것도 쉽지 않다. 타인의 말만 순응하고 복종하는 사람은 '왜'라는 질문을 비난이나 거부로 이해할 수 있다. 타인이나 세상에 외적인 정보만 관심 있는 사람은 책에 관해서도 외적인 정보에만 관심이 간다. 따라서 자신의 질문에 나타난 삶의 표상이나 방식을 기록으로 누적하면, 자신을 자각하기 좋은 자료가 된다. 그 결과 '나'와 '나' 사이에 대화가 시작되고, 성장을 지향한다.

둘째, 책을 입체적으로 해석할 수 있는 능력을 길러준다. 위대한 저서 재단에서 제시하고 있는 질문의 종류인 사실적 질문, 해석적 질문을 하려면 텍스트를 꼼꼼하고 자세하게 읽어야 한다. 질문을 하려면 대상 즉 텍스트를 관찰해야 한다. 텍스트를 관찰할 수 있는 내적인 힘은 질문에 대한 대답을 기다리는 태도에서 길러진다. 사실 텍스트를 읽고 질문을 하고, 그 대답이 나에게 오기까지는 시간이 필요하다. 어떤 이는 내가 책을 선택하는 것이 아니라, 책이 누군가를 선택한다는 말을 하는 것과 유사한 태도이다. 질문을 하고, 기다리는 시간은 떨림이 있다. 질문은 혼자서 답을 찾기도 하지만, 토론과 대화를 통해 얻기도 한다. 공동으로 책을 읽는 회원들이 감사한 이유이기도 하다. 그리고 그 가운데 책을 통찰하고 통찰할 수 있는 내적인 힘이 쌓여서 질적인 비약을 할 수 있다.

셋째, 질문뿐만 아니라 타인의 이야기를 듣는 감각을 즐길 수 있다. 책을 읽고 질문을 하고, 각자 질문으로 탐구·토론을 하려면 질문을 숙고할 수밖에 없다. 회원들은 책을 읽으면서 질문이 생각나면 곧장 책 여백 및 질문 노트에 적는다. 회원들 각자는 작성한 질문 중에 몇 개를 선정해서 발표를 하고, 공동탐구를 통해 토론과 대화를 한다. 숙고한 질문으로 토론을 하는 중에 답을 찾기도 하기 때문에, 타인의 이야기에 귀를 기울인다. 더구나 타인도 숙고한 질문을 하는 것을 알기에 귀를 기울인다. 물론 토론과 대화를 통해 타인의 질문은 나의 배움이 되기도 하기 때문에 잘 듣는 귀가 발달한다.

넷째, 질문은 수단보다는 인생의 궁극적인 본질에 가까이 갈 수 있는 기회를 제공할 수 있다. 위대한 저서에는 인류가 고민한 위대한 관념이 포함되어 있다. 저자는 한정된 분량에 자신의 관점을 제시할 수밖에 없다. 인생, 인간 등의 본질에 집중할 수밖에 없는 이유이기도 하다. 책을 읽으면서 저자 의식을 따라가면, '나'의 인생의 본질에 집중할 수밖에 없다. 그 과정은 질문과 함께한다.

다섯째, 인생이 과정임을 자각하게 한다. 질문은 인생으로 비유될 수 있다. 질문은 답을 찾는 과정이다. 질문의 답은 고정되고 획일적이지 않다. 상황과 맥락에 따라 답이 달라질 수도 있다. 질문의 답은 하나일 수도 있고, 여럿일 수도 있다. 상황과 맥락, 나와 네가 일치되는 노력만 있을 뿐이다. 질문을 하고 답을 찾는 과정은 목적을 향해 떠남만 있는 여행인 것 같다. 하루하루 인생에 답이 있는 것처럼 살지만, 그 답이 정답인지는 확인할 수 없는 것처럼 말이다. 질문은 답에 틈을 내는 작업이기도 하고, 정답에 흠집을 내는 일이기도 하다. 마치 인생처럼 말이다. 질문이 과정이고, 인생이 과정이라면 우리는 여유를 가질 수밖에 없다. 오늘 나에게 주어진 이 순간에 최선을 다하는 것, 그것에 질문을 하는 행위 이외에 우리에게 할 수 있는 것이 그다지 많지 않은 것처럼 말이다.

여섯째, 질문은 사회적 존재임을 자각하게 하고, 연대의 기쁨을 누리게 한다. 책이 개인적이고, 문화적 소산이기 때문에, 질문은 사회적 존재로서 삶을 관찰자의 관점에서 이해하도록 한다. 질문은 사회적 존재로서 자신을 설득시키는 과정일 수 있다. 삶의 위로와 격려를 얻기 위해 책을 펼치는 이유이기도 하다. 아!, '나'처럼 외로운 영혼이 있었구나. '혼자 사는 인생이 아니었구나!'란 말을 할 수 있는 이유이기도 하다. 우리는 사회와 멀리 떨어져서도, 너무 가까이 있어도 힘들다. 적절한 거리 유지는 책에 질문을 던지는 힘으로 회복될 수 있다. 우리는 네가 없으면 하고 가정(假定)은 할 수 있지만, 몸은 네가 없으면 살 수 없다. 이렇게 책 읽기를 통한 질문은 책을 읽는 사회 내 존재의 즐거움뿐만 아니라 자신의 인생에 오롯이 서는 당당함을 느끼게 할 수 있다.

이미식

'나만나書'가 생각하는 위대한 저서란?

△ 우선 고전의 의미를 살펴보면서 그 이유를 파악해보고자 한다. 고전이란 단어를 듣는 순간 본래 의미라는 뜻과 달리 고색창연하다는 느낌이 든다. 멋지지만, 시대에 뒤처지는 생각이 우선 드는 것이다.

그래서 동양에서 고전을 달리 지칭하는 불간지서(不刊之書)라는 단어를 생각해봤다. 이 단어는 중국에서 죽간에 글을 기록할 때 나온 것이다. 다시 고칠 게 없다는 뜻이다. 완벽하므로 수정할 필요 없이 영원히 기록할만한 가치가 있다는 책을 일컫는 말이 되었다.

아득한 옛날, 인류는 혼돈의 세상을 맞아 그것을 해석하고, 그를 통해 자신을 이해하는 과정을 거쳤다. 이것이 사람과 동물을 구분하는 경계이기도 하다. 인류는 이 과정을 말로 전달하고, 글로 기록하였다. 그 전달 내용은 끊임없이 시간과 상황의 변화에 따라 수정되고 다시 전달되었다. 이런 시험을 거쳐 더 이상 고칠 게 없이 완벽한 책을 불간지서라고 한 것이다. 문자가 발견되기 전에는 구전에 그 자격을 부여했을 것이다.

고전은 이처럼 한 집단의 구성원에게 갈 길을 제시하고, 해당 집단의 정체성을 규정하며, 끊임없이 세상을 해석하는 지침이 된다. 어느 순간 혼란이 생길 때는 다시 고전으로 돌아가 거기에서 해답을 찾는 모습을 우리는 볼 수 있다. 중세기에 신을 오독해 의문이 생겼을 때 그들은 그리스 로마 신화에서 인간 자유를 다시 발견했던 것처럼 말이다. 중국도 최근 자본주의 병폐가 드러나면서 공자 등 고전의 가치를 부각하고 있다. 따라서 고전이 없는 민족은 뿌리가 얕은 나무와 다름이 없다.

위대한 저서 공부는 그것을 습득하고, 이해하고, 극복하는 태도이어야 한다. 서양의 자유는 타인을 예속시키는 과정이었다. 자신의 자유는 곧 상대방의 자유를 얽매는 상관관계로 나타났다. 자본주의의 운명이 그렇듯 타자의 에너지를 빼앗아 번성하는 자신은 언젠가 공멸할 수밖에 없다. 우리의 고전 공부는 그 지점에 주목해야 한다.

△ 위대한 저서를 읽고 난 후 대인관계가 힘들어지는 것 같다. 이전에는 타인에 무관심한 성향이 있었다. 지금은 이것이 잘 안된다. 더 마음이 가고, 상처받고, 손해를 보고 배려하는 마음이

생기기 때문이다. 과거의 배려는 오만의 배려였으면, 지금은 진심의 배려이다. 쓴 것을 읽어보겠다. "나는 지금 아무것도 모르는 텔레마코스다. 오늘 나는 여러분의 아테나를 만난다. 교수님의 모습으로 양곡 선생님의 모습으로. 나도 나의 아이들에게 아테나가 되고 싶다. 경험하게 하고 선택하게 하고 헤쳐 나가게 하는." "오늘 나는 어리석었다. 매일 밤 나는 자리에 누워 잠의 축복을 받지 못하고, 어리석었던 오늘의 하루를 후회하며, 내일은 현명한 사람으로서 살기를 희망한다. 하지만, 어제와 또 다른 오늘도 나의 어리석었던 행동과 말에 가족, 타인과의 관계에서 상처를 주고 상처를 받는다. 도저히 잠이 오지 않아 〈오뒷세이아〉를 꺼내어 읽는다.

호메로스는 나에게 말한다. 신과 같은 지략가 오뒷세우스도 항상 현명하지 않았음을, 인간의 운명을 결정하는 제우스조차도 어떤 날은 신과 같은 너그러움이 있지 않음을.

위대한 저서는 아무런 계산 없이 나를 격려하고 위로한다. 내가 어떤 위로가 필요하면 그 부분을 보듬어준다. 이것이 내가 위대한 저서를 읽은 수많은 이유 중 하나이다."

△ 현대에서 살아 움직이는 책, 인류의 시간을 필터로 걸러낸 정수를 고전이라고 부르는 것 같다. 씹는 맛이 있다. '누구나 알지만 끝까지 읽지 않은 책'이 위대한 저서라는 말도 있다.

△ 지난 방학 때 〈돈키호테〉, 〈일리아스〉 등 위대한 저서를 읽었다. 그 결과 예나 지금이나 가치의 기준은 거의 변화가 없고, 양식과 욕망의 대상이 바뀌는 것 같다.

△ 대학원에 오지 않았으면 위대한 저서를 접하지 못했을 것이다. 플라톤, 아리스토텔레스에 대해 거부감이 있었다. 〈오뒷세이아〉를 이틀 밤을 새워 읽었다. 이에 위대한 저서와 조금 가까워졌다. 논어 맹자만 가치가 있는 게 아닌 것 같다, 살아가는 방식은 똑같다. 환경과 상황만 다를 뿐이다.

△ 비판적 시각에서 말하고자 한다. 위대한 저서는 배부른 자의 학문일 수 있다. 힘든 이들에게 이런 것은 장난으로 보일 수도 있다. 미사여구 치장보다 '모르겠다'가 정답일 수도 있다. 그럼에도 불구하고 인문학을 공부하면서 정서적으로 건강해지는 느낌을 받는다. 그러한 정서가 육체의 건강으로도 이어지는 듯하다.

△ 위대한 저서와는 거리가 멀었다. 대학원에서 와서 〈돈키호테〉, 〈일리아스〉, 〈오뒷세이아〉를 읽으면서 상당한 중압감이 있기도 했다. 하지만 다 읽고 나니 위대한 저서가 의외로 친절해 친근감을 준다는 사실을 알았다. 위대한 저서의 매력을 확실을 맛보았다.

안녕, 오뒷세이아

자주 접할 수 있는 글이 아니다. 늘 책장 한구석에 있었던 글이었다. 이렇게 공들여 읽었다는 것이 놀라웠다. 읽어야 할 일이 생겨야 읽히는 것이다. 인간의 책 읽기는 책임감이라는 숫돌에 의해 날이 설 때 더욱 훌륭해진다는 것을 알았다. 우리 다 같이 하지 않았다면, 끝까지 못했을 것이다. 다시 우리의 힘을 느낄 수 있었던 시간이었다. 책을 읽었는데 전우애가 생겼다. 가끔은 우리 모두가 오뒷세우스의 배를 타고 있다는 착각에 빠지기도 했다. 함께 해서 좋았고, 그 안에서 나를 만나서 더욱 좋았던 시간이었다. 읽기에서 멈추지 아니하고 쓰기로 연결된 일들도 나를 한 뼘 더 크게 만들었다. 작지만 희망과 꿈을 갖기에 충분한 인생의 과업이었다. 우리 모두와 함께 한 〈오뒷세이아〉를 두고두고 다시 읽을 것이다. "여보시오, 오뒷세우스여! 다시 길을 떠나세, 당신의 모험은 우리와 함께 계속될 것이오."

참고문헌

강대진 저(2012). 오뒷세이아, 모험과 귀향, 일상의 복원에 관한 서사시. 서울: 그린비.

마르쿠스 아우엘리우스 저, 박문재 역(2018). 명상록. 서울: 현대지성.

버트런드 러셀 저. 서상복 역(2019). 러셀 서양철학자. 서울: 을유문화사.

신득렬(2016). 교양교육. 인천: 겨리.

아리안 에슨 저. 류재화 역(2002). 신화와 예술. 서울: 청년사.

위대한 재단, 손종운 역(2002). 위대한 저서읽기를 위한 공동탐구입문.

이광모(2019). 다시 헤겔을 읽다. 고양: 곰 출판.

클로디 아멜 저. 이세진 역(2014). 아도르노와 호르크하이머의 오뒷세이아. 경기: 열린책들.

프리드리히 니체 저. 김남우 역(2014). 비극의 탄생. 서울: 아카넷.

호메로스 저, 천병희 역(2015). 오뒷세이아. 전주: 숲 출판사.

Adler, M. J. & C. Van Doren(1972). How to Read a Book. N. Y.: Simon and Schuster.

Adler, M. J. & C. Van Doren, How to Read a Book. 독고앤 역(2010). 생각을 넓혀주는 독서법. 파주: 멘토.

Adler, M. J.(1986). A Guidebook to Learning: For a Lifelong Pursuit of Wisdom. 이재만 역(2014). 평생공부가이드. 파주: 유유.